みつばものがたり

呪いの少女と死の輪舞《ロンド》

MITSUBA's STORIES

みつばものがたり

2

七沢またり

NANASAWA MATARI

CONTENTS

EPISODE 1 私と私と私 7
EPISODE 2 戦争ごっこ 18
EPISODE 3 楽しい冬休み 35
EPISODE 4 優雅な鉄火場 64
EPISODE 5 戦争勃発 92
EPISODE 6 地獄への切符 110
EPISODE 7 撃って撃たれて撃たれて撃たれて 136
EPISODE 8 敗北の味 179
EPISODE 9 悪魔の歌が聞こえる 198
EPISODE 10 舞台への誘い 219
EPISODE 11 ミツバ派と難民大隊 247
EPISODE 12 HAPPY BIRTHDAY 292
EPISODE 13 王冠を手に 340

EPISODE 1

私と私と私

長く深い眠りから蘇《よみがえ》った私、ミツバ・クローブ。せっかく公爵令嬢として生まれたというのに、父親は毒で死んじゃって、義母には疎まれて士官学校送りとなってしまったのである。まぁ友達もできたので悪いことばかりではないし、大砲撃つのは楽しいので問題なし。つい先日は、死ぬほど不愉快な緑化教徒を村ごと一網打尽にできたのはとても素晴らしかった。授業で学んだ甲斐《かい》があったというものだ。この調子でたくさん学んで実践していかなくては。退屈しない楽しい人生を送るために、今日も私はやる気一杯なのだった。

——というわけで今日の砲兵科の授業は、図書館での戦術教習である。といっても、戦いはこんな感じに進むからそれだけは覚えてね、へーそうなんだ！　みたいなものである。襟章のついた参謀さんがやるような、駒を動かす図面演習などやるわけがない。なぜなら必要がないから。私たちは大砲をひたすらに撃っていればいいのである。

というわけでガルド教官のためになるお話は十分で早くも終了。後は自習である。こんな適当なことでいいのかと思ったが、冬期休暇前に試験があるので皆助かっているのでＯＫだ。話が分かるガルド教官は人気がある。

ちなみに私はといえば、クローネ、サンドラ、その他男子数名と机を囲んでいる。実戦を体験し、前線の兵の生の声を聞いてきたクローネの話はとても参考になる。もちろんサンドラだけは別に勉強している。でも聞き耳は立てていると思う。なんかこっちを意識している雰囲気があるし。

「でさ。本当に兵の士気が低いんだよ。逆らったら罰があるから命じられれば動くけど、それ以上のことはやろうとしない。面倒なことには関わりたくないから何かあっても報告しない。あのまま本格的な戦争になったら、相当痛い目にあうだろうね」

「それは給料が安いからですか？」

私が尋ねると、クローネが頷《うなず》く。

「それも理由の一つだろうね。といっても、プルメニア兵だって環境は同じだろ？　士官以外は皆無理やり駆り出された兵士ばっかりさ。だけどローゼリアよりもプルメニアの方が士気が高いのさ」

「なんでだ？　あっちだって、駆り出されてるだけだろ。何の違いがあるっていうんだ」

男子が率直な疑問を口に出す。

「きっと現状の差だろうね。あまり大きな声じゃ言えないけどさ。市民からすれば、王政だろうが共和制だろうがどうでもいいんだ。そこそこの生活が送れれば不満があっても許容する。で、その生活を維持したいから、それを乱そうとする外敵は撃ち払おうと気合が入るってわけ」

クローネの言葉に、皆なるほどと頷く。

「なら、このまま本格的な戦いになったら」

「今の生活に不満しかなく、自分の命が一番な兵隊で勝負になると思うかい？」

「それじゃ戦いにならないじゃないか。徴兵してきた連中なんて、まともに撃ち合う前に逃げ出しちまう」

「ははは、それを防ぐために戦列を組むんじゃないか。教官殿は誤魔化《ごまか》してたけど、実際は逃走防止だよ。持ち場を離れたら即座に殺すのさ」

袋から歩兵を模した小さな人形を出してたくさん並べていくクローネ。ご丁寧に皆サーベルを持ってる。旗持ちもいる。どこで手に入れたんだろう。学校の備品じゃない。私も欲しい。ミニチュアで戦争ごっこができそう。

「ま、まぁ。俺たちは砲兵になるんだろうし、実際に味方へ手を下すことはないよな？　それだけはついてるよな」

呑気《のんき》な言葉を吐く男子の頭が軽くはたかれる。

「何がついてる、だこの馬鹿。砲兵士官になったら、大砲と運命共同体だぞ。戦なんてまっぴらだ。命がいくらあっても足らねぇ。ああ、歩兵科に転属してぇ！」

「歩兵だって同じようなもんだろ。大体大砲なんて知ったことかよ。前線が崩れたら、俺も一緒に逃げるぞ。命さえあればあとでどうにか」

「それは難しいだろうねぇ。兵はともかく、後ろ盾のないアンタみたいな奴《やつ》は真っ先に銃殺だ。大砲の方が命より貴重だからね。そこに縄でもつけてなくさないようにしときな」

そう嗤《わら》ってクローネが男子の心臓らへんを突《つつ》くと、ひいっと情けない悲鳴をあげている。面白い人たちである。

「兵の士気がもう少し高ければ、もっと色々な戦い方ができそうだけどね。国じゃなく、指揮官のためなら命が惜しくない。先頭を切って死ぬことが誉れ。そんな頭の血管が切れた連中を上手《うま》いこと作り上げたいね。例えばだけどさ――」

散兵戦術云々《うんぬん》と言ってクローネが持論を語り始める。何を言っているか私にはよく分からない。なんだか知能指数が高い会話になりそうだ。私はミニチュア歩兵戦列の側面に大砲を配置した。騎兵は最後尾。並べてみると壮観だ。こんなのを実物でしかも万単位の人間たちで見ちゃったら、自分がこの世の支配者になったと勘違いしちゃうかもしれない。素敵な進軍ラッパで全員で突撃して敵味方入り乱れたらきっと楽しいだろう。

「はは、まーたお得意の机上の空論か？　俺たちには関係ないんだから、余計なことを考えるなよ。大砲を敵陣に撃っててりゃいいのさ」

「まぁ、やりたいことは一応は理解したが無理だな。お前が本当の英雄殿ならできるかもしれないけどよ。というか俺たちが指揮官になるなんてありえねぇし」

男子が茶化す。こう見えてクローネは真面目《まじめ》に戦術の勉強に取り組んでいる。大きな象がちんたら動くのではなく、小さな部隊が蛇のようにそれぞれ敵に襲い掛かる。そんな戦が理想らしい。色々と大変そうなので、私としてはあまり考えたくない。

「笑っていられるのも今のうちさ。戦争が近いのは間違いないんだ。国境沿いで敵の斥候が好き勝手やりだして、いつ大規模衝突が起こってもおかしくない。私の予想だと、後二、三年の内だね。色々な局面を考えておくのに越したことはないよ」

今までになく真剣な表情のクローネ。普段は余裕のある表情や、人懐っこい笑みばかりなので、こういう顔つきは迫力がある。男子たちも息を吞《の》んでいる。

「……下手したら卒業後いきなり前線送りかもな」

「もしかすると強制的に卒業させられる可能性もあるぜ。そういうことは前にもあったみたいだし」

男子がそれぞれ顔を見合って、ため息を吐《つ》いた。

「だそうだけど、チビ。今までで何か感想はあるかい？」

「士官就任の最年少記録を達成できそうでなによりです。精々ふんぞり返ることにしますよ」

私はクローネのミニチュアを弄《いじ》りながら適当につぶやいた。実は、さっきから兵が逃げないようにする方法を考えていたのである。クローネの言葉には理があるので私もそれを実践することにした。

「チビは怖くないのかい？　って、今のは愚問だったかな」

「戦って殺したり殺されたりするのが軍人だと思うので。いやなら退学すればいいんじゃないですかね。別の場所で殺されない保証は何もないですけど」

「はは、まさに正論だ。うん、チビはたまに鋭いよね」

「たまには余計ですよ」

うっかり思考が逸《そ》れてしまった。

でだ、兵の脱走を阻止する一つ目の案としては、士気を高めて自発的に戦闘をするようにすることがてっとり早い。これこそがまさに理想の兵隊である。各自が御国《おくに》のため、勝利のために、最善の手段を取るのである。方法に違いはあっても、皆が勝利を目指す。うん、実に素晴らしい。でも今のままじゃ完全に夢物語なのが悲しい現実だ。くそったれな国のために喜んで死ぬのは、きっと麻薬でやられているか能天気な人間だけである。

そうだ、緑化教徒を捕まえて上手いこと前線で戦わせるのはどうだろう。ゴミの有効利用としてはとても素晴らしい考えだと思う。一つの案としてもっておこう。

緑化教徒の件はひとまずおいておくとして、一般人の場合はどうしようか。自発的な士気向上が無理ならあとは恐怖で縛るしかない。戦ったら死ぬかもしれないけど逃げたら絶対に死ぬ、ということを徹底的に植え付ける。逃げるよりは突っ込んだほうがマシと思考を変化させる。今は戦列の後ろに歩兵士官を配置して、脱走者がでないように見張ってはいるけど、壊走しはじめたらそれも無駄だ。そこで踏みとどまって、相手に銃剣を突き出すような気概が欲しい。まぁ、それができたなら苦労はない。うーん、もっといい方法はないのかな。

「チビ、なにやら悪い顔をしてるねぇ。また悪だくみかい？」

「またとは聞き捨てならないですね。私は平和主義で穏健思考の持ち主です。いわゆる穏健派の筆頭ですね」

「あはは！　チビが穏健派だったら、この世の全ての人間が慈悲深い神様だよ！　私はきっと女神さまだね！」

腹を抱えて机を叩《たた》き出したクローネ。サンドラが迷惑そうに睨《にら》んでくる。男子たちは何言ってんだこいつ的な視線。慣れっこなのでもう気にしない。しかし、この女は些《いささ》か笑いすぎである。

「ちょっと。笑いすぎですよ。えっとですね、恐怖で人を縛る方法がないかなぁと思ってですね」

「うわぁ、やっぱり怖いことを考えてるねぇ。ま、無理矢理《むりやり》戦わせるにはそれがてっとり早いけどさ。問題はやりすぎて恐慌状態になると、元も子もないってことだよね」

「じゃあ、そうならない方法を考えましょう」

「はは、良い案が思いついたら教えてよ。私も参考にするからさ！」

私とクローネがあははと笑っていると、男子たちがドン引きしていた。そんなことで立派な士官になどなれるのだろうか。私は人を殺したことがあるので大丈夫。それに一人やるのも千人やるのも同じである。もし地獄とやらがあれば地獄行きは確定だ。でもそんな都合の良い世界は多分ないので大丈夫。だからいっぱい殺していっぱい死ねばいいんだ。夥《おびただ》しい死体の上にはやがて綺麗《きれい》な花が咲くに違いない。そうして世界は綺麗になるのである。素晴らしいハッピーエンド。だから私だけでなく王族も貴族も市民も緑化教徒も皆平等に死ねばいい。

……うん？　なんだか破滅的な思考に染まってしまったような。平和主義の私は気をしっかりもたないと駄目である。危ない危ない。皆仲良くハッピーになろう！

「話は全然変わるけどさ、王国魔術研究所が士官学校になにやら依頼してきたらしいよ。公募品の課題を冬期休暇明けに提出するだけで、卒業考査に加点してくれるって。目に留まって正式に開発決定でもしたら更に莫大《ばくだい》な褒賞ががっぽりだよ」

「そりゃ本当か？」

「クローネは本当に耳が早いなぁ」

金と聞いて目が輝きだした男子諸君。根が単純なのだ。砲兵向きだと思う。ガルド教官もこんな感じだし。

「先輩方にもそれなりの伝手《つて》があるからね。アンタらも何かあったら私に教えてくれよ。情報は共有してこそ価値があるんだからさ」

「分かってるっての。それにしても公募か。金が貰《もら》えるならやってもいいな。冬期休暇の間はどうせ暇だし」

「うーん。でもどんなものを募集してるんだ？　王魔研なんて、俺たちにはほとんど縁がないから思いつかないぜ」

確かに。全科の学生に呼びかけるっぽいけど、実際は魔術科向けではないだろうか。将来有望な魔術師——研究者候補を探すためだ。いるかは知らないけど魔術科は普段何やってるのか全く分からないし。噂《うわさ》だと、伝統的な詠唱魔術訓練に、星占術実践とか魔道具作製とかを勉強してるらしい。何の役に立つかは知らない。令嬢方にモテるらしいというのは聞いた。格好良い詠唱とともに光の花を出したりすると、メロメロなんだって。ダンスの技術みたいなものか。つまり社交術を学んでいると考えれば納得。

「新しい発想を取り入れるのが今回の目的だとか。えーっと、革新的な新型武器、革新的な移動手段、革新的な携帯食糧、後は人道的な処刑器具とあるね」

クローネがメモを取り出して教えてあげている。こう見えて結構マメなところがある。良い指揮官になれるに違いない。

「……革新的ってのが多すぎるだろ。そんなのがぽんぽん浮かんでたまるか」

「というか最後の人道的な処刑器具ってなんだ。さっぱり意味が分からないぜ」

「なにせ所長があの奇才ニコレイナスだからねぇ。平凡なのはいらないそうだよ。例えば、現在の参式長銃を強化してみたらとか、そういうありきたりなのは見ないで捨てるってさ。ちなみに提出物は企画書でも実物でもいいそうだ」

「実物とか無茶言うなっての。二週間程度だぞ。大体、あの所長の眼鏡《めがね》に適《かな》うものなんかできるわけがねぇよ。あー、やめたやめた！」

「俺は一応出してみるかな。移動手段とか考えるの面白そうだし。認められなくても、案を出すだけでいいんだぜ？　結構美味《おい》しいだろ」

「はっ、見てくれたらいいけどな」

「ははは。で、チビはやってみるかい？」

クローネが私を気遣って話を振ってくれた。男子連中は基本的に私に絡まない。私が話しかけると、答えてくれるようにはなったけど。触らぬ悪魔に祟《たた》りなしとでも言いたげなのはよく分かる。私は孤立している。ぼっちと思いきや、クローネとサンドラがいるので助かっている。持つべきものは友人である。

「提出するのは完成品か設計図、もしくは企画書ですよね。うん、凄《すご》く面倒くさいです」

「そりゃそうさ。簡単にできたら加点なんてしてくれるはずがないしね」

「でも、人道的な処刑器具っていうのには心がとても惹《ひ》かれますね。素晴らしい考えです」

私がそう言うと案の定男子生徒諸君がドン引きする。正直に発言しただけなのにひどい話である。

「こんなものまで公募するなんて、あの所長やっぱりどっかおかしいよね。奇才というか、変人というか。大事なネジが百本ぐらい抜けてるというか」

「学生にそんなの考えさせるか普通。第一、処刑するのに人道も糞《くそ》もないだろ」

「確かに。……そういえば、今の処刑方法って何が主流なんだ？」

「例えば、軍人なら銃殺、弾がない場合は剣で斬首だったたね」

クローネの豆知識が披露される。陸軍研修で勉強どころか実践してきたのかも。

「銃殺にはなりたくないけど、斬首も嫌だな」

「安心しろ。お前は多分流れ弾で死ぬからよ」

「うるせぇこの野郎！」

男子が小突き合っている。処刑手段にも格差があるようだ。この時代の銃は命中率が低いから、銃兵を並ばせないとダメかも。となると、斬首も認めておかないと忙しいときは面倒くさい。

「じゃあ一般市民の罪人はどうなんです？」

私が疑問を口に出すと、本を置く音がした。そしてすすすと音もなく寄ってきた。

「市民の場合は罪やその地方によって絞首、斬首、撲殺、銃殺、毒殺、生き埋め、最悪の場合は八つ裂きなどもあるな。地方の慣習によって異なったり、裁判官の裁量次第というのは恣意的すぎるという批判もある。だから人道的な処刑方法を公募して統一しようというのだろう。悪くはない試みだと思うがな」

市民と聞いてサンドラが会話に加わってきた。

「ふんふん。なら銃殺が一番だと思うけどねぇ。なにせ引き金を引くだけでいいんだからさ。誰でもできるし簡単だろう」

「簡単に言うな。誰もが上手く狙いをつけられると思うな」

「なら練習しなよ」

「下級官吏にそんな時間はない。そんな無駄な時間があるなら民衆のために使うべきだ」

サンドラとクローネが言い合っている中、私は首を捻《ひね》る。

「うーん」

「なんだいチビ。チビも弾代と時間がもったいないとかケチを言うのかい？」

サンドラも「そうなのか？」と睨んできたので慌てて手を振る。

「い、いえ、全然違いますよ。ただ、やっぱり人道的な処刑器具っていうのが」

「もしかして、案が浮かんだとか？」

「ええ。ギロチンという素晴らしいものがあったなぁなんて」

「ギロチン？」

「ええ、いわゆる首切り装置――断頭台なんですけど。紐《ひも》をひくだけで首がストンと落ちる装置なんです。刃を交換すれば何度でも使えちゃいますし。見栄えも良くて皆も大盛り上がり、しかもとっても効率的でして」

「………………」

「でもそれだと首に刃が入ったとき痛いですよねきっと。人道的というならもう少し考えてみます」

超メジャーな処刑器具のギロチン。あれほど分かりやすい見た目もそうそうない。せっかくだからここにも作ってしまおうか。名前はもちろんそのままギロチンだ。名前は変えてはいけない。あれはギロチンだからギロチンなのだ。私もミツバだからミツバだし。

でも痛いのは可哀想《かわいそう》なのでここでひと工夫。先に緑化教徒から押収した麻薬を再利用した『痛み止め』を摂取させてみよう。麻薬は駄目だけど鎮痛薬は私的にはオッケーだし。観衆たちには見た目による恐怖を与え、これから死ぬ人には痛みだけ紛れるような慈悲をあげちゃおう。よし、これでどうだと私は提案する。いつか私の首に落ちるかも用の保険というのは秘密である。

――と、私の中の私が、別にいいんじゃないのーと適当な賛成を表明。もう一人の私は諸手《もろて》を挙げて大賛成だ。今すぐ作れ、さっさと作れ、でも開発した先人にはしっかり敬意を払えとせっついてくる。

平穏、享楽、悪意。私はこの三つの要素で成り立っている。まぁ、私は私しかいないので、全部気のせいなんだけど。私は私であり私なのである。私の精神は極めて正常で均衡がとれている。私が言うのだから間違いない。

EPISODE 2

戦争ごっこ

今日はいよいよ冬期休暇前の一大イベントの日。いわゆる期末試験である。

普通の学校のように士官学校でもやるそうなのだ。学生諸君は一月から十二月までの頑張りの成果を教官殿へと披露する。

で、私は六月入学なので半年もの遅れがある。一緒の試験というのは不公平な気もするけどそれも人生なので仕方がない。でもそこそこ頑張ったし、まぁまぁの成績は修められるだろう。だといいなという希望的観測。

そしてこれが終われば待ちに待った冬期休暇、来年から私たちには後輩ができてしまう。先輩になる自覚なんて微塵《みじん》もないのが悲しいところだ。学生生活に馴染《なじ》んだ感覚もそんなにないし。進級というと四月の桜のイメージが私にはあるが、この世界は一月が区切りだから仕方ない。かなりの違和感があるけど我慢しよう。郷に入れば郷に従えである。私は空気が読める女なのであった。

◆

「第一組目、開始！」

そんなこんなで実技試験のはじまりだ。教官たちも面倒くさいのか歩兵科と合同である。教官たちが校庭の至る所に立ち、学生の短距離走、持久走、隊列行進、隊列突撃の結果を審査していく。

騎兵科と魔術科は多分こんな泥臭いことはやってないと思う。だって、暇そうな貴族様たちがニヤニヤしながらこっちを眺めたり指をさしたりしている。あれは絶対に馬鹿にしていると思う。こういうところで恨みを買うと、いつか背後から撃ち殺されそうなものだけど。まぁ前線に出るのは私たち替えの利く下級兵だけか。

「高みの見物とは良い御身分さ。暇なら馬小屋で馬糞《ばふん》でも掃除してろってんだよね。連中にはこんな泥臭い実技試験はないんだよ」

「ずるいですね」

「それが身分の差ってやつだね。嫌なら変えるしかないさ」

「じゃあ前向きに検討します。人類皆平等思考ですね」

「はは、チビも偉大なるサンドラ教の仲間入りかな？　あ、これいる？」

「遠慮なくいただきます」

「まぁ美味《おい》しくないけど、気分は紛れるからね」

栄養補給兼、口寂しさを紛らわすために塩飴《しおあめ》を舐《な》めているクローネ。差し出してくれたので、私はありがたく受け取る。うん、しょっぱくて美味しくない。夏にはいいけど、冬は寒いのでまだ汗もでていないし。

ちなみに飴玉の摂取については自由が認められている。ニコレイナス所長が、体力と気力の維持に良いと太鼓判を押したからだ。でも残念なことにまずい。美味しいものなんて市民には回ってこない。それが現実である。悲しいね。私やクローネが純粋な市民かというと微妙だけど。

「そういえばチビは知ってるかな？」

「何がですか？」

「あそこで馬鹿面晒《さら》してる連中が、私たちの未来の指揮官様。隊を率いるのにどの兵科を学んだかなんて関係ないってことさ。軽く絶望できるよね」

「歩兵科とか砲兵科とか関係なくです？」

「大砲のことは砲兵に聞くのが一番と思うだろ？　でもこの国で一番大事なのは身分なんだよ。その後に軍歴やらコネがついてくるかな！」

「……士気がビックリするほど低下しました。お気遣いいただきありがとうございます」

「あはは大事な試験前に悪かったね！　って、言ってる私の気力も十分下がったよ。どうしてくれるんだ」

ジト目のクローネ。不可抗力というやつである。

「私は全然知らないですよ。でも遺憾の意ぐらいなら表明してもいいです」

「難しい言葉を知ってるんだね。じゃあ私もついでに表明しておこう」

「お前たち、馬鹿なことを言ってないで体力を温存しろ。どれだけ走らされるか聞いていなかったのか？　終了時間すら未定だというのに」

サンドラが心底呆《あき》れている。後ろに並ぶ歩兵科の見知らぬ学生諸君も同じ表情。私たちは空気が読めていなかった。空気の読める女は返上しよう。

「遺憾の意どころか怒られましたよ」

「はは、確かに。まぁそうやって呆れていればいいのさ。私に余裕があるのは自信があるからだしね。とはいえ私がうっかり負けたらチビが謝ることにしようか」

「私も巻き添えにして喧嘩《けんか》を売らないでください」

私はクローネの腰を突《つつ》く。本当は脇腹を狙いたいのだが、小さいので仕方ない。そのクローネは私の頭に手を置いて、真剣な表情でつぶやく。

「戦いが始まれば身分や階級なんて関係ない。銃弾は容赦してくれないからね。殺して生き残って勝ち続ければいいだけ。実力と運がない奴《やつ》は淘汰《とうた》されていくんだ。席が空いたら身分は後からついてくる。私は自分の実力と幸運を信じ続けるだけさ」

「凄《すご》い自信ですね」

「信じるのはタダだからね。馬鹿にされて笑われるのには慣れてるし、駄目なら死ぬだけのことってね。……きっとチビは偉くなる。どんな状況でも最後の最後まで立ってそうだし」

「褒められているのかよく分かりませんね」

そこで教官の笛の音。体力試験のスタートだ。最初は短距離走を十本。体力測定は制服、ブーツ、背負い鞄《かばん》と長銃装備で行われる。全力で走ったらそれはもう息が切れるに違いない。なにしろ、ニコ所長の傑作品である参式長銃はとても重い。そのまま鈍器になるくらいに重い。でも魔粉薬を一々込めなくていいのは素晴らしい。ただし突撃するときは困ったことになりそうだ。というか現在進行形で困っています。移動力マイナス２の呪いだ。

「戦場の重みを感じますね」

「うん。私たちにもようやく責任感ってやつが出てきたのかな？」

「いえ、絶対にこの銃と荷物のせいです」

ピッ、ピッという笛の合図で各期の学生がどんどん送り出されていく。そして次が私たちの番。

なんだか戦争っぽいなと思った。それと同時に大事なことに思い至った。

「思ったんですけど、これって短距離走ですけど持久力も試されてますよね。こんな間隔で何本も走らされたら体力の消耗が激しいです」

「チビは鋭いね。でもちゃんとした持久走も用意されてるから何も心配はいらないよ」

「いやその心配は全然してないですけれど」

ため息を吐《つ》いた後に笛の合図。二十期砲兵科学生が横一線でスタート。真っ先に躍り出たのはやっぱりクローネ。背丈に相応《ふさわ》しい歩幅を活《い》かしてどんどん走って進んでいく。

私も頑張るが、やはり短距離は駄目だ。得意のスタミナが活かせない。

でもなかなかいい感じでゴールを示す白線まで到着。私は多分十位前後だろう。クローネは最後まで一位を守りサンドラは私より少し遅れて到着だ。着順を事務官たちが記録している。一息つく間もなく、そのまま隊列の最後尾に整列させられる。すでに別組の笛が鳴っている。

そして、規定本数が終わった。流石《さすが》に皆汗だらだらだ。クローネは十連続一位。私は最後だけ二位だったけど平均は十位前後。個人的には小柄なりに健闘したと思う。サンドラも気合で私の後ろにへばりついていたと思うので、成績は同程度だ。なんだか凄《すさ》まじい気迫を感じたから間違いない。

その後は休憩時間などなく持久走へと突入。今度は教官殿と一緒に走れというもの。前と後ろに校旗を持った複数の教官たち。その間に全学生が強制的に挟まれる。これは脱落形式だから、最後までその間にいられれば合格点。隊列からはぐれてしまえば戦死認定で失格である。どれだけの時間走るのか分からないから、ペース配分も糞《くそ》もない。疲れた後にこれは普通ならかなり厳しい。

「はぁ、はぁ。流石に結構減ってきたね」

「そうですね」

「はぁっ、はぁっ！」

「私も結構しんどくなってるけど、チビは余裕そうだね」

「体力は無尽蔵なんです。凄いでしょう」

「凄い凄い。あとは体が大きければ完璧な兵士だね」

「それは望み薄なのが悲しいですね」

「はぁっ、はぁっ」

歩兵科、砲兵科全学生のうち、二時間くらいで三割が脱落。多分短距離走で全力を出し切ってしまった人たち。脱落者は校庭の中央に集められて、説教タイム。というか良い成績残さなくても、卒業さえできるなら別にお説教でもいいような。なんだかそっちの方が頭がいいような気もしてきた。

「うーん」

「練習で本気を出せない連中が、実戦で出せるわけがない。要領よくやるべきときと場合はよく考えないとね」

「……よく私の考えてることが分かりましたね」

「私はカードが強いんだ」

「私も結構強いですよ」

「それは知ってるけどね。今のは仕草で読んだのさ」

「はあっ、はあっ」

無駄口をたたいている私とクローネ。サンドラはもう死にそうな形相だった。でも足はまだ動いている。凄い。私とクローネは目を合わせると、また黙って走り始めた。彼女を見習って、少しは真面目《まじめ》にやりましょうということである。私はずっと真面目だったのだけど。

――そして二時間後。持久走終了。残っていたのは全体の二割程度か。私は余裕綽々《よゆうしゃくしゃく》、クローネもまだまだいけるぞという感じ。サンドラは地面に片膝をついて鬼の形相。他の学生も、ぐったりとしている。ついでに脱落組もなぜか干からびてる。実は、中央に集められて説教後は、腕立てと腹筋を交互に延々と行わされていたようだ。くたばれば水バケツと鉄拳制裁。ここは士官学校、世の中そんなに甘くなかった。

「続いて隊列行進を行う！　歩兵科は戦列を作れ！　指揮官役は持久走で最後まで残った連中、歩兵役は脱落した軟弱者どもだ!!　急げよ!!　最低でも五人は従えろ!!　それ以上でも全く構わん!!」

「砲兵科は一人が砲兵士官！　残り三名を脱落者どもから引っ張ってこい！　こちらは歩兵科、砲兵科問わん!!　なによりも大砲の稼働が優先される！　撃って守って移動しろ！　大砲だけでなく器具と弾薬を忘れるなよ!!　撃てなければ糞の役にも立たん！」

「急げ急げ急げッ!!　敵は待ってくれないぞ!!　早く動け早く動けッ！」

凄く曖昧で喧《やかま》しい命令が四方からビシバシ飛んできた。どうしたらいいものかと悩んでいるうちに、クローネが一番に動き出す。サンドラも続いていく。

これはあれだ。今から四人仲良し組を作ってねーというあれ。やばい。どうしよう。私は友達がクローネとサンドラしかいないので、凄く困る。同級の男子とも話したことがない。それをよそ様の期から集めて仲良し組を作るなんて。難易度が高すぎる。でもぼっちは目立つので、私も脱落者が集まるところに向かうとしよう。

「急げ急げ!! これは敵の奇襲後の隊列再編も想定している! 立て直しが早ければ早いほど反撃の態勢が整えられるぞ!! ぼーっとつっ立ってないで、迅速かつ冷静に的確に動け!!」

教官のひたすら続く罵声と怒声、打ち鳴らされる両手と無意味に吹き鳴らされる笛。困惑する学生のざわざわとした声でそれはもう非常に混沌《こんとん》としてる。これをさらに悪化させれば戦場での大混乱ということになるのだろうか。実際に敵襲を受けて、銃弾やら砲弾が飛び交って、指揮官の声が届かなければ焦るのは当然だ。

それでも歩兵の戦列は徐々にだが出来上がってきている。なんとなく集まればそれっぽく見えるというのもある。クローネは三人さっさと選抜し、大砲弾薬を移動させて持ち場についた。砲兵科では全組で一番。続いて男子学生組が続き、サンドラも揃《そろ》ったようだ。やばい、このままではビリどころか、仲間はずれで大砲と私だけになってしまう。慌てて視線を走らせると、数名と目が合った。相手は心底嫌そうな顔だが、もう気にしていられない。見覚えのある顔も交じっているし、ここは強制徴兵だ。

「貴方《あなた》と貴方と貴方を緊急事態のため私の隊に徴兵します。文句は受け付けないのでとっととついてきてください」

「じょ、冗談じゃない。なんでこの俺が呪い人形なんかのっ――ぐえっ」

脱落した軟弱者のくせにうるさいので、みぞおちに拳で一撃。一応加減したつもりだが意外と威力が出てしまったらしい。くずおれそうになったので、その髪を掴《つか》んで支えてあげた。

「上官への反逆は許しませんのでそのつもりで。名前は知りませんが顔は覚えたので逃げたら銃殺します」

「ひ、ひいっ」

「貴方は器具を。そっちの貴方は弾薬を持ってください。あー、なんでしたっけ。……ポルトガルケーキ君は大砲を私と押しますよ」

「俺の名前は、ポルトクックだ！　お、お前の下なんか死んでも嫌」

「じゃあ今死んでください。では遺言をどうぞ」

手持ちの長銃を片手でポルトガル君の顔面に向ける。超絶至近距離なので外れる心配はない。これは脅しだけど弾は込められていたっけか。うーんよく覚えていない。少しだけ疲れているからか、穏健思考が薄れてきている。もう逆らう奴は敵味方関係なく全員死ねばいいんじゃないかな的な意識がふつふつと湧いてくるが、穏健派な私としてはここはどっちでもいいかなーという感じで今の思考は小康状態。どっちに転ぶでしょうか！

「や、やめてくれ！　分かったからその目と表情で銃口を向けるのはやめてくれ！」

「ならさっさと大砲を押してください。私たちがビリなんて嫌ですし。目立ちますし」

「もう十分目立ってるだろうが！　というか、た、弾、入ってないよな、それ。な？」

「さぁ？」

「さぁ、じゃない！　本当に誰か助けてくれ！」

喚《わめ》くポルトガル君のケツに蹴りを入れて、一緒に全力で押し始める。で、持ち場に到着したのが、この四人で私と大砲だけというのはどういうわけだろう。ポルトガル君は臀部《でんぶ》を負傷したのかひたすら気にしていたし、弾薬と器具持ちの二人も全くお話にならない。

「というかもう全部私だけでよくないですかね。上手《うま》くやれば弾込めも効率よくできそうですし」

「ぜぇ、ぜぇ、も、もう無理」

「ケ、ケツが」

「…………」

ムカついたので到着後に四《よ》つん這《ば》いでくたばっている三人のケツへ蹴りを入れておいた。鉄拳だと痕が残るから可哀想《かわいそう》である。私は穏健思考で平和主義だから優しいのである。

「よし、隊を作れなかった愚鈍な指揮官と間抜けな兵はそこで戦死！　持ち場に着けた連中は、進め！」

即席で結成された士官学校混成旅団の行進が始まった。

先頭は校旗を持った教官たち。いつの間にか事務官が軍楽隊を結成し、太鼓と笛を奏でている。そのテンポに合わせて行進する。なんだか楽しくなってきた。砲兵は戦列の外の側面と後方配備だから、歩幅を合わせることを考えなくていい。

のんびり大砲を押しながら、鼻歌を歌う。そういえば歌詞もあったっけ。この行進歌は『赤きバラよ永遠に』だ。ローゼリアを治めるローゼリアス王家のためならば、命も惜しまず戦うぞ、敵は自らの過ちを地獄で永遠に悔やむがいい、などという決意表明と戦意高揚の歌。でも誰も楽しそうに歌っていない。そんな気持ちもないし、何より疲れているからだろう。口だけ適当に開けて歌ってるふりだけだ。だから私が高らかに歌ってあげた。私はやっぱり空気が読めるのである。加点対象になるという考えもちょっとあった。周囲からの怯《おび》えたような視線がアレだったのはアレである。

「全隊、止まれッ!!」

「これより隊列突撃を敢行する！　目標は校庭西側、プルメニア国旗群!!　歩兵諸君はあそこまで突撃し憎むべき敵旗をなぎ倒せ!!」

「砲兵諸君は突撃を敢行する歩兵支援を行う!!　空砲を装塡《そうてん》し五回砲撃せよ!!　その後は長銃を持って各自で突撃を行え!!」

まさに総力戦だ。砲兵まで突撃させるのはなんだか玉砕寸前の負け戦っぽいけどそれで大丈夫なのかは秘密である。普通は敵歩兵戦列が怯《ひる》んだところに、騎兵投入が定跡らしいけど。なにせ砲兵を普通に突撃させたら肝心の大砲が置き去りである。砲弾を撃ち尽くした想定かもしれない。弾のない大砲なんてただの鉄屑《てつくず》だし。

「突撃用意!!　全歩兵隊は銃剣を着剣せよ!!」

「我らのローゼリア！　偉大なるローゼリア王のために！　突撃開始!!」

『我らのローゼリアのために、偉大なるローゼリア王のために！』

そんなに揃ってない合唱とともに、自称の突撃が開始された。皆疲れているからゾンビの群れみたい。足がもつれてぶっ倒れた歩兵もいる。さらに将棋倒し。実戦だったら、敵陣に到達する前にこのまま壊滅しそうである。

のんびり眺めている暇もないので、私たちも支援砲撃を行う。隊員三名は疲労が激しいので私が段取りよく手取り足取りで強引に進めさせていく。絶対に一人の方が早いが指揮力を見られているから仕方がない。これが指揮かは神のみぞ知る。

砲身掃除、魔粉薬を詰め込んで空砲用の弾薬装塡。呪紙棒で着火、発射。弾はでないが、破裂音だけはする。それを冷静に観察している教官たち。手際の良さ、指揮の的確さをチェックしているようだ。意外と細かく見ているんだなと感心する。と、そんなこんなで五発撃ち終わった。

先を行く歩兵戦列は乱れまくって滅茶苦茶《めちゃくちゃ》である。実戦もきっとこんな感じだろうなぁと思いつつ、私は銃剣をつけるように指示を出す。クローネ班は一足先に突撃開始、その後をサンドラ班が続く。ちんたらやっているポルトガル君のケツを蹴飛ばして、代わりに銃剣をつけてやり強引に立ち上がらせる。

「ほら、さっさとしないと置いてけぼりですよ。そんなに戦死したいんですか？」

「わ、分かったから尻を蹴らないでくれ。あ、あなが、い、痛い」

「でも痕は残らないから平気です」

「そ、そういう問題じゃ」

「さぁ行きましょう。ミツバ班、突撃開始！」

よろよろする三人の後ろを私が遅れて進む。誰かが遅れ次第蹴飛ばすことにした。本当は先頭を行きたいが、兵を最後まで引き連れていくのも士官の役目らしい。逃げだしたら銃殺か刺殺だ。そう教えられたので確実に実践していこう。

前方を見れば、プルメニア国旗を最初になぎ倒した歩兵隊が万歳している。本当に勝ったみたいな光景で楽しそうだ。遅れて到着した学生たちも、つられて皆で万歳三唱。意外と単純な人たちである。

遅れて砲兵科も目的地に到着。私たちは残念ながら砲兵科では真ん中ぐらいの着順だった。ビリにならなかっただけ良しとしよう。一位はクローネ、二位がサンドラと指揮力の高い二人であった。

女子力では負けないようにしたいが、多分リア充のクローネには勝てない。男子にも女子にもモテてしまうからだ。残念。

「ポルトガル君、大丈夫ですか？」

なんとなく劣等感を抱いてしまった私。それを誤摩化《ごまか》すために、げーげー吐いているポルトガルケーキ君の背中を優しく撫《な》でてあげようとした。そうしたらうげっという悲鳴とともに、吐しゃ物に顔面が突っ込み悲惨なことに。私はそっぽを向いて何もなかったことにした。周囲の視線が悪魔を見るようだったのもきっと気のせいである。

◆

実技試験の翌日は学科試験。これは特に言うこともなく、国語やら算数やら歴史やらのいわゆる一般常識テスト。といっても本当に全く難しくない。命令を理解できる程度の頭を持っているかと測定するだけ。

曲者《くせもの》なのが軍法に関する論文試験だ。いかに私は軍隊に有用で命令には違反しないかを長々と書かなければならない。ついでに祖国と国王陛下への美辞麗句を施した作文も加点ポイントとかなんとか。とりあえず褒め殺しに思えるくらいにへりくだっておいたので、高得点は間違いなしである。

良い成績を取ればうっかり前線送りを免れたりしないだろうかというような、ケーキに砂糖をぶちまけたような甘い考えを抱いていたりする。残念ながら前線送りは間違いない。

「あー終わったー。あー終わったー。終わりましたー」

大きく両手を伸ばして、凄まじい解放感を味わう。なんだかんだでテストは集中力を使うのだ。ひたすら体力を使っていた実技試験とは違う疲れが発生する。

「同じことを三度も言うな」

「いいじゃないかそれくらい。というか、はっきり言って余裕だったね。こんな簡単な試験で赤点を取る奴なんているのかな？」

「私も同意見だが、人にはそれぞれ適性というものがある。それは理解するべきだろう」

「それは単にお馬鹿ってだけだよ」

天才二人と、密《ひそ》かに努力家の私のトリオ。私が夜遅くまで軍法と罰則に関するテキストを暗記している間、こいつらは全然違うことをやっていた。サンドラはいつも通りの政治に関する学習。クローネは各国の戦史研究。テストには全く関係ない事柄を勉強するありえない連中。これだから天才は嫌なのである。

「二人はあれですか。やっぱり短期での卒業を狙っていたりします？」

成績が極めて優秀であり、教官の推薦やら研修先の推薦と本人が希望し、学長がオッケーを出せば特例で卒業できてしまう。優秀な人材はどこも早く欲しいというわけだ。私はのんびりで全然かまわないので推薦はノーセンキュー。

「私は今のところ、考えていない。四年間しっかりと学び、軍務を務めてから議員を目指す。今しかできないこともたくさんある。無論、事態がひっ迫すれば話は別だがな」

「私はさっさと軍人になりたいね。人生は長いようで短いんだ。必要なことを身に付けたら、さっさと卒業を目指すよ」

「ふん、すぐに戦死しないよう気をつけることだな。お前にいくら才があったとしても銃弾は相手を選ばないらしいじゃないか」

「アンタはうっかり病死しないように祈っておきなよ。疫病も身分や年齢には遠慮しないらしいよ？　というかさ、卒業前にうっかり死にそうな顔してるよね」

「黙れ。夜更けまで酒を飲み漁《あさ》り、好き勝手に遊んでいる人間に健康状態を心配されるいわれはない」

「これは指摘してるだけで、心配なんてしてないから安心してくれていいよ。ついでに、酒は万能薬って偉い人も言っていたから問題なしなのさ。なぁチビ」

「あの、いきなり私に振らないでください。第一、休み直前まで喧嘩とか誰も得しないですよ」

この二人はどうしてこうなるのか。意味もなく憎まれ口を叩く。本当は仲良しさんかと思いたいところだが、私がいるからなんとか会話が成立していると二人ともが言っていた。今までは本当に会話がなかったらしいし。

いつか仲良しさんになれるといいねとお祈りしつつ、私は冬期休暇に何をするか考える。雪もちらほら降っているし、積もったら素敵な雪だるまでも作ってみようか。皆里帰りして寮はガラガラなので、校庭を私の庭にしても問題はない。教官たちも当然休暇である。つまり思いっきりボッチのウインターライフを満喫できるわけだ。なにせ二週間もあるのだし。そうだ、『怪異、冬の士官学校に恐怖の呪い人形が闊歩《かつぽ》!?』とか七不思議の一つに加えてもらおうか。他の六つは知らないけど。多分そんなものはないと思うので、この四年で私の手で七つを埋めてしまおう。

「そういうチビは冬の休みはどうするんだい？」

「私は士官学校の七不思議を作成しようかと。あとは王魔研の公募も挑戦してみたいですね」

「公募に取り組むとは殊勝な心構えだと言いたいが。七不思議の作成とは一体なんだ。そんなものは一度も聞いたことがないぞ」

「ええ、そうでしょうとも。世界は不思議に満ちていますからね」

サンドラの疑問を軽くスルー。クローネは心得ているのかニカッと笑っている。

「うん、確かに満ちてるよねぇ。それにしても、籠もりっきりになりそうな休みの予定だね。私は適当に遊びまくってるからさ。暇だったら何か手伝うから言ってよね。多分そこらにいるよ」

「私は一旦故郷の街に戻る。地方の様子を見るのも、見聞を広める上で重要だからな」

「別にアンタの予定は聞いていないけど。あれれ、もしかして寂しいのかな？」

「私はミツバに伝えたのだ。一々口を挟むな、茶々を入れるな」

「へいへい、そうですかっと。それじゃあ私は先に戻るよ。支度をしないとね」

クローネが立ち上がり手を振ると、教室を退出していく。サンドラも無言で鞄を持って出ていってしまった。残されるのは私だけ。いきなり寂しい。

「うーん。数少ない女子なんだから、仲良くすればいいのに。どうしてこうなるのか」

特に主義主張は対立していないのになぜか相性が悪い。今でも必要なときしか喋《しゃべ》らない。私が来るまではさぞかし沈黙の部屋だったのだろう。最初に退学した女子たちは、これが嫌だったのかもしれない。

EPISODE

3 楽しい冬休み

というわけでワクワクの冬期休暇に突入である。クローネとサンドラはもうここにはいない。というか、砲兵科で寮に残っているのは私だけか。歩兵科は少しいるみたいだけど。騎兵科や魔術科は多分全員実家帰りである。パーティーとご令嬢たちの話題で凄《すご》く盛り上がっていたし。充実していて羨ましい限りである。

「……うん、これでよしっと」

とりあえず有言実行とばかりに、私はシーツを纏《まと》って長い銀髪をこれでもかと前に下ろしてみた。鏡を見ると超怖いお化けがいた。何を隠そう私である。これを夜に見たら悲鳴をあげるだろう。ちょっと寒いので、サンドラとクローネのシーツも勝手に没収して使用する。後で洗うしこれで寒くない。

私はノートとペンを持って部屋を出る。留守を守る警備兵や事務官はいると思うので、彼らに七不思議の一つを広めてもらおう。上手《うま》くいけば私がここに確かにいたという証明になる。私は確かにここに存在するのである。それにこんなに月が綺麗《きれい》な夜は、部屋に籠もっていたらもったいない。

「な、ひ、ひぃいいいいいいいいいいいいいいいいい!!　ば、ば、化け物ッ」

寮から出て、校舎に近づいた瞬間に見回りの警備兵と出会ってしまった。凄《すさ》まじい悲鳴をあげたかと思うと、すっ転んで頭を打って気絶してしまった。正規の軍人なのに本当に情けない。腰に提げているサーベルが泣いているだろう。というわけで罰としてサーベルを没収。さらに軍帽と長銃も没収だ。

「軍帽を身に着けて、サーベルを提げて、長銃を担ぐシーツ姿のかっちょいい私。これぞ噂《うわさ》の亡霊兵です」

なんだか楽しくなってきた。私の享楽面がここぞとばかりに昂《たかぶ》ってくる。

悪意は呆《あき》れているのか反応がない。穏健派な私としては特に問題ないと思うので、このままのノリでいくことにする。長銃の先端にシーツを結び、白い旗にする。白旗だけど降伏の証《あかし》ではない。

「――目標、パルック学長室の完全制圧です。ミツバ大隊、進め！」

前の実技試験のときに見てからちょっとやってみたかったのだ。皆で戦列を組んで、旗のもとに歩くのって見る分には格好良いし。

現実は近づいたところで敵戦列の銃弾の挨拶を浴びるんだけども。楽しいから問題ない。皆で仲良くばたばた死んでいこう。その屍《しかばね》を踏み越えて勝利を摑《つか》むのが戦争だと偉い人も言っているし。

――十分後。私は学長室の制圧を完了した。学長室にはなぜかパルック学長と事務官がいた。二人で楽しく歓談中だったようである。で、私が入った瞬間、白目を剝《む》いた学長は潰れたカエルのような声を出して昏倒《こんとう》してしまった。涎《よだれ》だけでなく鼻水も垂れているし、学長の威厳丸潰れである。

でも私は口が堅いので誰にも言いふらさない。事務官はというと、極めて丁寧なお辞儀をした後、お守りを掲げ大輪教会の祝詞《のりと》を唱えながらそそくさと退出してしまった。完全にスルーというのも寂しいものである。

「とりあえず、この学長は邪魔だから医務室に放り込んでおきましょう。あ、さっきの人もついでに持っていくかな」

学長と、さっき気絶していた警備兵をセットで医務室に放り込んでおく。

しかしこのままでは面白みがない。せっかくだからアクセントとして、赤いインクを手に付けて彼らの顔ををべたべた触っておいてあげた。鏡を見たらちょっとしたサプライズを味わえる。驚きのない人生なんてつまらないだろうし、服も汚してないし、私の七不思議計画も順調に進行してしまうし。まさに一石三鳥。

「さてさて、こちらはこれで良いとして。今日の本題にいよいよ取り掛かりましょう。人道的かつ革新的な処刑器具の代表格、その名もギロチンさんです。全身全霊をもって描いて、しっかりと敬意を示さなければ。うーん、腕が鳴ります」

ささっとシーツを剝ぎ取って、ペンを手に私は学長室で公募課題をバババババッと仕上げていく。部屋を替えたせいか、相当捗《はかど》ってしまった。設計図と不肖ながら私の推薦文も仕上げてしまった。何枚も描いたギロチンの精巧なイラストと使用例を、ペタペタと何枚も学長室の壁に隙間なく貼り付けていく。こんな感じで死にますとか、ちゃんと痛くないようにしましょうとか使い方も懇切丁寧に書いたし、連続絵風にこうなりますとコロンと転げ落ちちゃうところまで描いてあげてしまった。かなり上手く描けたので、記念に私のサインもパパッと入れておく。後で学長にも見てもらうとしよう。きっと大喜びするに違いない。

「素晴らしいです。会心の出来栄えです。これだけ精巧かつ緻密に大量に描けば、開発した人、世に広めた人、有名な処刑係の人も満足してくれそうです。名前もそのままギロチンさんとして提出しちゃいましょう。無事採用されて、この世界でも一杯使われるといいですよね」

手を叩《たた》いてうんうんと頷《うなず》く。というか、いい感じに作業が捗ってしまったのでこれからもちょくちょくお邪魔することにしよう。

作業はひとまず終わったけど、ここは実に快適空間だ。そのうち学長も休暇に入るだろうし、たとえいても夜なら迷惑はかからない。期間限定とはいえ、新しい勉強部屋をゲットした喜びに、私たちは大いに満足し笑みを浮かべるのであった。

◆

「士官学校の公募の件ですが、私の方で進めておきました。届いている企画書をご覧になりますか?」

――王国魔術研究所。

珈琲《コーヒー》を片手に思索に耽《ふけ》っていたニコレイナスは、副所長の言葉に顔を上げた。

「公募? ああ、あの思い付きで始めたあれですか? ちゃんと形になっていたとは驚きですね」

発想が無限に閃《ひらめ》く便利な道具でも欲しいと言ったら、研究員の一人が試しに公募でもやってみませんか、と言ったので承認した気もする。それ以降何か指示をした覚えはない。

「結構な量が届いていますよ」

「流石《さすが》できる男は違いますねぇ。どれ、若き才能の輝きを見せてもらえますか?」

「少々お待ちください。ただいまお持ちします」

「休憩になりますから焦らないでいいですよ」

これは実施して正解だ。面倒な段取りをしてくれた副所長には感謝しなければ。新しいものは常識の枠外から作り出されていくわけで。ニコレイナスも負けるつもりはないが、発想を練り上げていくということは、色々と切り捨てていくことだ。一度上手くいくとどうしても成功体験を元に作り上げてしまう。するとどうなるか。ローゼリアの新兵器は全てニコレイナス属性に染まってしまう。多様性を維持することで、あらゆる事態に対処できるようにしておくことは重要だ。本音としては、多様性がないとつまらない。

敵国プルメニアにはダイアンという常軌を逸した技術者が存在する。ローゼリアを一時滅亡寸前にまで追いやった、対魔障壁の生みの親だ。ニコレイナスが長銃を生み出すと、短期間で長銃を模倣し製造するだけでなく、対物障壁を繰り出してきた。それを潰すためにニコレイナスが大砲を用意すると、またも短期間で大砲を模倣製造した上で、騎兵の突破力を更に強化する突撃障壁を開発。こんなことの繰り返しである。もちろんニコレイナスもきっちり障壁をパクっているので、お互い様か。武器は発明、模倣、発展を繰り返して成熟していくのだ。これが模倣を正当化するときの持論である。ダイアンも同じようなことを言っているらしいから問題なし。

「こちらになります。かなりの量で申し訳ありません」

「本当に多いですねぇ。あー、私の開発したものを、こうすればいい、ああすればいいというのは今捨ててくださって結構ですよ。そんなことは私が一番分かっているので」

例えばニコ参式長銃の欠点である重さだ。軽量化すればいいなどというのは、言われなくても承知している。だが、魔力の貯蔵装置分だけどうしても重くなる。現在の性能を維持した上で軽い素材を使った場合、コストが嵩《かさ》む上に耐久性に難が出る。貯蔵装置の容量をいくらか減らし、軽量化に努めた参式突撃銃は妥協の産物である。貯蔵弾数よりも突破力重視のプランだが、なんというか元も子もないといえる。

「って、ちょっと待ってくださいよ？　まだ冬期休暇入ってすぐですよねぇ。これだけの量をこんなに早く出してきた勤勉、もしくは適当な学生がいるんですか。大丈夫なんですか、これ」

「……私も見てみましたが、すぐに実現することも可能かと。しかも全部一人によるものです」

「ほうほう、それは凄いじゃないですか。いやぁ、若いって素晴らしいですねぇ。で、それは誰なんです？」

「はい、提出してきたのはミツバです」

「それを先に言いなさい。最重要ですよ」

　副所長から企画書の束を奪い取る。表紙には『知る人ぞ知る革新的で人道的な処刑器具、ギロチン』とデカデカと記されている。製造手順、使用方法にはどれも精密なイラストつき。大した材料は使わないし組み立てても労力は使わないで済む。処刑が見世物として実に効率化されている。使用した場合の、人間が受けるであろう苦痛と、罪の軽重によりそれを和らげるための処置の必要性、群衆の沸き具合の予測も書かれている。そして開発した古《いにしえ》の賢人の名前が記されているが、生憎《あいにく》ニコレイナスは聞いたことがない。

「どう思われますか？」

「うん。これ、作ってみましょうか。王魔研で冬期休暇中に製作して、彼女に見せるとしましょう。貴方《あなた》は量産計画書の作成、それと治安維持局と王都警備局にお披露目《ひろめ》の根回しを」

「お言葉ですが、現在取り組んでいる研究と実験で余力はありません。所長にも大量の開発依頼と実験と会議の予定が」

「そんなものより、こちらを作った方が楽しいですよ。最優先です」

「分かりました。多少調整が必要ですがスケジュールへの支障は最低限に抑えてみせます。所長のお力を借りなくても大丈夫です」

副所長の目に力が籠もっている。周囲で聞き耳を立てていた研究員たちは死にそうな顔色だが、目にはやはり力がある。高給で激務、やりがい溢《あふ》れる素敵な職場。これが王魔研である。当然その中には自分も含まれなければならない。

「全員、やる気に溢れて素晴らしいことです。でも私も手伝いますよ。楽しそうですからねぇ」

この完成品を見せたときミツバがどんな顔をするか、想像すると楽しみである。

◆

楽しい冬期休暇も残り三日を切ってしまった。ほとんど一人でだらだらしたり、雪だるまを作ったり、学長室で羽を伸ばしたりしてただけであるが。たまにクローネが飲みに連れていってくれたので、多少は充実度が上がったのが救いだ。向こうの方々は盛り下がっただろうけども。

「うーん、食料が残り少ないから買いにいかないと。三日分の買い出しですね」

学校の食堂は当然お休み。じゃあどうしていたかというと、外に出て王都で楽しくお買い物である。街の様子は景気を表すかのようにどんよりしているので人々は楽しくなさそう。なんか疫病がちらほら出始めているとか、戦争が近くてヤバイとか、貴族連中は早くくたばれとかそういう感じでなんか殺気立ってる。世界は中々ハッピーにはなれないのである。思考を切り替え、全員が苦しむようになれば平等な世界だけは実現できそう。

で、生活費は実家のブルーローズ家から嫌々送られているらしいのでそこから捻出。事務官に使い道を申し出ればちゃんと支給してくれる。無駄遣いは許されないからそんなにハッピーではない。

「寒いからここから出たくないけど、出ないとお腹《なか》が満たされないです」

くるまっていた布団からだらだらと這《は》い出《で》て、ささっと制服に着替える。靴を履き鞄《かばん》を持って出発準備完了だ。お金はもらってあるので大丈夫。忘れ物はなし。

「それじゃあ、不景気と不幸せで満ち満ちた街に出発です！」

気合を入れて部屋を飛び出し、小走りで学校を出ようとしたところで、紋章つき装束の謎の一団に囲まれてしまった。こちらをやたら警戒しているが敵意は感じられない。集団で囲んでのカツアゲではなさそうなので職務質問だろうか。わざわざ正門で待ち伏せとは驚きである。

「驚かせて申し訳ありません、ミツバ・クローブさん。私たちは、王国魔術研究所所属、つまりニコレイナス所長の部下です」

「怪しい者ではありません。ですから、警戒しなくて大丈夫です。敵意はありません」

「どうか心を落ち着かせてください。興奮してはいけません」

こちらの反応を待たずに、どんどん話しかけてくる。とにかく落ち着いて話を聞いてくれと、拝むように私に語りかけてくる。落ち着いた方がいいのはそちらだと言おうと思ったが、なんか必死だったので素直に頷いておいた。

「ありがとうございます。パルック学長には話を通してあります。事務官から先に伝えていただこうと思ったのですが、連絡がつかなかったのです。その間に出発されようとしているのが見えたのでお止めしました」

「ですので、私たちは貴方に危害を加えるつもりは毛頭ありません。どうかお気を安らかに」

「私たちは間違っても緑化教徒ではありません。貴方の味方です」

最後の魔術師は両手をひろげて降参の意を示していた。どれだけ怖がられているのかと思ったが、顔が面白いのでスルーしてあげることにした。そんなことよりも、用件はなんだろうか。

「私はこれから食料を買いに行こうと思ってまして。用ならそれからでもいいですか？」

「それならご心配には及びません。こちらで買いに行かせますし、代金もこちらが持ちます。満足いただける量を後ほどお届けにあがります」

「至れり尽くせりですね。もしかして、何かの罠《わな》ですか？　凄く怪しいです」

少しばかり警戒する。甘い話に乗らないかという抜き打ちテストだったりして。敵に内通しないかどうか見るための囮《おとり》調査。

「と、とんでもない。もしお疑いでしたら、学長にこちらへ来ていただきますが」

「あ、大丈夫です。ただ言ってみただけなので」

最近のパルック学長はなぜか非常に元気がないので、引っ張りまわすのは可哀想《かわいそう》である。『お腹が痛いので放っておいてほしい』と医務室に籠もっているし。おかげで学長室は公認で使い放題なんだけども。あそこのソファーは座り心地が良いのでお気に入りである。事務官の人がたまにお茶まで持ってきてくれる。

「馬車を用意してありますので、このまま王魔研に向かいましょう。ニコレイナス所長がお待ちかねです」

「ニコ所長が私に用事だったんですか？」

「ええ。取り組んでいただいた公募の件です」

「あ、休み中なのにもう届いたんですか」

「はい、学長から急ぎでとのことで所長に渡されております。それをご覧になって、直接お話ししたいと」

「あらら。そうなんですか」

学長が気を利かして早めに提出してくれたのかもしれない。流石は学長、優しい人である。

最初に学長室に貼ってあるのを見せたときには革新的すぎて脂汗をだらだら流していたのが面白かった。そのまま首とお腹を押さえてトイレに駆け込んでいったのも面白かった。

「では向かいましょうか。昼食も用意しますので、ご心配なく」

「何から何までありがとうございます」

「とんでもありません。ではお乗りください」

なんだかこれでもかと賓客待遇である。前は凄い雑な扱いを受けた気がするのに。

やはり士官学校の学生になったからだろうか。それともニコ所長が気を遣ってくれたのか。いずれにせよあんまり調子に乗らないようにしよう。自重というのはとても大事なことである。平和に穏健に生きるには大事なことだ。

◆

「いやぁ、色々と大変だったみたいですねぇ。でも元気そうで何よりです」

「ど、どうも」

降りると同時に、紋章つき白衣を着たニコレイナス所長がにこやかに挨拶してくる。しかもそのまま頭をなでなでしまくってくる。最初に会ったときは、金髪眼鏡《めがね》のクールな美人の印象があったので、ちょっと驚きである。意外とフレンドリーな人だった。もちろん嫌いではないが、親しみを感じるかと言えば違和感が生じる。これはどういうことだろう。分からないのでスルー。

「最初に会ったときから、もう半年ですか。時が過ぎるのは早くて嫌ですねぇ。あ、前のように堅苦しいのは抜きでいきましょう。ここは私の家みたいなものですしね」

「でも、私はただの学生ですし」

「気にすることはありませんよ。遠慮なく」

無礼講でいきましょうと肩を叩かれたあと、そのまま導かれて大きな建物へと入っていく。

ここが王国魔術研究所らしい。中には謎の工房やら、用途の分からない大型器具やら、奇妙な魔法陣がたくさん描かれている。長銃の部品やらばらばらにされた大砲がそこら中に放置してある。弾薬も転がってるからうっかりが怖いところだ。当然そんなヘマをする人間はここには存在しないだろうけど。研究員や職員っぽい人たちはどれもこれも顔色はアレだけど気合の入った表情をしているし。動きもキビキビしていて、なんだか軍人顔負けである。

「どうですか、我が王魔研は。自慢するわけではないですが、中々のものでしょう。私の血と汗と涙に時間、それと結構な資金も投じられています。今では国の財産とも言える施設ですよ」

「ここで作ったものが、ローゼリア軍の武力を支えているんですよね。凄い熱気を感じます」

「ええ、毎日賑《にぎ》やかなのは確かですよ。怨敵プルメニアとの開発競争を、日夜繰り広げていますから。ふふ、開発競争の行きつく先はどのような地獄なのか、とても楽しみですよねぇ」

ニコ所長がニコッと笑う。名前通り穏やかな笑みを浮かべる女性であった。戦場ではないけれど、ここは常に最前線なんだなぁとまたもや感心してしまった。

「実はここだけの話なんですがね。我がローゼリア王国とカサブランカ大公国との同盟が正式に決まるみたいです。敵国プルメニアは対抗してリリーア王国とクロッカス大帝国で三角同盟を締結するらしいとか。これが実現したら、いよいよ血湧き肉片弾《はじ》ける大戦争になりますねぇ。今度こそ全てに決着をつけられるかと思うと、ワクワクしますよ」

ニコニコと楽しそうに物騒なことを言い出した。南の隣国カサブランカ大公国は、うちのマリアンヌ王妃様の出身国だ。かつての停戦時にやってきた人質だったけど、今のルロイ王に見初《みそ》められて結婚、そのまま関係は改善していったとか。だから同盟を結んでもおかしくはない。平和万歳である。

が、対するプルメニアはそういうわけにはいかない。西のローゼリア、南西のカサブランカから攻められたらたまったものではない。そこでローゼリアから海を挟んですぐ西に浮かぶ島国リリーア王国と軍事同盟を締結。むしろ挟撃してやろうという魂胆だ。ついでに、東に大きな領土を持つクロッカス大帝国と結び後顧の憂いを断つ。なんだか戦略ゲームをやっているみたいである。

考えているうちは楽しいけど、戦う当事者からするとたまったものじゃない。時期的に、主に私が前線送りになりそうだし。全然平和じゃなかった。アンハッピー！

「そうなったら、大勢の人が死んじゃいますね」

「死んじゃいますねぇ。私たちが作り出した武器で、大勢を殺し殺される。でも、私は何も思いませんね」

「どうしてです？」

「それはね、私が引き金を引くわけじゃないからですよ。弾を込めて引き金を引くのは兵の意思です。命令されていようがなんだろうが、人殺しですよ。その片棒を全力で担いでいることは認めますが、特に罪の意識は感じません。嫌なら撃たずに死ねばいいのですから。何か問題がありますか？」

穏やかな笑みに黒くどんよりと濁った瞳。人の不幸も自分の不幸も喜ぶ意志。どこかとても近くで見覚えがあるなぁと思った。

「あの。私がその最前線の兵になりそうなんですけど」

「本当に嫌ならやめてもいいんじゃないですか？　色々な生き方がありますし。貴方にはその力がある。ただ――」

「なんです？」

「貴方は逃げないでしょう。だって、これからがはじまりなんですから」

さくっと言い切られてしまった。力があるかは分からないが、確かにその通りである。別に何をしたいとかもない。どこに行きたいとかもない。それを見つけるために学校にいるような気もしたけれど。果たして。

「……もうちょっと勉強してから考えます」

「ふふ、それは学生らしい良い答えですねぇ。実に素晴らしいですよ。でも、時間切れには注意してくださいね」

研究所内を通り抜け、中庭のような場所に案内された。そこにも色々な器具や機材が置かれている。屋外での効果を試すためのものだろうか。パラソルつきのテーブルが置かれており、そこにはお茶とクッキーが用意してあった。

「さ、座ってください。今日の貴方はお客様ですから。せっかくですし、今までの学生生活のこと、色々聞かせていただけますか？」

「どうしてそんなに私のことが気になるんです？　観察対象だからですか？」

そこまで親しい間柄ではない。だって半年ぐらい前に一度会っただけだし。入学をお世話してくれたのはこの人だけど、仲良しではない。ニコ所長は笑みを浮かべたまま口を開く。

「貴方のお父様から後見役を頼まれていると言ったじゃないですか。お忘れでしたか？　私は貴方のことを見守る義務がある」

「あ、そういえばそんなことも言っていたような」

確かに言っていたかも。あの時はなんだか一杯ありすぎてすっかり忘れていたけれど。

父ギルモアのこともすっかり忘れていた。一か月ちょっとの付き合いだから仕方ないけど、娘としてはちょっと情けない。たまに思い出すよう努力しよう。大した思い出もないけれど。

「魔術の使い方は勉強できましたか？」

「それがさっぱりでして。魔力の流し込み方は分かったんですけど、魔術なんて触れもしません」

ニコちんからほいと何か便利な魔術を勉強する機会があるかと思いきや、全くなかった。魔力を参式長銃に籠めるときぐらいか。それも実際は意識して強く呼吸をしているようなものなので、魔術師になったーとかそういう感じはない。完全に砲兵さんになるための授業ばかり。楽しいからいいんだけど。

「まぁ、魔術なんて時代遅れの代物ですし。障壁が生み出されたときに絶滅を約束されたようなものです。今は貴族の方々のために辛《かろ》うじて生かされているに過ぎませんよ」

「貴族様たちのためですか」

「ええ、高貴なご婦人方へのウケがいいんですよ。まぁ華やかなのは認めますが。あの方たちは落ちぶれたら大道芸人になれて羨ましいですねぇ。私のために火吹き玉乗りを披露してもらいたいです」

「ど、毒が凄いですね」

通称呪い人形の私が言うのもあれだが、軽やかに悪口が出てくるのが凄い。

「それほどでもないですよ。ちなみに貴族様御用達《ごようたし》の騎兵はまだまだ現役ですけどね。プルメニアの変人のせいなんですけど。私の邪魔ばかりするんですよ。まったく、魔術も騎兵も潔く滅びればいいのに」

そう言ってクッキーをぼりぼりと貪り始める。穏やかで知性溢れる顔つきなのに、色々話してみると結構アレだった。やはり国を代表する研究所の所長になるには清濁併せ呑《の》まないと駄目らしい。

「えーと。じゃあ私は頑張って砲兵科で大砲を勉強します」

「それがいいですよ。私もまだまだ頑張ります。そうそう、長銃も肆《よん》式を精兵向けに配備する予定ですから楽しみにしていてください」

さっきから秘密事項をぺらぺらと話してくれる。これでいいのかと心配になるが、ニコ所長の後ろにいる副所長が黙っているので問題ないっぽい。軽く挨拶しただけだが、サンドラっぽい几帳面《きちょうめん》な性格だ。間違いない。

「大事なことを忘れていました。緑化教徒の件はお疲れ様でした。たくさん潰してくれたみたいですねぇ」

「はい。騒動に巻き込まれちゃいまして、仕方なく処理しました」

「ついているのかついていないのか。微妙ですねぇ」

「確実にアンハッピーです」

「ははは、そうむくれずに。……内緒ですがね、私も偉くなる前にカビ浄化をやったことがあるんです。でも、潰しても潰しても次々に湧いてくるのでキリがない。それでいて、死を救いと思っているから死ぬほど腹が立つ。そういう連中は実験材料として地獄の苦しみを与えましたがね。流石に数年もやると殺すのにも飽きてしまいました。私の時間を無為に奪われている気がして、こう、色々な感情が湧いてくるのですよ」

笑顔のままクッキーを数枚握り潰してしまったニコ所長。直接潰していたとか、想像した以上に嫌いらしい。所長は我に返ると、アハハと照れ笑いを浮かべながら破片を一つずつ口に放り込んでいる。

「カビが本当に嫌いなんですね。私もですけど。なんか気に入らなくて」

「ええ、ええ。そうなるでしょうねぇ。……なら、今日はきっと楽しくなりますよ」

「――所長。用意ができましたが」

「そうですか。では、楽しいお話はまた後で一杯聞かせてもらうとして。先にアレを見てもらいましょう。ここへ持ってきてください。ついでに観客の皆様もね」

「承知いたしました」

副所長が一礼して研究所内に入っていく。私とニコ所長が取り残される。お茶のお代わりを注《つ》いでくれた。リーリエ産の紅茶らしい。香り豊かで中々美味《おい》しい。

「アレを見たらきっとビックリすると思いますよ」

「えっと、アレってなんです？」

「それは来てからのお楽しみで」

ニコ所長が悪戯《いたずら》っぽく微笑《ほほえ》む。実年齢はもう四十を過ぎているらしいが、全然そんな風には見えない。ずばり白衣を着た若奥様である。

「さぁ、来たみたいですよ。この一週間全力で製作にあたりましたから。いやぁ、本当に楽しかったですねぇ。子供の頃に戻った気分でした」

ガラガラと滑車つきの台が運ばれてくる。重量感もあり結構でかい。ブルーローズ家の門ぐらいの大きさだ。しかも凄く見覚えがあるような。あのいかにも革命といった感じの処刑器具。首をちょっきんちょっきんしてくれちゃう世界一有名で素敵な断頭台。首桶《くびおけ》つきなのも素晴らしい。

「もしかしてギロチン？　いつの間に作ったんですか」

「いやぁ、すばらしい企画書をありがとうございます。あまりの出来の良さに、いてもたってもいられなくなっちゃいまして。全部放り投げてこれの製造作業に没頭しちゃいましたよ。ね、副所長」

「はい。私も良い仕事をしたという実感があります。ミツバさんに気に入っていただければ嬉《うれ》しいですね」

仕事をやり終えた男の顔だ。実に良い顔をしている。ニコ所長は満面の笑みでそのまま昇天しそうなほど。私は混乱状態にあるので、思考が上手くまとまらない。

「ちょっと早いですが、これを公募合格第一号に認定します。最優秀品に認定してもいいぐらいですね。というか早速公式採用するように表と裏から全力で手を回しちゃいました。実はですね、今日はそのお披露目も兼ねてまして。各所からお偉いさん方を招いてあるんですよ」

ぞろぞろ偉そうな勲章やら肩章を着けた制服姿のおじさんたちがギロチンの傍《そば》に集まってくる。明らかに貴族っぽい人や、お鬚《ひげ》が整ったお役人もいる。装置を触ったり、刃の付き方を観察したり、執行方法を研究員に確認したり、書類に記したりしている。それをお付きの人が一々書類に記しているので、どうやら本気のようだ。

「はい、それではお集まりの皆さん、大変お待たせいたしました。来てくれた皆さまには後でちゃんとお礼しますのでご心配なく。ではこれから人道的な処刑器具、栄えある公募合格第一号『ギロチン』の実証試験を行います。皆さま、発案者のミツバ・クローブさんに盛大な拍手を！」

ノリの良いニコ所長が盛大に声を張り上げる。

もうこれでもかと全力で拍手しているのは副所長と研究員の人たち。一方、来客の皆様方は乾いた拍手である。『あれが例の……』やら『ギルモア卿の呪い人形』やら『恐ろしい悪魔の落とし子』などなど素敵な陰口も叩いてくれた。呪い人形と悪魔の落とし子と言った奴は、今は怒らないけど、顔は覚えた。

「最初は木製人形でやろうと思ったのですが、それではいまいち盛り上がりに欠けると思いまして。そこで、私思いつきました」

意味深に一拍あけるニコ所長。

「ミツバさんが見事に壊滅させたハルジオ村の事件は皆様ご存じですよね？　あの事件の元凶、国

を裏切ったタルク元少尉こそが第一号に相応《ふさわ》しいと思いまして、こちらに来ていただいているんですよ！　ささ、一刻も早くこちらに連れてきてください！」

魔術師たちに引《ひ》き摺《ず》られて、見覚えのある人間が現れた。

薄汚れた囚人服に身を包むのは、かつては好青年だったタルク元少尉だ。髪と髭《ひげ》は伸び放題、手足は完全に拘束され、至る所に暴行の痕が残っている。精神を病んでいるのか、口からは涎が垂れ、目も虚《うつ》ろだったのだが――。

「ひ、ひいっ!!　あ、悪魔、悪魔、悪魔ッ!!　ち、近づくな、俺に近づくなあああぁッ!!」

「人の顔を見るなり悪口とは、いきなり失礼ですね」

眼に光が宿ったかと思ったら悪魔呼ばわりしてきやがった。カビの分際でとんでもない奴である。

私はすたすたと近づいていき、みぞおちを思い切りぶん殴ってやった。そして首根っこを摑んで引き摺り、ささっとギロチンにセットしてやる。もちろん、刃の見える仰向《あおむ》きでだ。こういう応用を利かせるのも大事である。

「これは人道的な処刑器具なので、対象にサクッと死んでもらうことができちゃう代物です。誰でも簡単に使えますし、苦痛を感じる暇もなく死ぬことができちゃいます。お手入れも簡単ですし、とても効率的なんです」

なんだか私の中の気分が盛り上がってきたので、皆様に振り返ってつい説明してしまう。

周りは王魔研所属の一部以外はドン引きだが気にしない。タルク元少尉は口から赤い泡を吹き始めているが、意識はあるだろう。目から何か流れてるし。

「あとは罪状に応じて、必要なら痛み止めを服用させてください。多分、首に刃が入る時だけは痛いと思いますし。でも実際は分かりませんので、首を落とした後で本人に聞いてもいいと思います。意識があるのかは、本人に聞いてみないと分かりませんよね？」

「なるほど、首を落としてから聞くというのは考えたこともありませんでしたねぇ！　副所長、今度試してみましょう！」

「はい所長」

「でもカビ化した重罪人には苦痛と恐怖を最後まで味わってもらいます。というわけで刃が落ちる瞬間を見られる仰向きに設置してみました。じゃあ早速いきましょうか」

私が合図すると、副所長が安全装置を外し、紐《ひも》をこちらに渡してくれる。

するとニコニコ笑顔のニコレイナス所長が近づいてきて、自然な感じで一緒に紐を握る。なんだかくす玉を割るみたいで楽しくなってきた。

「では３つ数えて引きましょうか。ああ、楽しみですねぇ。抜け駆けはやめてくださいね？　そういうのは悲しくなりますからね」

「分かりました。ではいきますね。３、２、１――」

「「ゼロ」」

ゼロで紐を一緒に引っ張る。刃が勢いよくストンと落ちる。目が真っ赤、いや全部黒に染まったタルク元少尉の首が桶にころころと転がり落ちる。口からは黒い泡を汚らしく吹いている。胴体からも黒飛沫《くろしぶき》が噴き上がる。血の色は赤だった気もするけどまぁどうでもいい。これに意識が残っているのかどうかもどうでもいい。私には興味がない。

「はい、以上で終了です。剣や斧《おの》による斬首刑よりも簡単楽々、野蛮な撲殺や糞尿《ふんにょう》を垂れ流す絞殺はもう古い！　上手くやれば、後片付けが大変な、八つ裂き以上の恐怖を与えられる逸品に仕上がりました。罪状に応じて痛み止めの慈悲を渡してやれば、民衆もその優しさに涙ぐむこと間違いなしです。いやはや、素晴らしい出来栄えとは思いませんか？」

中身入りの首桶を足で揺らしながら超ご機嫌なニコ所長。

「これが人道的……？　いや、革新的なのは認めるが」

「恐怖を与えるのも間違いないだろうが、これは許されるのか？」

「いや、頭から否定する必要もないだろう。どうせ殺すのだから楽な方がいい。執行人の技量を必要としないところは大きい利点だ。これなら誰でも執行人を務めることができる」

「後片付けも楽そうですなぁ。構造を見ても製造費も大して問題はないでしょう」

「よし、早速持ち帰り検討するぞ。発案者はアレだがモノは確かな出来栄えだ。それに費用も抑えられそうで何より。流石は王魔研だな」

「……まったく、あの呪い人形、どうしたらこんなモノを思いつくんだ？　それを真に受けて作る人間もどうかしている。いずれ大輪の神の裁きを受けるぞ」

「まったく恐ろしい。命令じゃなければ誰がこんな悪趣味な催しに参加するか。おっと、小悪魔の方はともかく、所長に聞こえたら面倒か」

「聞こえたところで一分も気にもするまいよ。しかしギルモア卿も余計なモノを残してくれたものだ。ミリアーネ様もなぜ悪評の源を放置しておくのやら。世の中理解に苦しむことだらけだな」

「いやはや、我々善良な貴族だけが救われる世の中になってほしいものです」

色々な小声が聞こえてくる。評判は上々のようだが、悪口はしっかり聞こえている。先ほどから数えてこれで二度目だ。

私だけじゃなく所長とギロチンの悪口も聞こえている。私は許さない。絶対に逃がさない。偉そうな服を着た、二名の中年貴族の顔をしっかりと、両目に焼き付ける。神様がいたら彼らはきっと救われるだろう。じゃあもしもいなかったら？

——と、ニコ所長が額の汗を拭う仕草をして話しかけてくる。私は気を緩めて、大きく息を吸い、吐き出す。

「ふぅ、いい仕事ができましたねぇ。でも、本当に名前はギロチンでいいんですか？　貴方の好きな名前をつけてもいいんですよ。例えばミツバの素敵な首チョッキンとか」

「いいえ、これはギロチンじゃないと駄目なんです。本当に一番重要なことです」

「そうなんですか。ええ、こだわりは大事にしなければいけません。ならギロチンのままでいきましょう。いやいや、これが国中に配備されるのが楽しみですねぇ」

「そうなったら、世の中もっと楽しくなります」

「ええ、私もそう思いますよ」

そう言って満足そうに笑うニコ所長。本当に楽しそうだったので、私も思わずつられて笑うのだった。

◆

そこそこに楽しかった冬期休暇が終了する。明日からはなんと士官学校二年目に突入である。やることは特に変わらないけど、夢や野心に満ちた後輩が入ってくる。一緒に訓練するだけで、特に親しくなることはないんだろうけど。賑やかになるのは良いことである。

ちなみに、休暇の最後の三日間は、王魔研に泊まり込みでギロチンの仕上げ作業を手伝わされた。国王陛下にご覧いただくのだから、自分の力で最後まで仕上げなさいと言われてしまった。

なんでも、所長曰《いわ》く凄い勢いで各所に噂が広がっているとのこと。どんな噂かは教えてくれなかったが、研究員の人たちが言葉を濁していたので多分アレである。段々ヤケになってきた私は、ギロチンに白詰草の装飾を紋章のように数か所刻んでおいた。三つ葉でなく四つ葉のクローバーなのがこだわりポイントである。死ぬ前に見つけられたら、ちょっとした幸運を味わえてしまう。羨ましい。この心配りにニコ所長も満足していたので、良かったに違いない。私もいつかは幸運にあやかりたいということで葉っぱは四枚。

「へぇ。チビは私の知らないところで、そんな楽しそうなことをやってたんだね。この裏切者かつ薄情者！」

「そんなこと言われても困りますし。この三日間は毎日朝から晩まで、一人で仕上げ作業ですよ？というかですね、自分こそこっそり公募作品に応募していたでしょう。精密射撃ができる仕組みやらなんやらで。企画書があったのを目撃しましたよ！」

毎日飲み歩いて遊びほうけてデートしまくってるリア充のくせに、こっそりと成績を向上させようとするこの腹黒さ。しかもニコ所長も気に入っていたから、加点は間違いなし。私のように悪名が広まることもないだろう。

「あはは。まー、細かいことはいいじゃない。ささ、せっかく良い酒が入ったんだからさっさと飲もうよ！」

「そんなことでは騙《だま》されませんよ。きっちり細かく教えてもらいますよ……って、このお酒、本当に美味しいですね」

マイグラスに注がれた赤ワイン。いつものとは違い、舌触りがとてもなめらか。香りは豊かだが鼻につくことはない。重厚な渋みに深い味わいがある。これは素晴らしい。思わずなんちゃってソムリエになってしまったぐらいだ。

「ふふーん。実はとある金持ち学生からお宝を分捕ったのさ。騎兵科にも意外と面白い奴がいるもんでね。良い男だから、将来は私の秘書にしてやるつもりさ」

「まーたたぶらかしたんですか」

「失敬なことを。語り明かして夢を共有しただけさ。軍功を積んで偉くなったら、美味《うま》い酒をまた飲もうじゃないかってね。で、これはその前借り」

クローネがニヤリと笑う。この女は男たらしであり女たらしでもある。自称没落貴族だから、貴族階級から市民階級の学生まで満遍なく付き合いがある。典型的な貴族様や卑屈すぎる人間とは話が合わないが、いわゆる跳ね返り者たちとはすぐに仲良くなれてしまう。よく分からないカリスマ持ちだから仕方ない。

「深酒もほどほどにしておくんだな。新入生が入ってくるのだから、新年早々に遅刻しては示しがつくまい」

「分かってますよ。あ、サンドラもお土産《みやげ》ありがとうございました」

「私にはないいんだよ。本当に薄情な奴だ」

「ふん。年中遊び歩いてる奴にくれてやる物などない。そう、豚に真珠というやつだ」

「ぶひぶひ言うだけで真珠が貰《もら》えるならありがたく貰うけど」

「宝石商でもたぶらかして勝手に貰うがいい」

サンドラが実家から万年筆を持ってきてくれたのである。なんでもお兄さんが職人なんだとか。かなり値が張りそうなものなので最初は遠慮したのだけれど、元々売り物じゃない練習品とのことで、ありがたく貰うことにした。ちなみにサンドラのお父さんは弁護士さんとのこと。きっとバリバリのやり手に違いない。貧乏とか言ってたから、市民の味方なんだろう。だからサンドラもこんな感じに育ったのである。

「私も皆にお土産があればいいんですけど。生憎引き籠もり生活だったもので」

「あはは、何を言ってるんだよ。面白い土産話をたくさん用意してくれたじゃないか。素晴らしいツマミだよ」

「寮の警備兵を拘束して武装一式を奪取、学長室を占拠してやりたい放題。自称人道的な処刑器具ギロチンが採用決定、挙句には国王に呼び出されるとは。まったく破天荒にも程がある」

「いやぁずるいよねぇ。私も一緒にいればよかったよ！　そしたらついでに王様からご褒美を貰えてたかも。舞踏会では美味い酒飲み放題だろうしねぇ」

なんでか知らないが、私の悪行の数々が面白話に変換されていた。

というか占拠してたわけじゃないし、借りてただけだし。じゃなかったら事務官の人はお茶なんて用意してくれないし。それと、国王陛下に呼び出されるなんていうのは悪質なデマである。呼ばれているのは立派なギロチン君だけ。

「別に私は呼ばれてませんよ。お披露目するのはギロチンだけですし」

「まだ聞いていなかったのか？　お前は公募案採用第一号として、明日の全体朝礼兼入学式で表彰される。しかもその後でベリーズ宮殿行きが決定している。教官が言っていたのだから間違いない」

「もしかして何か気の利いた一言でも言わされるんじゃないの？　先輩としてビシッと決めないとね。あはは！」

いい感じに酒が回ってきたクローネが、私の背中をビシビシ叩いてくる。痛い痛い。

「……私がベリーズ宮殿行き。あれ、何かまずくないですかね。私、ブルーローズ家を見事に追放されているんですよ。そんな人間がのこのこ行ったら絶対まずいですよね」

「招かれざる客を招くのは向こうなんだから、気にしない気にしない。チビを追い出したあの悪女なんか、口をあんぐり開けて驚くに違いないよ。元ブルーローズ家の娘だと分かったらさ、当主代行様の面子《メンツ》丸潰れ間違いなし！」

「くくっ。よりによって開発されたのが自称人道的な処刑器具だからな。いつかお前をこれに掛けてやるから覚悟しておけ、とでも伝えてやれ。泣いて喜ぶに違いない」

クローネはともかく、サンドラまで言いたい放題だった。基本的に貴族大嫌いガールだから仕方ない。没落貴族のクローネと追放された私は例外なのである。この半年で多分友達くらいにはなれたと思うが、正面から聞くと真顔で否定されそうだからやめておこう。

「そうだ。そういう素敵なドレスは持ってないんで欠席しますね。残念です」

「学生なんだから制服でいいんだよ。軍人は軍仕様の礼服だろう？　だから問題ないね」

「なら、急に腹痛が」

「なに、それは大変だ。私がとても効く腹痛薬を持っているから飲むといい。何でもない人間が飲むと三日間便秘で苦しむがな」

「急に治りました」

ああ、それにしても困った。まず、最初の関門は朝礼兼入学式だ。気の利いた一言を言ってくださいとか言われたらとても困る。私は引っ込み思案だからそういうのが苦手である。皆の心を打つような演説なんてできるわけがないし。

次に国王陛下の呼び出しもとても困る。どうなるかは知らないけど、多分面倒くさいことになるだろうし。『よくやったな』『ははー、ありがたき幸せ』で簡単に終わるかもしれないけど。そうなるように誰かに祈っておこう。

そして最後の舞踏会。新年早々ということは、大貴族様も一杯来てるに違いない。当然ローゼリアを支える七杖家《しちじょうけ》も大集合。継母ミリアーネは確実に来る。下手すると一度も話したことがないお兄様方と会う可能性もある。名前はグリエルとミゲルだっけか。何か嫌なことを言われたり、手を上げられたりしたら大変だ。多分、悲惨なことになる。そんな予感がする。私は大丈夫だけど、私たちは我慢しないかも。

「おーいサンドラ議員さん。チビの偉業を祝して一杯ぐらい付き合いなよ。将来、あのギロチンを使う側に回るのかもしれないし。掛けたい相手はすでにメモってるんだろ？　怖い怖い」

「ふん。まだ現物を見ていないから何とも言えないがな。近い将来、役立つ日がくることを祈るとしよう」

「私の名前はないでしょうね」

「後ろめたいことがないなら堂々としていろ。罪もない人間を死刑にするなどありえん」

「ほら、年代物のプルメニアワインだ。敵国の酒を飲むことで勢いを呑むってね。アンタにくれてやるにはもったいないが、今日は許すよ」

「くだらん、別に頼んだ覚えはない」

上機嫌のクローネ、不機嫌なサンドラ、そして私がグラスを掲げる。こうやって飲めるのは最初で最後かもしれない。今年も楽しく良い年になりますように。まだ意識が目覚めてから一年半ぐらいだけど、こうして楽しい時間を積み重ねていければ良いなと思う。その積み重ねが、私という存在を確かなものにしていく。そして生きた証をこの世界に刻んでいこう。私は確かにここに存在したと示すために。そう、深く深く刻み込んでやるのだ。

「ではでは、チビの偉業を祝すとともに、私たちの栄達を願って。ついでにこの国の未来に幸がありますように」

「「「乾杯」」」

EPISODE 4

優雅な鉄火場

「――以上で入学式を終了します。続いて、表彰式に移りますが、これから表彰する学生たちは、昨年、大変に優秀な成績を収めた者たちです。未来のローゼリア陸軍を担うに相応《ふさわ》しい優秀な学生たちです。新入生諸君も、彼らを見習って精進するように」

パルック学長の長々としたありがたい訓示が終了し、事務官がお決まりの挨拶を行い、表彰式のはじまりだ。次々と呼び出されるのは、選ばれし貴族の皆様方。下級の身分である市民出身者が彼らより先に呼び出されることは絶対にありえないとのこと。

ということで壇上にいるのは騎兵科、魔術科の偉そうな学生たちばかりなわけで。彼らが本当に優秀なのかは怪しいけれど、大事なのは中身である。決して外見で判断してはいけない。典型的な貴族様の見本市だけど、中身はもしかしたら、かろうじて、ひょっとすると違うのかもしれない。

というか、歩兵科と砲兵科からは一人も呼ばれていないし。これも毎度のことらしいので、歩兵科、砲兵科の先輩方からは特に文句も出ない。むしろ目立つと絡まれて面倒だとの意見もあるとか。

クローネはあからさまに贔屓《ひいき》しやがってとぶーたれていたが。

「それでは受賞者を代表し、僭越《せんえつ》ながらこの私、リーマス・イエローローズ・セルペンスが挨拶させていただきましょう。少しばかり長くなりますが、皆様、ご清聴をお願いします」

今までで一番偉そうな学生が現れて、これまた偉そうに講釈を垂れ始めた。なぜかお付きの者まで付き従わせていて学長よりも偉そうだ。そういえばどこかで見覚えがあるような気もする。食堂だったような。中身があるようでないので非常に眠くなって思考が混濁してくる。これはまずい。眠気の元凶への敵意が高まる前に考えを巡らせよう。まだはじめるにはすこし早い。

イエローローズ家といえば、私のかつての実家ブルーローズと同等の超名家である。七杖家《しちじょうけ》は当主全員が公爵だし、名門中の名門だから偉そうになるのも当然か。今呼び出されたのも名誉姓もちの学生ばかり。やっぱり血統というのは軍でも大事らしい。なら私も大事にしろと思うが、その意見には誰も同意しないというのが世知辛い世の中である。まぁ鉛弾はそういうのに配慮はしてくれないので、どうでもいい話ではある。

そういえば、あの紫に変色してしまった青薔薇《あおばら》の杖《つえ》は今どうなっているんだろうか。ミリアーネ義母様は頑張って元に戻そうとしているかもしれない。でも無駄である。あれは絶対に元の綺麗《きれい》な青には戻らない。私が刻み込んでやったから。ざまぁみろである。

「……おい！　おい、ミツバ！」

「へ？」

暗い思考に囚《とら》われていると、隣でずっと苛《いら》つき気味だったサンドラが肘で突《つつ》いてくる。

きょろきょろと周囲を見渡せば、同級生たちの視線が私に集中している。うっかりぼーっとしてしまっていた。

「いつの間にあの空虚な長話が終わったんです？」

「その気持ちには同意するが、呼ばれると言われていたのだから準備くらいはしておけ。貴族を持ち上げる時間が終わったから、お前の番だ」

「そうですか」

「さっさと行ってこい。このくだらない式にも流石《さすが》に飽きてきた」

サンドラに列の外へ強引に押し出された。呆《あき》れ顔《がお》のガルド教官に腕を掴《つか》まれて、そのまま壇上へ連行だ。途中、超絶にご機嫌でどや顔のリーマス君とすれ違う。軽く会釈してあげると、向こうの顔色が一気に萎《しお》れたナスみたいになったので面白かった。

「あー、ごほん。極めて異例ではありますが、砲兵科より表彰される学生を紹介したいと思います。えー、真《まこと》に極めて異例ですが、王国魔術研究所ニコレイナス所長から、とても強く依頼されましたので、色々と遺憾ながら表彰を行わせていただきます」

私の本意ではないんだよと、何度も強調する学長。遺憾の意まで飛び出してしまった。栄えある式典に私を捻《ね》じ込んだから、貴族様たちから色々と突かれてしまうのだろう。可哀想《かわいそう》に。私はまばらでやる気のない拍手に迎えられながら、とりあえず学長の前にすたすた歩き一礼しておく。疲れ切った顔のパルック学長が、素早く賞状を差し出してきたので恭しく受け取り、もう一度お礼。そして学生側に向き直る。

「初めまして、二十期砲兵科のミツバ・クローブです。ブルーローズ家を追放された私ですが、今回、このような素晴らしい栄誉をいただけることになり大変感謝しております。私の亡き父ギルモアはもちろん、義理の母ミリアーネも死ぬほど喜んでいると思います。二人に代わりまして、皆様に心から御礼を申し上げます」

せっかくなので軽い嫌味《いやみ》を混ぜておこう。チラッと横を見ると、学長の顔が笑顔のままゆがんでいくのが面白い。面白いからどんどん続けよう。と思って口を開いたら、学長が慌ててカットインしてきた。

「さ、先ほども説明しましたが、彼女は王国魔術研究所の公募企画に応募し、提出した企画書が見事に採用されました。国王陛下も大変に感心されたご様子で、本日、お褒めの言葉をいただけることになっています。皆さんも、彼女に負けないようにさらに勉学に励み、鍛錬を積んでいってください。それでは以上をもちまして――」

学長が式を終らせにかかったので、横で控えていた事務官が小走りで駆けてきて耳打ちする。近くの私には丸聞こえである。

「パルック学長。公募品の中身の説明が済んでいません。それぐらいは説明しておかないと」

「……この際アレは省略していいだろう。このままだと更に何を言いだすか。この式には偉い貴族様のほかに陸軍のお偉方も参加しているのだぞ。処刑器具を褒めたたえるなど、どんな顔ですればいいか分からん」

「しかし、さらっと流したことが、ニコ所長の耳に入っても知りませんよ。かなりお気に召していたようですし」

「それはとても怖い。だが、お偉方からの視線も怖い。おお神よ、私はどうしたら」

学長と事務官がごちゃごちゃやっていると、学生たちがざわめきだした。何かトラブルでも起こったのかと疑っているようだ。お偉方っぽい人の表情も更に険しくなってきたし。ここは私が勝手に続きを話してしまおう。さっさと終わらせてしまえば、学長も安心である。

「時間がもったいないですので、今回採用された処刑器具『ギロチン』について簡単に説明させていただきます。ギロチンは、基本的には誰でも簡単に扱えますしお手入れも難しくはありません。ただし、執行人には観衆を盛り上げる仕草や振る舞い、心の強さも求められますので決して侮ってはいけません」

「ミ、ミツバ君？」

「効率良くやれば一日百人処刑することもできちゃいます。慌てず素早く正確にサクサクと首を落としていきましょう。そうそう、『私は選ばれし高貴な者だから下々の者とは違う』という勇敢な方は、ぜひ刃の下で仰向《あおむ》けになってみてください。そこで味わえる緊張感はまさに人生で一度だけの経験ですし、刃が落ちてくる瞬間はすごい迫力だと思います。そんなに痛みは感じないと思いますが、気になる人は痛み止めを飲んで安らかな気持ちで逝ってください。これから量産されるとニコ所長が仰《おっしゃ》っていたので、皆さんも機会があればぜひ使ってみてくださいね」

お世話になったニコ所長のためにバッチリ宣伝しておいた。これで私の評価点はさらにプラスである。卒業後は立派な砲兵士官として、後方から大砲を撃ちまくろう。敵の戦列に撃ちまくるのはきっと楽しい。思わず満足してしまい、全力でにやけてしまった。

一瞬静まり返った後、サンドラとクローネが先手を切って大きな拍手、続いて歩兵科と砲兵科の学生がやけくそで拍手してくれたので、私は手を挙げて応えておいた。お偉方と騎兵科、魔術科学生はなんだかお通夜ムードだったけど、それはそれで面白かったので良しとしよう。

列に戻ると、サンドラが上機嫌で迎えてくれた。

「やるじゃないか。貴族どもを持ち上げる式にうんざりしていたが、お前のおかげで最後だけ面白くなった。馬鹿どもの侮る顔がだんだんと蒼白《そうはく》になるのは実に愉快だったな」

「そうですか？　盛り上がったなら良かったです」

「ふふ、家柄だけの馬鹿どもと腐敗した議員はいずれ一気に掃除してやるさ。考えを共にする同志も集まってきている。後は時期が来るのを待つだけだ。お前も先のことはよく考えておくことだな」

やる気に満ちたサンドラ。もう今すぐに革命万歳とか叫んで壇上にあがりそうだ。周囲を注意深く見ると、そんな顔をした連中がちらほらいるし。いわゆるサンドラと意をともにする同志たちか。勢いで士官学校を武力占拠して独立を宣言しないかとても心配である。

ちなみにサンドラの言う先のこととは、共和派の同志になって王政と貴族制打破、封建制の廃止を目指そうというもの。議員を目指せとかいう無理難題を遠回しに言われてもいるし。私が議員なんかになったら、自分で言うのもなんだが世も末だと思う。戦争が近いという噂《うわさ》が流れているから か、学生たちの間でもそんな話をすることが多くなってきているのだ。

ちなみに年末年始の王都は共和派と王党派が小競り合いを繰り広げて、とても賑《にぎ》やかで騒がしかった。戦争の脅威が迫っているから当然だ。ほとんどの貧乏市民は圧倒的に共和派だけど、年寄りや金持ちには王党派が多い。議会でも上院下院議会と市民議会の間で毎日侃々諤々《かんかんがくがく》の大騒ぎだ。各新聞による自派閥持ち上げと扇動、対立派閥へのネガティブキャンペーンも凄《すご》いし。その合間に散発的に起こる緑化教徒の自爆&自爆。まったく、今年は本当にどうなることやら。年始から大賑わいで実に期待がもてる世の中だ。

「ちょっとちょっと。チビを悪い道に誘わないでおくれよ。チビは私と一緒に大陸統一を目指すんだからさ。色々キナ臭いことやっているのは掴んでるんだよ？」

クローネが後ろから頭を挟み込んできた。背が大きいし胸もついでに大きいから凄い押される。その顔は獰猛《どうもう》な笑みを浮かべている。

「私を脅すつもりか？　大体、足下が揺らいでいるというのに何が大陸統一だ。お前こそ馬鹿なことを言ってないでいい加減に現実を見たらどうだ」

「見た上で言ってるのさ。揺らいでいる今だからこそ、好機さえ摑めば成り上がれる。共和派が掻《か》き乱《みだ》してくれた後ならもっとやりやすい。もうすぐ暴発するんだろう？　でもチビを道連れにするのはやめてほしいね。アンタらは勝手に暴れて勝手に死んでくれればそれでいいからさ」

「緑化教徒扱いするのはやめてもらおうか。私たちは死ぬことは恐れないが、無駄死にするつもりはない。時を見ているのは私たちも同じこと。だが時間は無限ではない、いつかは行動しなければならない。お前のように才覚だけで生きている怠惰な人間には分からないだろうがな」

「分かりたくもないね。私は私のやりたいようにやるだけさ」

「自分勝手に生きている人間に、実に相応しい言葉だな」

「喧嘩《けんか》はよそでやってくださいね。もう皆解散しちゃいましたよ」

残念、やっぱり二人は分かり合えないようだった。私も将来どうするか考えないと。って、私は砲兵士官になるんだから軍人になるのである。つまりお国のために戦うわけで。……ということは、王政を支持するということ？　いやでも共和派だって侵攻してくる敵は撃ち払わなくちゃいけないだろうし。軍人さんだって色々あるに違いない。はてさて私はどうしようか。

まぁ道を間違えてギロチンデッドエンドでも意外と面白いかもしれないと物騒な思考が浮かんでくる。自分で作ってしまったギロチンに掛けられる私。それは中々に興味深い光景だけど、穏健派の私としては遠慮しておきたいと思うのであった。死んだ後に笑いながら首だけで飛んでいったとか、怪談にされるのは間違いないだろう。

全体朝礼の後は教室に戻ってそのまま解散となった。普通の学校と違うから組替えなどありえないし、担当教官が代わることもない。何事もなければ、卒業までガルド教官とこの同級生と一緒にお勉強ということである。優秀なクローネあたりは短期で卒業しちゃいそうだけども。

で、ガルド教官からは今年も基礎訓練をみっちりやっていくとありがたいお言葉があった。段々と軍隊形式に慣らしていくとも言っていたけど。今は指導を受ける側だけど、軍人になったら徴兵されてきた連中を、前線で指揮して戦わせなければならない。安全なところから命令を出せるのは貴族様だけなのである。

「…………ふぅ」

そんな感じで午前の出来事を思い返していたが、いよいよ緊張が高まってきた。

今はごとごと揺れる馬車の中。今度の目的地は王魔研ではなく、ベリーズ宮殿。国王陛下の住んでいる無駄に立派な建物だ。その周囲には議会もあったり、裁判所もあったり、各局本部があったりとローゼリアの中心部だ。緑化教徒からしたらここで景気よく自爆したいに違いない。

当然警備も超厳重である。至る所に警備兵が立ち、前も見たけど宮殿を守る外壁には大砲がたくさんだ。私のような人間が出入りできる場所ではないが、今日はご招待に与《あずか》ったので来てやったのである。上から目線になることで緊張感を解きほぐそう。

「うーん。皺《しわ》はないし、帽子は中で取ると。サーベルはいつまで提げてていいんですかね」

全身を見てみるが多分大丈夫。背中にも『馬鹿』とか『呪い人形』とかは貼られてないし。別に貼られたことはないけど。それに学長と事務官がやってきて色々とチェックもされたので問題ないはず。絶対に失礼なことを言わないよう、やらないようにと強く釘《くぎ》を刺されている。私は猛獣かと言いたくなったが、目が真剣だったので適当に頷《うなず》いてあげた。私がなにかやらかして国王陛下の勘気を被れば巻き添えで学長も色々な意味でクビになる。旅は道連れと言うし、そうなったら軽く謝っておこう。ならないように善処はするけど。

「おー、これが噂の赤い薔薇の花壇ですか。やっぱり綺麗ですね」

宮殿のでかい門を通過すると、赤薔薇の花壇が出迎えてくれた。わざとらしくでかい独り言をしたが、完全にスルーである。馬を操る御者さんは挨拶以外は喋《しゃべ》ってくれないらしい。残念。

私は気持ちを切り替えて花壇を観察する。前はチラッとしか見れなかったけど、とても綺麗である。王家のみが許される名誉姓であり七杖家筆頭のレッドローズを象徴するのがこの花。何よりも尊く、何よりも気高く、何よりも美しいとされている。この花を庶民が手に入れることは当然できない。これを摘んだりしたら、警備兵がすっとんでくるだろう。たかが花なのに、人の命よりも重いのである。

と、感慨に耽《ふけ》っている間に無事到着したらしい。さっさと降りるよう外から催促される。

私は手荷物を警備兵に預け、ボディチェックを受ける。サーベルは刃が潰してあるけど、何かあるとまずいからと取り上げられた。帽子や制服のポケットの中までくまなく調べられた。

「――問題なし。しつこいようだが、くれぐれも失礼な真似《まね》をしないように。学生だからと、大目に見てもらえるなどとは思わぬことだ」

強面《こわもて》の警備兵がそう言い放つと、そのまま次の馬車へと向かっていく。誰にでもあんな態度らしい。それに苦笑いしながら、人の好《よ》さそうな警備兵が頭を下げてくる。

「失礼しました。最近は色々と物騒なので、隊長も気を張っているんです。学生である貴方《あなた》がこの会に呼ばれるのは、本当に名誉なことなんですよ。陛下はとてもお優しい方ですから、緊張しなくても大丈夫です」

「ありがとうございます」

「それでは本日の流れについて説明させていただきます。すでに新年を祝うパーティーは始まっておりますが、これから貴方を会場に案内しますので、そこでしばらく料理や音楽を楽しんでください。その途中で、陛下が貴方に声をおかけするという形になります。パーティーは立食形式でダンスも行われておりますが、貴方は自由に移動したり、他の方々と歓談したり、ダンスに参加することはできません。立場というものもありますので、それはご容赦ください」

「はい分かりました。全然構いません」

やっほーとか言って、気軽に陛下の肩を叩《たた》いたりはできないということである。別にやらないけど。お前は絶対にここの円から出るなよ、みたいな境界があって、そこで食ったり飲んだりして陛下が来るのを大人しく待っていろというわけだ。とても分かりやすいしラクチンだ。全体朝礼より緊張しなくて済みそう。

「ただし、お客様の方から貴方に声をかけてくることはありえます。そうなりましたら、失礼のないようにお願いします。貴方の言葉、行動の全てが士官学校の品位に関わるとお考えください」

「は、はい」

なんだか緊張してきた。偉そうな大貴族様が因縁《いんねん》つけてきたらどうしよう。いきなりワインをぶっ掛けてきたりしたら大変だ。パーティーが大惨事になってしまう。

「……顔がこわばっているようですが大丈夫ですか？　それに先ほどから少々目つきの方が」

「全く問題ありません。これは生まれつきなので大丈夫です」

「そ、そうですか？　ならばいいのですが。無理はなさらないように」

爆弾を見るような目をしてきたので、私は全然平気ですよと笑っておいた。なのに爆弾から核爆弾に進化した目つきになった。私は触るな危険なのだろうか。いやきっと違う。

というわけで、精一杯パーティーを楽しまなければ。歓談はないけど、美味《おい》しいお酒に美味しい料理が食べ放題である。

◆

で、パーティー会場に来たけどなんかすごかった。

音楽家たちがなんか高そうな楽器を持って生演奏してるし。芸術家はそのパーティーの光景をリアルタイムで描いているし。貴族の紳士方は獲物を狙う瞳でご令嬢たちを品定めし、令嬢方は舌なめずりして値踏みしている。なんだか生々しいけど、いい相手を見つけるのも仕事なんだろう。頑張ってくださいと心の中で応援だ。

そして、悪だくみしてそうなのがおじさんおばさん連中。見つけてしまったミリアーネ義母様もその一派。なんだかそれぞれに集団があって、派閥ごとに分かれているみたい。こそこそ話したり酒を勧めたりしている。口元を高価そうな扇子で隠したりして、なんだかすごくそれっぽい。

ニヤニヤして見ていたら義母様と目が合った。向こうは苦虫を噛《か》み潰《つぶ》したような不快な顔をしてる。余程嫌いらしい。私も嫌いなので、お揃《そろ》いである。

と、その一派の中に、士官学校最優秀学生のリーマス君もいた。隣にいるのはお父様かな。わざとらしく手を挙げて合図をしたら、親子揃って目を逸《そ》らしやがった。ひどい連中である。近寄って全力で目を合わせてやりたいが、この私だけしかいない丸テーブルから動くなと言われているので我慢我慢。というかこれは新手の嫌がらせに近い。料理にお酒は一杯ある。グラスに食器もいっぱいある。なのに私オンリー。超ぼっちだった。これが見せしめの刑、平穏な私の精神に大ダメージ。私たちの怒りゲージが少しアップ！

「でも料理は美味しいですし。パンもあるし、ケーキもある。ついでにライスもあった。まさにいたれりつくせりです」

パンがないならケーキをうんたらかんたら。ここに来るとつい言いたくなってしまう。かの有名な人も実際は言っていないらしいが。でもなんだか言いそうだから別にいいじゃんという過激派も存在しそう。私は穏健派なので言っていない説を取ろう。

と、ルロイ国王陛下、マリアンヌ王妃殿下、マリス王子殿下が連れ添って各テーブルの挨拶回りを始めた。マリアンヌが合図すると、お付きの使用人がワインをそれぞれのテーブルに置いていく。よく分からないが、何か意味のある行為なのだろう。上司が部下にお酒を注《つ》いで回る感じかな。その時に、なんだか色々な会話を交わしているようで、時折貴族たちの顔が喜んだり、不満そうにゆがんだりしている。百面相の顔芸だ。一方の国王は柔らかい表情のまま。王妃マリアンヌも同じくニコニコしている。中々のやり手なのか馬鹿なのかはよく分からない。意味が分かってない可能性もあるけど。

「うーん高い酒は美味しいです。というわけでもう一杯誰か注いでくれないですかね」

ちらりと私を見張っている警備隊長を振り返る。当然無視。私はため息を吐《つ》きながらまた前を見る。

なんでか知らないけど、ぼっちテーブルの私の背後で、この警備隊長がひたすら私を見張っているのである。この人だけじゃなく、目立たないように配置された警備兵全員の視線が私に釘付け。全然嬉《うれ》しくない。誰も注いでくれないので自分で満杯にする。

と、国王一家が各派閥の貴族様や、音楽家、芸術家へのお声がけが済んだようだ。政治闘争の一種なのか、妙に生臭い感じが漂う。私には分からないけど、私たちには分かるそうだ。

そしていよいよこのぼっちテーブルにやってくるロイヤルファミリー。

同時に周囲から警備兵が小走りでやってきて、私の周囲を取り囲む。なるほど、やっぱり私は猛獣ミツバライオンだったらしい。餌をくれないと噛みつくぞ。

「よく来てくれたなミツバ。以前より噂は聞いている。リーマスに負けず劣らず、中々優秀な学生らしいとな。余も嬉しく思っているぞ」

敵愾心《てきがいしん》が全く窺《うかが》えない朗らかな国王、ルロイ陛下。年は三十代半ばくらいか。私を見ても全然ビビったりしない。流石に国王なだけはある。そしてすぐに挨拶しないと怒られる。無視したと思われたら大変だ。私がギロチンに送られてしまう。

「初めまして、国王陛下。もったいないお言葉をいただき、恐悦至極に存じます」

「わははは！　そんなにへりくだらなくて良い。名誉姓を取り上げられたとはいえ、ブルーローズの血を引いていることには疑いない。余は今は亡きギルモアとは長い付き合いであった。故に気には留めていたのだが」

ルロイ陛下が悲しそうな顔をした。いい人だけど、実行力がないんだろうなぁというのが第一印象。なぜかというと、このおじさんは結局私を助けてはくれなかったわけで。ニコレイナス所長が後見人になってくれたから私は士官学校に入れた。というか下手をするとミリアーネに殺されていたし。百の言葉よりも一つの行動の方が私は嬉しい。

「初めまして、ミツバ。貴方のお母様――ツバキさんとはとても仲良くさせていただいていましたの。ですから、こんな事態になってとても悲しく思っています。貴方のように可愛《かわい》らしい子が、まさか士官学校に進まなければならないなんて」

マリアンヌ王妃が悲しそうな顔をした。これもルロイ陛下ときっと同類だ。悲しいと言いながら、美味しいご飯を食べて、美味しいお酒を飲んで、世を儚《はかな》むのである。苦労しているようには全く見えない。とても綺麗で金髪のふわふわ髪。子供を一人産んだとは思えないほど綺麗な女性である。二十代後半かな？　ちょっと予測しにくい。

「マリアンヌよ。これは彼女が自分で選んだことなのだろう。ならばその言い方は些《いささ》か失礼ではないか」

「いいえ、ミツバにはこの道しかなかったのですよ。十一歳で士官学校など、普通なら考えられませんわ」

マリアンヌが優しく咎《とが》める。そして、チラッとミリアーネを一瞥《いちべつ》する。おやっと思った。なんだかさっきの感じと違う。圧力みたいなのを感じたし。気のせいかもしれないけど。

「ふむ。余にはよく分からんな」

「色々な事情があるのでしょう。ですが、やはり悲しく思います。このような子供が銃を手に取り、人を殺す訓練をしなくてはならないなんて。そんな立場に追いやった人間は、さぞかし冷酷なのでしょうね」

同情しながら誰かに向けて嫌味を放つ。どうやら外見で判断してはいけない人らしい。ふわふわ笑顔をしながら人を殺せる人間っぽい。

「なるほど。確かに言われてみればそうかもしれん。ならば直ちに名誉姓を戻させようか？　余が働きかければなんとかなろう」

「いいえ、強く反対する者がおりましょう。貴方を支持すると言いながら、意思を尊重しない者たちが」

「うーむ、議会のことか。それは困ったな。余は他に何ができるだろうか」

「ですから、今日ミツバを招いたのですわ。彼女の働きを褒めることで立場を築き、いずれ名誉姓を回復させるための足掛かりにすればよいのです。名が高まれば手出しもできません」

「そこまで考えていたとは、流石はマリアンヌだ。一朝一夕には難しいが、段階を踏めば可能というわけか」

ルロイ陛下がうんうんと満足げに頷いた。こっちは馬鹿っぽい。けど、奥さんが意外と優秀そうなのでなんとかなるかも。でもならずにギロチン行きかも。

「そうそう、働きといえば、あれは本当にそなたが考えたのか？」

「あれ、といいますと？」

「例のギロチンだ。ニコレイナスが顔を紅潮させながらえらく褒めていたので余も興味を持ったのだ。木製人形を使った実験を先日見せてもらったが、あれならば苦痛を感じる間もないだろう。あんなものをよく考え付いたものだ。感服したぞ」

「はい、過去の偉人の技術を復活させてみました」

「なるほど、古《いにしえ》の技術を取り入れた発明ということか。確かに、過去より学ぶのは重要なことであるな。余も見習わなければなるまい」

わははと笑いながら、呑気《のんき》に酒を飲んでいる。この人のように生きられたらとても幸福だろうなぁと思う。そんな目で見ていたら、マリアンヌと目が合った。こっちは顔は笑っているけど、目が笑っていない。やっぱり頭が良さそう。

「ギロチンはきっとローゼリア中に行きわたりますわ。あれは見る者を強く惹《ひ》きつけ、畏怖を与えます。開発した貴方の名前もきっと広まるに違いありません」

「そうですか。ありがとうございます」

それを喜んでいいのかは微妙である。広まるのはなんとなく悪名のような気がする。

「いずれ、貴方がブルーローズの名誉姓を失うことになった細かな経緯を広めたいと思っておりますの。国のために尽くす貴方の働きを見れば、心を寄せる者も増えるでしょう。そうなれば、名誉を取り戻すこともきっとできますわ」

「……色々とお気を遣わせてしまい申し訳ありません」

「いいのです。貴方はきっと陛下の心強い味方になってくれるでしょう？　私には分かるのです。うふふ、自慢ではありませんが、私は人を見る目があるのですよ」

優しい言葉なのになんか脅迫されている気分になるのはなぜだろう。不思議！

「ところで、士官学校では、普通の勉強もできるのですか？」

「え、あ、はい。一般常識として身に付けるようにと」

「そうですか。ならば、今のうちに視野を広げてみるのもいいでしょう。そして、名誉を回復した暁には、ブルーローズ家の当主に就任すればいいのです」

「え」

うふふふとマリアンヌがとんでもないことを言いながら笑っている。

聞き耳を立てていた、ちょっと離れた席にいるミリアーネは目をこれでもかと見開いて遺憾の意を表している。憎悪が目からにじみ出ているからとても面白い。そういう顔芸はもっとやってほしい。愉快な気分になれたのでマリアンヌ王妃様にはミツバポイントがプラス！　やったね。集めると金のミツバが貰《もら》えるかも。

「おいおい、いきなり何を言い出すのだマリアンヌ。ブルーローズの当主は長男のグリエルがなるのではないか？　確か、軍務が落ち着き次第、杖の継承が行われると聞いているが」

「ええ、本来ならそうなのです。……ですが、聞き捨てならないある噂を耳に入れまして。……すでに、青薔薇の杖の継承は終わっていると。杖を先代より受け継いだ者こそが正統な当主、生まれの遅い早いなど些細《ささい》なことですわ」

王妃の小耳に入るってどの情報網からだよと誰か突っ込むかと思ったが、警護兵含めて誰も突っ込まなかった。それは国王以外には許されない。そして国王ルロイはそれは大変だと目を丸くしている。呑気！

「なんと、それが事実なら大変なことではないか。今すぐ調べさせなければならぬ！」

「うふふ。まぁ落ち着いてくださいな貴方。折を見てミリアーネに確認していただければいいのです。『杖の実物を見せろ』と。それまでは、この件は保留にしておきましょう。今はまだ、噂にすぎませんから」

「う、うむ。お前がそう言うならそうしよう。だが、今すぐ本人に聞けばいいような気もするのだが……」

「こんな楽しい会に、無粋なことをなさってはいけませんわ貴方。せっかくのパーティーが台無しになってしまいますもの。こういうのは〝時機〟というのも大事なのです」

ニコニコ笑いながら、私、そしてミリアーネに笑いかけるマリアンヌ。歯ぎしりしつつ平静を保とうとするミリアーネ。なぜか私を射殺さんばかりに睨《にら》んでいる。それは逆恨みである。

「〝時機〟か。いやはや、新年くらい明るく迎えられるかと思ったのだがな。一向に減らない緑化教徒に勢いを増す共和派、宿敵プルメニアとは一触即発だ。しかも謎の奇病で急死する貴族が数名と暗い話題には事欠かん。その上、継承の疑義まで持ち上がるとは。明るく振る舞うのも一苦労だな」

「それも国を治め民を導く者の役目ですわ。どうかお心を強くお持ちください」

「やれやれだな。余のことも導いてほしいくらいだ」

深いため息を吐くルロイ、その背中を撫《な》でているマリアンヌ。贅沢《ぜいたく》はできても心労は絶えないのかもしれない。いっそ本当の馬鹿の方が救われるのかもしれない。なぜなら、ギロチンに掛けられるまで己に迫っている破滅に気が付かないで済むから。優しいだけで救われるなら世の中苦労はない。民は導くだけじゃなく食い物もくれと声を大にして言いたいだろう。

「えっと、お酒が美味しいですね。あはは」

私は愛想笑いを浮かべつつ、貴族階級も結構大変と思うのである。面倒なやりとりを毎日しながら、自分の利権を広げていかなければならないわけで。己を磨き、人脈を作り、派閥を作り、利権を獲得し、家の格を上げ、最後には後継者を作って己の全てを譲る。そのためなら血も流すし戦争もするし搾取もする。そんな欲望入り乱れる鉄火場では、市民の生活など考えている余裕などない。

心に余裕がないのが貴族なら、命に余裕がないのが市民である。貴族がどれだけ恨まれ妬まれ憎まれているか。それを知りたいなら、飢えた市民のもとに行って『パンがないならお菓子を食べればいいのに』とニコニコ笑顔で言えば色々な意味で一発である。

私は貴族でもあり軍人でもあり市民でもある色々と中途半端な人間なので、誰が勝っても問題はない。王妃の口車に乗って、ブルーローズを乗っ取り傀儡《かいらい》になるのも面白いし、国王の首をチョッキンしても面白い。何がどうなろうと、ミリアーネが赦《ゆる》されることは決してないのだけれど。

◆

王都、ブルーローズ家別宅。

執務室で、ミリアーネは次男のミゲルと今後について話し合っていた。

「母上。当主問題を表に出さないためには、王妃様へのある程度の譲歩も必要ではないでしょうか。例えば、一時的に寛容派と協力というのも一考の価値はあるかと。適当な案件ならば支障は生じないでしょう」

ミゲルの言う寛容派とは、マリアンヌが主導する『市民に寛容をもってあたるべし』などと主張する一派である。大きな括《くく》りで言えば当然王党派に属するが、大多数の貴族から見れば異端の存在だ。上院、下院の両議会でも市民議会に迎合する鼻つまみ者と捉えられている。マリアンヌとかいう偽善者と、過激派からの標的になりたくない惰弱な連中の集まりという認識で問題ない。

そのような存在なら、当然市民の人気を得ていそうなものだが、それほどでもない有様だ。貴族側、市民側のどっちつかずの中途半端な連中と彼らからは認識されている。なぜならば、言っている綺麗事を何一つとして実現することができていないからだ。つまり、あらゆる意味で力がない。そのくせしっかりと市民からは搾取している存在なわけだ。

「冗談でしょうミゲル。あんな連中と一時的にでも組むなんて、絶対にありえないわ」

「しかし、彼らも派閥は違えど貴族の出。市民階級よりは話が通じるのでは？」

「同じことよ。あんな愚かな思想を持つ者たちと、私たちは決して相容《あいい》れない。市民階級は徹底的に支配して搾取しなければならない。甘さを見せればどこまでもつけあがるの。第一、そんなことをすれば、他の七杖の家に主導権を握られてしまう」

「では、どうなさるおつもりなのですか？　杖の一件を持ち出されては不利なのはこちらです。突っぱねるという手もなくはないですが、私たちの評判が落ちるのは避けられません」

「私ができるだけ時間を稼ぐ。その間に青薔薇の杖を、グリエルに継承させる方法を見つけ出させるわ。それと並行して、なんとかしてミツバを殺す。それが一番確実で早い」

「……母上。そこまでして、ミツバを目の敵にしなくてもいいのでは？　私はまだ会ったこともありませんが、一応は血縁ではありませんか」

「私の息子ながら、本当に甘いわね貴方は。甘すぎる。あれは、そんな生易しいものじゃない。放っておけば、私たちに破滅をもたらす存在になる。ギルモアの残した呪いそのものよ」

思わずこめかみに指をあてる。気を利かせたミゲルが頭痛薬を用意してくれたので、それを水と一緒に飲み干す。最近は苛々すると頭痛が酷《ひど》い。特にミツバ関連のこととなると頭が締め付けられる。これも全てあの呪い人形のせいだ。考えるだけで憎悪が煮えたぎってくる。そして痛みが増々強くなる。

「ならばこそ、念には念を入れ、保険をかけるべきでしょうね」

「継承が上手《うま》くいかなかった場合に備えてですか」

「その通りよ。忌まわしいことに、ミツバの生存能力は害虫そのもの。あの冷酷な兄でさえ仕留めきれなかったのだから。もしもに備えて、別の手段を用意しておくのに越したことはないでしょう」

痛みが若干和らいだミリアーネは一息吐き、ミゲルを見やる。

「よく聞きなさいミゲル。王党派の他の主流派閥を巻き込んで、プルメニアとの開戦を議会で声高に主張するのよ。強引にでも流れを奪いに行きなさい」

「手を加える必要が？　放っておいても、勝手に戦になるとは思いますが」

「少し時計の針を早めることにする。寛容派はマリアンヌの意を受けて、戦争回避を強硬に主張してくるでしょう。市民の無益な血が流れるとか言ってね。そこを『弱腰』と徹底的に叩きなさい。『敵をつけあがらせれば巡り巡って市民が困窮することすら分からない愚物』とか、『流石はカサブランカ大公国に尻尾《しっぽ》を振る狗共《いぬ》』と一斉に罵声を浴びせるの。数の力で圧《お》し潰しなさい。そして開戦と同時に市民にも噂を流す。『口では綺麗事を言いながら、結局は戦争に市民を駆り立てた狡猾《こうかつ》なカサブランカの女』と。ローゼリアとプルメニアを戦わせて、本当の祖国に利益をもたらそうとしている女狐《めぎつね》とね。王妃の権威は自然と失墜、愚かな横やりも自然と引っ込むというわけよ」

結局ものを言うのは数なのだ。少数派である寛容派が、市民に肩入れする論をいくら述べようが無意味で無価値。実際に戦争は間近に迫っているのだから。それをどうやって回避するか、それに伴う不利益をどう解消するのか。誰がそれを実行するのか。それを明確に答えられないのだから本当に救えない。マリアンヌが本当に行いたいのが王権の強化なのは明らかだ。そのためには力を持ちすぎた七杖家とそれに率いられた王党派は邪魔なのだ。数には数と市民を味方につけたいらしいが、やはり救えない。

「なるほど。……ですがよろしいのですか？　上手くいくとは思いますが、市民の王家への反発が強まります。あまり煽《あお》りすぎると暴動になるのではないかと。そのとき、我らに矛先が向く可能性があります」

「ふふっ、無力な市民に何ができるというの。いざとなったら軍に命じて武力で鎮圧すればいいだけのこと。むしろ見せしめのために一度徹底的にやるべきと私は考えているわ。馬鹿には流した血の量で覚えさせるのよ」

共和派の屑《くず》どもの声が最近更に大きくなってきている。そろそろ貴族に対する罵声も聞き飽きた。見せしめに主導者は全員処刑、活動に参加していた市民どもには銃弾を浴びせてやろう。王党派の全議員が賛成するに違いない。その光景を寛容派に見せてやるのが楽しみだ。

「私から見れば、緑化教徒も共和派も寛容派も全部同じ存在よ。ローゼリアに蔓延《はびこ》るカビと害虫。そして救えないカサブランカの女。この機会に全部消毒してしまいましょう。徹底的に綺麗にすることで、このローゼリアは、さらに強く美しく栄えるに違いないわ」

「……母上は、ひどく残酷なお考えをなされます。時折、私は怖くなります」

「貴族とはそうあるべきよ。考えるべきはローゼリアを強国とし、私たちの力を高めて名誉を得ること。貴族はそうでなければならない。我らの祖先もそうして歴史を紡いできたのだから。……ギルモアは愚かにもそれを放棄して、死にかけの人形に縋《すが》ったわ。だから無様な最期を遂げたのよ。戦うことから逃げてはいけない」

——と、使用人が扉をノックしてくる。呼んでいた客人がやってきたようだ。ミゲルにはこれ以上生臭い話は聞かせたくない。ミツバを殺すというのはすでに示唆しているが、その段取りまで見せることはないだろう。

「ミゲル、客人が来るから貴方は下がりなさい。ご苦労だったわね」

「承知しました。私はこれから議会に行って、先ほどの件についてヒルードの伯父上と相談してみます」

「よろしく。兄も否《いや》とは言わないでしょう。共通の利益がある限り、イエローローズとブルーローズは上手くいくわ。この国は王党派がある限り安泰よ」

ミゲルが頷くと、一礼して退出していった。ミリアーネは考えを巡らせる。

今までは黄・緑と黒・白が王党派の二大派閥として上院議会を牛耳っていた。赤・桃は寛容派などとぬかす愚かな少数派。そして青は中立として七杖家の調整の役割を担っていたわけだ。そこを、ミリアーネが青を乗っ取ったことで勢力図が一変した。青派にはその中立思考上、日和見《ひよりみ》議員たちが多いので実害を被ることを避ける傾向がある。ことなかれ主義の権化だ。自分の言うことを聞く限り、上院議員の地位は保証すると告げるだけでミリアーネに簡単に尻尾を振ってくれた。

今の王党派の主流派は青・黄・緑。非主流派が黒・白となる。金と所有する土地の広さ、農奴の数、納めている税、獲得した名声、それらにより各七杖家に上院議員の枠が分配される。最も重視されるのは納めた税金だ。国王が後ろ盾なのに赤派閥が少ないのは、公平性を期すために国王推薦数が限定されているためだ。次の改選は三年後。それまでに白と黒を切り崩す。次の改選後は、白・黒を更に厳しい状況に追い込めることだろう。そして都合の良い政策を採用させて利益を上げ、国に多額の税を納め、さらに枠を獲得する。この繰り返しでいい。ひたすら大多数の主流派を握り続けるだけで、国を動かすことができる。

ちなみに、下院については大した心配はない。大輪教会の聖職者、それに貴族の犬たちばかりである。最近は共和思想を推進すべしと妄言を吐く連中も現れてはいるが、何もできはしない。市民議会は言うに及ばずだ。上院議会は、下院、市民議会に対する優越権を持っており、何があろうと問題ない。何も変わらないし変えさせない。ローゼリアを動かすのは国王ではなく、上院議会。そして、その議員を選ぶのは我々七杖家の人間である。未来永劫《みらいえいごう》、何も変わらない。

「失礼いたします、ミリアーネ様。お客様をお連れいたしました」

「入りなさい」

執事と、武装した使用人四人が一人の男を連れて入ってきた。

王都での裏仕事をまとめている男である。名前はアイクとかいったか。スラム在住で身なりは汚らしいが、抱えている暗殺者は相当なものらしい。本人も筋肉質な体つきで、かなりの腕利きに見える。頬《ほお》に深い傷跡があるのが、特徴的だ。

「お偉い貴族様が、この薄汚いアイクめを、直接お呼び出しとは一体どういうことなんですかね。

このまま便所の掃除でもしたらよいですか？　それとも墓穴でも掘りましょうかね」

「貴様、あれだけ無礼な真似は控えろと言っただろうに！　殺されたいのか！」

「へへっ、汚れ仕事に無礼も糞《くそ》もあるかよ。殺すか殺されるか、そのどっちかだろう。そのつもりなら刺し違えてやるからかかってきな」

思わず眉を顰《ひそ》めるが、これも裏稼業で生きていく手法なのだろう。舐《な》められないためのだ。ここで無礼を働いても殺されないという読みがあるのだ。実際、この使用人四人がかりで殺せるか怪しいところ。下手をすると、アイクの潜ませた暗殺者が近くにいてもおかしくない。一応、この別宅はイエローローズの毒蛇に守らせてはいるが。兄を利用すると同時に、歯向かうつもりはないというアピールでもある。

「流石に豪胆なようね。呼び出したのは、中々良い返事を聞けないからよ。こうして直接話をした方がてっとり早いでしょう。無駄は嫌いなのよ」

「ほお。それは楽しみですな。想像はできるが一応言ってみてもらえますかね」

「陸軍士官学校に通うある学生を殺してほしいの。名前はミツバ・クローブ。手段は問わないわ。報酬は百万ベルでどうかしら？」

子供一人の代金としては破格だが、アレを始末してくれるなら安いものである。

「はははは ッ!!　こいつは笑わせてくれるじゃないか。貴族様お抱えの密偵集団を半壊させた相手に、たったの百万だと？　ふざけるなよ」

「あらあら。流石に耳が早いのねぇ」

「裏で生きる人間で、このことを知らない奴《やつ》なんていねぇよ。勇敢で挑戦的な思考の馬鹿共は、アンタとご立派なお兄様のおかげで絶滅しちまった。今いるのは冷静で命を大事にする臆病で賢い人間だけさ」

兄が毒蛇を半壊させられた後、ミリアーネは三十人以上の暗殺者を送り込んでいた。どれもこれも失敗。緑化教徒の自爆に見せかけられて、凄惨な死体として広場に打ち捨てられていた。とにかくミツバは死なない。毒、銃、仕込み矢、靴に針を仕込ませたこともあったらしい。が、死なない。恐ろしいまでの悪運の強さに、ミリアーネは散々辛酸を舐めさせられていた。そして、そんなことが続けば裏社会で噂になる。ミツバ暗殺依頼は死への片道切符と。

「じゃあいくらなら引き受けてくれるのかしら。遠慮なく言ってごらんなさい。叶《かな》えてあげるわ」

「一億貫おうとも俺は断るぜ。やりたいなら偉そうに剣をぶら下げてるそこの連中を差し向けろよ。これ以上俺たちを巻き込むな」

周囲の使用人四人を見る。全員顔を青ざめさせて、無理だとかぶりを振っている。やる前から分かる。こいつらでは無理だ。

「はぁ。どうしてそこまで恐れるのかしら。名前を売る絶好のチャンスとは思わないの？」

「全く思わないね。少なくとも俺は思わない。一度だけ、偶然会ったことがあるんだがね。丁度カビが自爆したときだな。あいつ、死体を見ながら悪魔みたいに笑ってやがったぜ。たかが十そこそこの餓鬼相手に、心底肝が冷えたぜ。……それだけで十分だ。関われば碌《ろく》な目に遭わないのは確実だ」

「そう、残念ね。それで、私の顔にこれだけ泥を塗って、このまま帰れると思ってるのかしら」

「そんなことは思ってないさ。だが、俺が死んだら残りの連中は刺客になるから楽しみに待ってろよ。アンタだけじゃない。アンタの息子、家族、使用人、その遠縁に至るまで無差別に殺しに向かう。全員は難しいだろうが、少しは地獄への道連れにしてくれるだろうぜ」

ただの脅しとは思えない。なるほど、面倒な連中だ。天秤《てんびん》に己の面子《メンツ》と、犠牲になるであろう数名の命を載せる。――ここは一旦引こう。こんなことで手駒を失うにはもったいない。

「まぁ、いいわ。今回はあきらめましょう。気が変わったら言って頂戴。お金は用意するから」

「そいつは助かるよ。自殺志願者が出たらアンタんところに寄越《よこ》すようにする。それで勘弁してくれ。俺もまだ死にたくはないんでね」

アイクが表情をわずかに和らげる。交渉は成立だ。今回はお互いに水に流す。

「何か面白い話があったら、探っておいてくれるかしら。別途報酬は用意するわ」

「へいへい、承知いたしました。そういうことなら喜んで引き受けますよ。何か摑んだら追って連絡しますぜ」

アイクが礼をすると、使用人たちに連れられて退出していった。執事も後に続く。ミリアーネはしばらくそれを見ていたが、やがて両目を瞑《つぶ》り考え込む。

「……やれやれね。いっそ、私が直接殺してあげようかしら。安心させたところで、ぐさっと」

想像してみると、ちょっと楽しそうだった。直接人を殺した経験はまだない。毒殺はギルモアを含めて数回ある。最初に殺したのは利用価値がなくなった愚かな男だったか。初めての刺殺が呪い人形というのもまた趣があっていい。ミリアーネの裏社会での名声は天にまで届くだろう。成功すればだが。

「それなりに腕利きで、馬鹿な連中を探さないとね。他の国の余所者《よそもの》がいいかしら。それにしても、屑が知恵をつけると碌なことにならない証明ね。飼い主に逆らおうとするんだもの。救えないわねえ」

下賤《げせん》な屑が貴族を脅迫するなどあってはならないことだ。いずれあのアイクには償ってもらおう。いつになろうが、必ず殺す。執念深いのがミリアーネの性格である。恐れる必要がなくなったときに始末する。それでいい。夫ギルモアもそうやって殺したのだから。

EPISODE

5

戦争勃発

翌日教室に行くと、待ってましたとばかりにクローネに捕まった。そのまま席に連行され、事情聴取を受ける羽目に。サンドラもやってきた。それなりに話したことのある男子連中も数名集まってくる。なんだか人気者になった気分である。他の人が宮殿に行っていたらもっと大騒ぎだと思うけど。

「それでどうだったの？　呑気《のんき》な国王の顔でもぶん殴った？」

「なんで呑気だと殴らなくちゃいけないんです？」

「チビのことだから何かやらかしたんだろうと思ってね！　世界は荒れ模様だってのに、呑気すぎてムカついたとかありえそうだし」

あはははと大笑いしているクローネ。今回は私が呑気に大人しくしていた。というか私はいつも平穏を心がけている。大体ほかの要因で騒ぎに巻き込まれている気がする。例えば緑化教徒＝カビとか！　少しは人を巻き込まず呑気に生きてほしい。もしくは勝手にこっそり爆死してほしい。

「いやいやいや。美味《おい》しいワインと料理をたらふくご馳走《ちそう》になりましたよ。でも警備隊長には睨《にら》まれ続けてましたね。あれです、私は不発弾ですかと言いたくなりましたね」

「はは、そりゃあ仕方ないよ。目離したら何しでかすか分からないし。目を離さなくてもうっかり爆発しそうだけどさ」

「こら！　私は爆死しませんよ！」

私が怒ったふりをすると、笑いながらクローネがおどけてみせる。仕方ないので、近くにいたポルトガルケーキ君の太ったお腹《なか》を強めにつんつんつんしておいた。

「ひやああッ！」

「うるさいですね」

「いきなり何するんだ！」

「もちろんなんとなくです」

他の男子学生は一歩ずつ後退していく。危険を察知したらしい。名前はなんだったかな。ライトン君とセントライト君とレフトトール君だっけ。右、真ん中、左でとても覚えやすい人たち。でも配置がずれてムズムズするので、強引にその順番に入れ替えておく。こういうのは大事である。

「な、なにすんだよ」

「おい、やめろ」

「つたく、なんだってんだよ」

ちゃんと名前通りに入れ替わった。これでオッケー。満足した私は深く頷《うなず》いて再び腰かける。

「なぁ。今の行為には何の意味があるんだい？」

「この三人はこの並びが落ち着くと思いませんか」

「いや、私は知らん」

サンドラに冷たく切り捨てられてしまった。私が落ち着くので問題なし。

「あと何がありましたっけね。あー、王妃様がウチの継承権を調査するとかなんとか」

「継承権だって？　ブルーローズ家の？」

「ええ。青薔薇《あおばら》の杖《つえ》の所有者こそが後継者だからって。でもそうするとですよ、なんと、私が当主になっちゃいますね。いいのかなぁ？」

「さっぱり分からないね。面白そうだから詳しく教えてよ」

興味深そうなクローネと怪訝《けげん》な顔をする他の人たち。仕方ないので、私はかいつまんで青薔薇の杖についての謎を説明してあげる。

亡き父ギルモアが何の説明もないまま、私に継承の儀式を行ったこと。私が家から謎に追い出される際に杖を没収されてしまったこと。青い杖の色が謎の紫色になっちゃったこと。多分誰も触れなくなっちゃったこと。当主代行を謎のおばさんミリアーネが行っており、兄グリエルが青薔薇の杖を継承する術《すべ》がない間抜けであること。たまに謎の暗殺者がやってきていること。そして王妃様は私を当主にするとミリアーネを脅して牽制《けんせい》しようとしていること。優しい私は謎と憶測と罵倒も織り交ぜて全部喋《しゃべ》ってあげた。

途中から男子学生の顔が、これは深入りするとまずいといった感じに変化していったが、当然逃がしてあげない。聞いてしまった以上は関係者である。道連れが増えて万々歳。クローネは更にワクワクした表情になり、サンドラは思案顔だった。

「……なるほど。謎という単語が多い気がしたが、それなりには分かった。お前は頭が良いが、馬鹿だということもな。それともわざとやっているのか。そうだとしたら末恐ろしいな」

「褒めるのと悪口を一緒に言うのはやめてくださいよ」

「ほぼ悪口だから気にするな。それと、こんなことを下手に吹聴《ふいちょう》したら、命がいくらあっても足りん。お前たちも気をつけることだ」

「い、言えるかこんなこと！」

「うっかり聞くんじゃなかった」

「……ついてねぇ」

覚えやすい三人組が慌てて首を横に振っている。聞き耳を立てていたせいなので自業自得でもある。秘密を共有することで仲良くなれるらしいので、これからは友達になれることだろう。良かった良かった。ポルトガルケーキ君は震えながら耳に両手を当てている。もう手遅れなのに本当に面白い人である。

「そのうちチビが当主様になるのか。そうしたら楽しそうじゃない。とりあえず、高いお酒を一杯奢《おご》ってよね。あ、一杯っていうのは両手一杯ってことね」

「いやいや、なれないと思うんですけど。義母が許さないでしょうし。会ったことのない兄さんたちも絶対に認めないですよ」

「でも肝心の杖はチビのものなんでしょ？」

「それはそうだろうが、杖は模造品を作るなどして誤魔化《ごまか》すのだろう。七杖《しちじょう》の家が集まりでもすれば一発で贋作《がんさく》とバレるだろうが。面子《メンツ》を重んじる貴族様には耐えがたい屈辱だろうな。しかも七杖家の象徴たる『薔薇の杖』が偽物となればな。ククッ、実に愉快極まりないな」

凄《すご》く悪い顔のサンドラ。悪い笑みを浮かべながら楽しそうに腕組みしている。

「当主なんてやっても楽しくなさそうなので、大砲とか銃を撃ってる方がいいですよね。貴族になっても色々疲れそうです」

「でもさ、贅沢《ぜいたく》し放題だよ？」

「貴族にならなくても贅沢はできますし」

「なるほど。うん、納得した。チビらしくていいよね」

クローネのお墨付きをいただいた。というか貴族になっちゃうとクローネ、サンドラと疎遠になりそうなので嫌なのである。なれるか分からないけど。特にサンドラなんかは貴族アレルギーだから縁切られちゃいそうだし。

「……その目は、『私が貴族になったら敵視するんだろう』と言いたげだな。言っておくが、私は貴族だから軽蔑するんじゃない。自分のことしか考えず、寄生虫のごとく国の中枢に巣食い、市民の税を貪るから軽蔑しているのだ。お前はそうならないだろうし、なることもできないだろう。他の貴族と違い、市民的な馬鹿者だからな」

「ひどい」

市民的な馬鹿者とはなんだろう。新しい言葉に違いない。

「今のは褒めているんだ」

「全然褒められてる気がしませんけど」

「まぁ、それはともかくとしてだ。王妃と七杖家の仲は更にこじれるな。家中のことである継承権にまで口出ししてくるなど、あの無駄に自尊心の高い連中からすれば耐えられることではない。とすると、議会が荒れている裏事情も分かってきたな」

「そうなのか？」

「ああ。私の聞いた話だと、上院で開戦について論戦が交わされているそうだ。論が成立しているかは知らんが」

サンドラの情報源は一体どこなんだろう。すでにどこぞの議員さんみたいである。

「おいおい。開戦って、後二年ぐらい先じゃなかったのか？　気が早すぎだろう」

クローネが嫌そうな顔をする。卒業前に戦争が始まったら、クローネは参加できない。それが嫌なのだろう。男子学生はちょっと安心しているような、でも困っているような。自分が卒業前に戦争が始まり、終わってくれるのが一番である。でも学んだことや訓練したことを活《い》かしたいという気概も少しはあるのかも。上手《うま》くいけば立身出世も夢じゃない。だから男心は複雑なのである。

私はどっちでもいい。戦争はない方がいいけど、兵士になったら仕事だからちゃんとやらなくちゃいけない。普通は人を殺しちゃいけないけど、戦争だと殺してもいいのである。何かおかしい気もするけど皆が言っているから間違いない。神様の声が聞こえる神父様も言っているし、頭の良い先生も言っている。当然王様も言うし王妃様も言う。でもそれは相手も一緒なので気をつけないといけないね。

「気が早いどころか今にも宣戦布告しそうな勢いだそうだが」

「行くのは自分たちじゃないからって、気楽だねぇ」

クローネが吐き捨てると、サンドラが続ける。

「普段の上院は七杖家の利権争いが中心だが、今は寛容派叩《たた》きで盛り上がっている。最近小うるさい寛容派を叩くのに、開戦は丁度良い理由付けになる。市民の理解者を気取る寛容派は、確実に開戦反対を主張する。が、問題は後ろ盾が王妃マリアンヌということだ。彼女は隣国カサブランカ出身、弱腰な姿勢なのは我々ローゼリアを守るつもりがないからと叩きやすい。そして最後は数の力で押し切り、寛容派には何もできないと烙印《らくいん》を押すわけだ」

「へー。そういうことなんですか」

「重大な議題では、下院は上院の顔色を窺《うかが》うことしかできん。市民議会には気概のある人間もいるが、優越権の縛りがあるから上院の決議には逆らえん。つまり、戦争が起こることは確定的だ」

サンドラ先生の政治談議が終わった。うへぇという表情の男子生徒。クローネは嘲りの表情を浮かべながらサンドラに問いかける。

「で、賢いサンドラ先生の見立てではどういう感じに進むんだい」

「ふん。少しは自分で考えたらどうだ」

「いいから教えなよ。ここまで話したんだからさ。ついでだよ」

「……例えば、まず先の国境紛争事件の賠償金をプルメニアに要求する。これを相手が蹴ってくるのは確実だ。それを口実に開戦だな。どの程度の規模にする気かは私も知らん。連中の考えなど理解したくもない」

「だってさチビ。派閥争いが切っ掛けで戦争になるなんて、前線で死ぬ方からするとたまったもんじゃないよね」

「まさに無駄死にだな」

「……俺も今から新大陸に行こうかな」

「もうあっちは美味しいところは全部取られちまってるだろ」

男子諸君は一瞬だけ新大陸アルカディナ合衆国に夢を馳《は》せたが、あそこにはもう住んでいる人がいるし。旧宗主国の偉大なるリリーア王国様は完全に叩き出されている。入る隙間はないだろう。この前少し勉強したのでこれくらいは常識である。

「その戦争の最終目的はなんになるんですか？　プルメニアを滅亡させるなんて、一朝一夕でできないですよね」

「不可能だ。ある程度疲弊したところでまた手打ちにするんだろう。定期的に戦うことで貴族は己の存在価値を示せるし、軍隊も無駄飯喰《ぐ》らいじゃないと証明できる。新しい領土を得ることができれば、支配できる土地も増える。お抱え商人も武器食料資材が売れて大儲《おおもう》け。国王や王妃が開戦したくないのは、貴族どもにこれ以上権力を持たれたくないからだ。そのための国軍制度だったが、議会に王権を制限されてはどうしようもないな」

「なんだかなぁ。聞いてると戦争ごっこしてるみたいだよね。本当に死ぬけど」

「あっさり死なないよう気をつけることだな。お前もだぞ、クローネ。未来の英雄殿」

「一々うるさいな。この嫌味《いやみ》な頭でっかちめ」

　いつも通り戦争が始まって、それなりに市民たちが死んで、適当に戦果を得たところで手打ち。その繰り返しで貴族は権威を高めて儲けてきた。でも、いつまでもそれが続くのかな？　虐げて搾取している相手が、一番人数が多いということを忘れてないのかな？　彼らが知恵をつけ、武器を得て、機会を得てしまったらどうなるんだろう。とても楽しみである。それに相応《ふさわ》しい人道的な処刑器具も量産体制に入ったみたいだし。この王都が、この国がどうなるか、本当に楽しみだなぁ。

思わず拍手しそうになっちゃうので、ぐっと堪《こら》える。

「まーた悪い顔してるよチビ！　魅力的だけど、思わず私のものにしたくなっちゃうからやめてよね！」

「私は性的倒錯の趣向はないんです。本当にごめんなさい」

「あのねぇ、私もそんなにないよ！　来るものは男女拒まずなだけで。私は能力以外では差別しないのさ。思想が合う合わないの話は別だけど。相性は大事ってね！」

クローネが抱き着いてきた。重いでかい苦しい。邪魔なので押し返す。

「あ、あっち行ってください。でかいから、つ、つぶれる」

「あははは。ほら、サンドラ議員が怖い顔して見てるから、今のうちに所有権を主張しておかないと思ってさ。ね、知ってる？　こいつ密《ひそ》かに自分の手下にしようとしてるんだよ。チビはあげないよーっと」

「お前の部下にさせるぐらいなら、私が手元に置いておく。色々と役に立つのは十分分かったからな。お前はそこの男子連中でも囲っていろ」

「えー。こいつらはサンドラ議員にあげるよ」

「私はいらん」

「じゃあ私もいらないかな」

即答のクローネ。

「おいクローネ！　いくらなんでもひどすぎるだろう！」

「この前昼飯奢ってやっただろうが！　いらないってなんだいらないって！」

「第一、この前砲兵科の皆で栄光を摑《つか》もうとか演説してただろうがよ！」

「あははは！　あれはあれ、これはこれだよ！　勢いって大事だよね」

なんだかもう滅茶苦茶《めちゃくちゃ》だった。ここはフォローが必要な場面である。

「仕方ありません。じゃあ、ポルトガルケーキ君は私の秘書兼調理人ということで」

「誰が秘書だ！　それに、な、なんで俺が料理が好きなことを知ってるんだ？」

ビクビクしはじめたポルトケーキ君。ニコ所長に公募案で缶詰を提出したことを私は知っているのである。つまり料理大好き人間。少し太っているのは多分味見しまくってるから。厳しい鍛錬なのに全然痩せないのはそういうことである。結構裕福な家なのかも。商人とか？　あんまり興味ないけど。

「理由は教えてあげないです。いわゆる軍事機密です」

「何が軍事機密だ！　それと、俺の名前はポルトクックで――」

「覚えられないのでごめんなさい」

「そこは聞けよ！　聞くつもりがないだけだろうが！　いいか、俺はケーキじゃねぇ！　謎のポルトガルでもねぇ！　ポルトクックだ！」

やっぱり滅茶苦茶だった。

◆

私が宮殿に行ってから一か月が過ぎた。今は二月、慌ただしくもとても寒い日々が続いている。時折雪が積もったりして、うっかり足を滑らせてしまったり。

私は寒空と冬景色をだるそうに眺める程度の余裕はあるが、新入生諸君には脱走している者が頻出しているらしい。最初の一か月で一割程度脱落するらしいが、今年は例年以上らしい。世情が怪しいから仕方がない。ここにいると色々と麻痺《まひ》してくるのかも。軍人になるというのはそういうことなので、仕方がない。サンドラは『私は極めて常識的だ』とか言っていたが、まともな人はそういうことを言わないのである。ちなみに、「じゃあ私もそれなりに常識を持っていますよ」と付け加えたところでオチがついた。笑ってくれたのはクローネだけであった。一笑いゲット。

「おいおいおいおい、大変だ大変だぞ!!」

朝から極めて喧《やかま》しい男子学生が、牛のような勢いで新聞片手に教室に入ってきた。

私は眠いので机に突っ伏しているのだ。まだ始業前だというのに実に騒がしい。その元気を分けてほしいところだ。

「プルメニア軍が西ドリエンテ州に攻めてきた！　いよいよ戦争が始まるぞっ!!」

「……嘘《うそ》だろ？」

「本当だって！　いつもの小競り合いとは違うぞ！　もう万単位の軍勢が動いてるらしい！　ほらこれ見てみろよ!!」

あちゃーと私は起き上がって大きく伸びをした。皺《しわ》が目立つ新聞を見る。見出しには、『大輪暦五八六年二月二日、ローゼリア軍、侵攻してきたプルメニア軍と交戦』、と書いてある。さらに血なまぐさい世の中の幕開けだ。連鎖して色々と賑《にぎ》やかでひどいことになりそうだなーとか、そんなことを思ってしまう。多分その通りになるのだろう。だって、私が嬉《うれ》しそうに手を叩いて笑っているから、きっとそうなるのだ。

一気にざわめく教室。廊下をばたばたと血相を変えて走り出す学生たち。他の科に知らせに行ったのだろう。行き交う学生の間を縫って、サンドラが苦虫を噛《か》み潰《つぶ》したような表情で現れた。その手にはやはり新聞。お小遣いを出してまでそんなものを買う勇気は私にはない。四コマ漫画やテレビ欄もないので全く面白くないのである。

「ついに始まったな。ここまで早く始まるとは少々予想外だったが」

「おはようサンドラ。やっぱり悲しいです？」

「流れるのは市民の血、費やされるのも市民の血税。死んでくれるのが貴族だけなら、諸手《もろて》を挙げて歓迎するのだがな」

そう言って席に座る。今日はまだクローネが来ていない。多分、このニュースを聞いて、仲間のところへ行っているのだろう。未来の幹部候補生たちと会議でも開いているに違いない。

「で、肝心の戦況はどうなんです？　まだ始まったばかりでしょうけど」

「お前は西ドリエンテ州とはどういう地域か知っているか？」

「いえ、全然知らないですね」

「だろうな。ドリエンテは元々は一つの州だったのだ。だが、度重なる小競り合いでは必ず戦場になり、都度国境が変化する災難続きの土地でな。ローゼリア側を西ドリエンテ、プルメニア側を東ドリエンテとしてざっくりと暫定的に統治しているのが現状だ。当然ながら最前線なので、駐屯地には防備の兵がそれなりに配置されているはずだ。ある程度は侵攻を許すだろうが、そこからは消耗戦開始というところかな」

「そこまで分かっちゃうんですか」

「ドリエンテでの戦いは何度目だと思っている？　この二十年で十回、小競り合いのようなものはもう何度目かも分からん。戦史を確認してみたが、大体が消耗戦で行ったり来たりのくだらん争いだ。実に馬鹿馬鹿しい」

障壁、長銃、大砲開発が一段落して大陸情勢が膠着《こうちゃく》状態に入ってからというもの、大規模な領土拡張戦争は起きなくなっている。それで、お互いにムカつくことがあると、相手方のドリエンテ領に攻め込むらしい。前回は五年前だったっぽい。

ルロイ国王最初の戦いだったが、意気込んで突出したところをプルメニア得意の騎兵隊に翻弄されまくって壊走。大規模会戦じゃなかったおかげで、大勢には影響がなく、怪我一つなかったのが国王陛下の運のいいところ。で、また膠着したのでとりあえず我が国としては勝利宣言したとか。相手も国王敗走を大々的に喧伝して勝利宣言。ウィンウィンで皆ハッピー。こういうのは言ったもん勝ちだが、インパクトとしては国王敗走の方が大きい気がする。

「宣戦布告はいつしたんです？　それとも奇襲です？」

「事実上の、宣戦布告が行われたらしい。挑発したのだからそう取られても当然だが」

今回は、ローゼリアが臆面もなく賠償金請求を要求したのが原因。上院議会で決議され、下院が賛成し、市民議会が大反対した結果、賠償金請求のための特使がすぐさま派遣された。プルメニアはそれを事実上の宣戦布告と判断して、二万の兵士を西ドリエンテに侵攻させたそうである。迎え撃つローゼリアは駐屯地に一万、そして一万五千が遅れて増派される予定だ。そう新聞に書いてあるけど、数が本当かは知らない。こういうのはたいてい盛られているものだ。

「この国は勝てるのかな？」

「さぁな。お互いに勝利宣言して終了するのがいつもの流れだが。さて、今回はどうなるやら」

「やぁやぁ、おはようみんな。本当にご機嫌な朝だね。戦地もさぞかしご機嫌だろうねぇ」

クローネが供回りを引き連れて教室に入ってきた。瞳にはギラギラとした野心が映っている。今すぐに軍旗でも掲げそうな雰囲気だ。というかもう将校さんみたい。

「ああ、英雄志願の馬鹿が来たな。我慢できないなら、義勇兵にでも志願して行ってきたらどうだ？」

「でたでた、朝一発目から嫌味だよ。それよりチビ、聞いたかい。今回はプルメニアの連中も気合入ってるみたいだよ？」

「え？　いつもと同じじゃないんですか？」

「ああ、その新聞の情報はちょっと古いね。熱々の最新版はこれさ」

クローネが机に新聞を広げる。『西ドリエンテの前線破られる、同州駐屯地司令官戦死』、『プルメニア軍主力は要衝ドリラント市の攻略に移っている』……。『ローゼリア陸軍本部は、兵の増派を決定。また相互防衛条約に基づきカサブランカ大公国に援軍要請を行う予定』、『ルロイ陛下、軍に一層の奮起を求めるとお気持ちを表明』。

「……あれ。こっちの司令官がもう死んでるんですけど」

「うん。相手を舐《な》めきって、だらだらと敵前で戦列を再編してたら、突撃騎兵に押し潰されたんだってさ。本当に馬鹿じゃないの」

「それは仕方ないところもある。寄せ集めの市民にいきなり戦列を組めというのは無理難題だ。命令伝達が滞ったところを衝《つ》かれたのだろう」

「仕方ないで納得できればいいけどさ。私はそれで死ぬのは嫌だね。不利な状況にあると認識してるなら、それなりの手段を使いなよ。それが指揮官の役目だろう」

クローネが言うと、周りの供回りも頷いている。見覚えのないイケメン優男さんもいる。服装からすると、騎兵科の人っぽい。

「ん？　ああ、この良い男はパトリックだ。私の将来の秘書官か副官だね。見栄えだけじゃなくて、頭もキレる。一応貴族だけど、本当に気にしなくていいよ。跡取りとかじゃないしね」

「初めましてミツバさん。お噂《うわさ》はかねがね。いずれともに戦場に並ぶ日もあるでしょう。どうぞよろしく」

「こ、こちらこそ」

握手を求められたので応じておく。初めて紳士的な対応をされてしまった。流石《さすが》はクローネのお気に入りである。気品に溢《あふ》れるオーラがにじみ出ている。私も負けずに出した方がいいと思うが、負のヤバイオーラしか出せないのでやめておいた。

「他の連中も後で紹介するよ。頭は悪いけど度胸があったり、腕っぷしが強かったり、声が異様にでかいとか面白い連中だよ。そういう連中が、この学校とか街には結構埋もれてるんだよね」

「……なんというか、本当に手が早いですね」

「あはは。今のは女に言う言葉じゃないよね！」

クローネが私の肩に手を置く。

「それにチビ、私はアンタの底知れぬ力を買ってるんだ。心底脅威に思うぐらいにね。私も負けないように頑張るつもりだからさ。だから、一緒に栄光を摑もうじゃないか」

「……どこかで聞いた言葉が。三か月前にセントライト君に言ってませんでした？」

「あれは私の殺し文句だね。まぁ人生ノリも大事だよ！　あはははは！」

と言いたいことだけ言って、片手を上げて供回りを引き連れて出ていってしまう。授業はどうするんだと思ったが、午前中は急きょ自習との連絡が届いた。すでに情報を入手していたに違いない。

本当に抜け目がない。

「……今のクローネの話、どう思う？」

「え？　一緒に栄光を摑もうってやつですか？　そうですねぇ中々面白――」

「違う！　プルメニアがいつになく本気らしいということだ。下手をすると、西ドリエンテは完全に落とされるぞ。そんなことになれば、貴族から国への突き上げが強くなる。取り返そうと戦争税を課し、徴兵をさらに行うからな。市民の不満が一気に限界に達しかねん」

「……それはやばいですね。どうしましょう」

悩んだだけで答えが出るなら苦労はないのであった。

「えっと、私は確か十一歳だから、まだ難しいことよく分かんないです。あはは」

笑って誤魔化そうとしたら、サンドラに頰《ほお》を抓《つね》られた。逃げは許されないようだ。

「私は十七歳だ。卒業時でも十八から十九歳、大した違いなどない。それに非常時において年齢や性別に意味などない。そのときに何を為《な》すかが重要だ。お前もよく考えろ。銃弾は年齢を考慮してはくれない」

「は、はい」

「……私も同志たちと話をしてくることにする。他の共和派がこの機に動いてもおかしくない。そのときは、予定にはなかったが行動に移ることにする」

そう言って、サンドラが出ていく。目線で合図されたらしい同級生も数人付き従う。いつの間にかこの組で同志を作っていたようだ。扇動家の才能があるようだ。あの断定口調で言われるとそうなのかなと思ってしまう何かがある気がする。いろんな国と階級と身分と思想と宗教と人種がぐちやぐちゃしてきて実におもしろい。このさきどうなっちゃうんだろうね。たのしみ。

「…………」

「…………」

なぜか私の周りに無言で集まってくる、ライトン、セントライト、レフトール、ポルトなんちゃら。方角三人組のオーラのない人たちと、料理人志望の太っちょである。毒が混ざったのは客観的に見ただけなので仕方がない。

「あの、何か用ですか？　デートのお誘いとかとは違いますよね。顔が引《ひ》き攣《つ》ってますし」

沈黙。

「……いや、なんとなくだ。魔除《まよ》け的な何かがありそうだし」

「一番の猛毒の傍《そば》にいれば、他の毒を退治してくれそうってこいつが」

「人のせいにするなよ！」

猛毒の前で毒を吐いている奴《やつ》がいる。失礼なレフトン君である。いやライトン君だった。とても紛らわしい。顔に右とでも書いておいてほしい。

「俺、人を殺せる自信がないよ。ここまでプルメニア軍が来たらどうしたら……」

「ク、クッキーあるけど食べるか？　砂糖全然入ってないけど」

砂糖不使用のクッキーが配られた。私も受け取り齧《かじ》り付く。素材の味が出すぎで甘くない。でもまずくもないので気分は紛れたかもしれない。砂糖は高いので、一般市民では気軽には手に入らないのである。ポルトクック君は料理が上手《じょうず》で素晴らしい。将来の専属料理長さんだ。誰のかは知らない。

「王都まで攻められたことってあるんですか？」

「ニコレイナス所長が長銃を開発する前、えっと、ローゼリアの危機のときはやばかったみたいだ。そこに偉大な所長が現れて、一気に盛り返して領土を取り返したんだ。二十年前だっけ」

「じゃあ二十年ぶりに大変なことになりそうですね。あははは」

面白くなってきたので笑ってしまった。面倒だから、一回貴族やら緑化教徒やら丸めて掃除してもらえばいい。全部焼き尽くしたところで新しい花を咲かせよう。問題は私が肥料になりかねない点である。私の死骸に綺麗《きれい》な花が咲くのである。やっぱり頭かな？　それも含めて面白くなってしまった。

「笑ってる場合かよ……」

「じゃあ怒った方がいいですかね」

「そうじゃなくて。もっとこう、悲し気な表情をしてみるとか」

「無理です。こういう顔なので」

そう言うと、大きなため息を吐《つ》いて男子四人は床に座り込んでしまった。そして、不安な先行きだのこれからの戦況についてだのと、ぐだぐだと結論の出ないことで話し続ける。微妙に邪魔くさいのでどこかに行ってほしいが、ポルトなんちゃらの尻を軽く蹴飛ばしても動こうとしない。蹴ったらせんべいもどきをくれたので、場所代として受け取っておく。

私は新聞を丸めてぽいっと投げ捨てると、もう一度寝ることにした。眠る門には福来《きた》るである。本当は笑うだけど、さっき十分笑ったので私流にアレンジしてみた。嘆きの声と喧騒《けんそう》がとても耳に心地よかった。

EPISODE

6 地獄への切符

戦争が始まってからもう三か月近くが経過し四月になった。とても暖くて穏やかで過ごしやすい。こんなに陽気はのほほんとしているのに、士官学校の訓練はなんだか殺気立って実践めいたものに変わってきている。

なにせ、学生ではなく、徴兵でかき集められた市民の皆さんが、歩兵科学生の指揮の下で隊列行進訓練を行っている。一人につき大体十人程度つけられている。全然サマになってないのは当たり前だ。若造に率いられた、自信がなさそうな痩せたおじさんたち。行動も全く統率が取れておらず、命令の意味を理解するだけで苦労している。子供に教えるように、一々懇切丁寧に学生が教えている様子はまさに涙が出そうである。

うーん、これってヤバイ臭いがプンプンする。私たち士官学校の生徒も戦線に投入されるんじゃないかな？

「これはいよいよだね」

「何がいよいよなんですか？」

「ドリエンテが劣勢って噂《うわさ》は本当だって話だよ。即席でもなんでもいいから前線に送り込めってね。あのおっさんたち見てみなよ、あんなのが前線で銃持って戦わされるんだよ。練度も低く、士気なんてあるわけがないよ」

クローネが教室の窓から訓練光景を見下ろす。なんだか苛々《いらいら》しているようだ。あれを率いて、どうやって戦うのかと頭で考えているのかも。囮《おとり》に使おうにも逃げ出しちゃいそうだし、脅さないとダメそう。クローネやサンドラあたりなら上手《うま》く士気を上げるような洗脳手段が取れそうだけど。なんで戦わされるのかの、『なんで』を上手くやるのが多分ポイント。なんでなんで分析は大事である。

「私たち学生を動員するつもりなんですかね」

「ああ。歩兵科は卒業を早めるらしいよ。今あれと一緒に訓練してる連中は、階級を授与されて最前線行きだね。騎兵科、魔術科は貴族様しかいないから、当然駆り出されるわけがない」

「私たちは？」

「十九期砲兵科が連れていかれたら危ないかも。私としては望むところだけどね」

砲兵科は新設されてまだ三年目。最上級生が十九期、私たちは二十期、新入生が二十一期である。

「ドリエンテの戦いはそんなにまずいんですか？　多少は奮戦してるとか新聞に載ってましたけど」

「全力で盛ってあれってことは、西ドリエンテ州は陥落する可能性は高いだろうね。チビも覚悟しておきなよ」

「覚悟ですか？」

「予定より早く軍人になるって覚悟さ。まぁ、チビはまだ十一歳だから免除されるかもしれないけどね」

ニカッと笑って私の頭をぐしゃぐしゃ撫《な》でてくる。クローネの手はとても大きい。嫌な感じはしない。

「おーい！　新しい新聞買ってきたぞー！」

セントライト君が昼休みを使って、熱々の新聞を入手してきてくれた。皆でお小遣いをちょっとずつ出し合って、共同購入である。私もいつまでも聞き耳を立てているだけでは気まずいので、少しだけだが出している。気配りができるいいところもあるとアピールしたが、友達は増えていないよ。おかしいね。

で、昼食を終えて教室でまったりしていた学生たちが集まってくる。最近の新聞社は景気が良いらしい。皆前線の様子が気になって仕方がないのである。当然ローゼリアの士気を盛り上げようと、奮戦中だの、逆襲に転じただの猛々《たけだけ》しい感じ。でも冷静に語句を取り上げて、過去の記事やら地図と照らし合わせると真実が見えてしまう。悲しいね。

「どれどれ。……『ローゼリア陸軍本部は戦略的価値を喪失したとして、任務を完遂したドリラント市を放棄し転進することを決定した』『先の防衛戦においてプルメニア軍に壊滅的打撃を与えた我が軍は、ストラスパール州にて兵力を更に増強中。再編を終え次第攻勢に転じ、プルメニア帝都メルガルドまで侵攻予定と発表』。なるほどねぇ」

「……なんというか、あれですね。かなりヤバそうですね」

「この場合の戦略的価値ってなんなのか、今すぐ教官殿に聞きにいってみたいね。任務完遂ってそもそも防衛任務じゃなかったのかとか、壊滅的打撃を与えたのにどうしてストラスパール州まで退《ひ》いてるのかとか、ドリラント市から転進とか言ってるけど、実際は敗退しての西ドリエンテ州の放棄なんじゃないのとか、色々と突っ込みたいね！」

あれだ。大本営発表と似たようなもんだ。この新聞はあてにならない。検閲でも入ってるのかな？でも一応事実は伝えているからこれでも頑張っているのかもしれない。じゃなきゃ放棄したなんて書けないし。

「……もしかして、本当に劣勢なのか？」

「もしかしなくても大劣勢だよ。プルメニアが予想以上に鍛えていたのか、ローゼリアが弱すぎるのか。武器の性能が互角でも、兵の質が問題だろうねぇ」

「嘘《うそ》だろおい。まだ覚悟なんてできてないぞ……」

「お、俺たちは大丈夫だよな？　まだ十九期が連れていかれてないし」

「そりゃそうだろう。俺たちはまだ二年目だぞ？」

同級生たちの顔色がいよいよもって真っ青になってきた。前線に送り込まれる覚悟なんて全然できていないに違いない。人を殺したこともなさそうだし。そんな若造に指揮される市民から兵卒になる皆さん。これは負けちゃいそう！

「それにしても、プルメニア軍の展開が早すぎるね。たった三か月近くで一気に西ドリエンテを席《せっ》巻《けん》したってことになる。ウチの守備隊が相当に間抜けなのか、なにか革新的な人員輸送法でもプルメニアが開発したのか。……うーん、ここにいてもさっぱり分かんないね」

クローネが諦めたようにかぶりを振った。革新的な人員輸送。車なんてあるわけないし、なんだろう。魔法で空を飛んだとか？　さっぱり分からない。新聞にも書いてないし。分かっていても書かないだろうけど。そんな凄《すご》い技術、我が国には影も形もありませんとは書けないはず。そんなことになったら、後れをとったニコレイナス所長は憤死しちゃうかもしれない。

「ストラスパール州の次は、いよいよ超要衝の各家のローズ州。その先に控えるは我らが花の王都ベル！　王都陥落の危機再びってね」

王都ベルの周囲は、七杖家《しちじょうけ》の名を冠した州が花びらのように守っている。花びらがどれくらい広がっているかで派閥の力が分かる。これが一枚でも枯れたりしたら超大変。そして東からプルメニアはやってくる。西ドリエンテ州、ストラスパール州、その後は私の実家のブルーローズ州じゃないか。

「あちゃー。私の実家がある州が圧《お》し潰されちゃいますね」

「それなら故郷を守るために銃を取るかい？」

「命令があれば行きますけど。特にあそこが故郷って感じはないですね」

「ははは！　そりゃあ残念」

悲愴《ひそう》感のない私たちの会話。暗くなっても事態は好転しないし、私としては特に絶望していない。最悪ローゼリアが滅んでも特に困らないし。

混乱に乗じて緑化教徒を皆殺しにしたり、ムカつく奴《やつ》の顔を殴りに行くのはいいかもしれない。もしも。もしも大混乱になったら。その時はどうしようか？

——翌日。ガルド教官がいつになく真剣な表情で教室に入ってきた。そこにあるのは、軍人の顔だ。私たちも思わず背筋を伸ばしてしまう。

「……諸君、プルメニアとの戦争の実態についてはある程度は聞き及んでいると思う。本日、西ドリエンテ州が陥落した。敗走中の我が軍はストラスパール駐屯地で再編を行っている。各地で徴兵された兵卒たちも、逐次そこに集められる」

正直に劣勢を伝えるガルド教官。いつもの余裕は全く窺《うかが》えない。空気は張りつめ、学生たちが唾を飲み込む音が聞こえる。いつもは余裕の笑みを浮かべるクローネも、今日は違う。まるで鷹《たか》みたいに鋭い目をしている。

「だが率いる士官の数が圧倒的に足りなくてな。……陸軍本部からの強い要請により、十八期歩兵科は卒業時期を早め、正式に軍隊に編入されることとなった。急ではあるが、明日卒業式を執り行う。配属先は後日個別に言い渡される」

一気にざわめいた。ついこの前卒業生を見送ったばかりのような気がする。ガルド教官の話は続く。

「……また、極めて異例なことだが、十九期、二十期の歩兵科、砲兵科より選抜した者を特別補充戦力として直ちに派遣することとなった。今から名前を呼ばれた者は、来週ストラスパールへ赴くことになる。悪いが拒否権はない。士官学校にいるんだから、もしもの時くらいは覚悟していただろう?」

「う、嘘でしょう!?」

「本当の話だ。もう一度言うが、拒否権はない」

男子たちの悲鳴があがる。まだどこか遠い世界の話だったに違いない。だが、地獄への切符というのは突然渡されるものなのだ。往復かどうかは誰かが決めてくれるよ。

「もう自主退学も脱走も許されん。逃げたら銃殺刑になるから気をつけろ。それでは名前を読み上げるぞ」

さて、栄えある地獄行き第一号は誰かな？

「――クローネ・パレアナ・セントヘレナ！」

「はい」

クローネが立ち上がった。流石《さすが》は最優秀成績者。彼女はどんな戦地でも確実に生き残りそう。なんとなくそんな気がする。今はなんというか死にそうにない。

「ライトン・ベルナグル、セントライト・ガレリア、レフトール・ダイノス、ポルトクック・タペリ、トムソン・ガス！」

小さな声でゾンビみたいにのそのそと立ち上がる男子生徒たち。こっちは誰か死ぬかも。私としてはポルトガルケーキ君の真の名前が分かって新しい発見である。でもすぐに忘れそう。覚えにくいし。料理が上手《じょうず》だったということだけは覚えておこう。

「最後に、ミツバ・クローブ！」

「はい」

なんと呼ばれてしまった。一瞬で喧騒《けんそう》がやむ。注目が集まる中、私はすっと立ち上がる。

子供を戦場に送り込むとは何を考えているのか。もしかして誰かの策謀だったりして。パルック学長は良い人っぽいので、ミリアーネの横やりかな？　プルメニア軍服でも手に入れて狙撃しに行こうか。でもあれか、きっと立派な屋敷に籠もってるに違いない。というか色々と構ってくれるという意味ではミリアーネも面白い。だから好きになるかというとそんなわけはない。ここら辺は私たちの複雑な感情のことなので仕方がない。だって思春期だし。

「確かにミツバの年齢については疑問を抱くところだが、特に優秀だと判断されたため、選抜されることになった。実地研修、公募採用など成果を挙げていることも判断理由の一つだ」

「そうですか。よく分かりました」

なんとなくバツが悪いのか、ガルド教官が理由を説明してくれた。そう言われると結構目立つことをしていたようだ。

「以上の七名が我が二十期砲兵科より選抜された。我々の先駆けとして戦地に赴く彼らに祝福を贈る！」

パチパチパチとヤケクソ気味の拍手。よりによって選ばれてしまうとは。私は確か十一歳だった気がするけど、この世界に労働基準法などというものはないのだ。

クローネと目が合う。色気のある敬礼をしてきたので、私もさりげなく敬礼。私に色気はない。サンドラは少し気まずそう。彼女が選ばれなかったのはなんでだろう。もしかすると、ガルド教官がわざと外したのかも。共和派思想があることは気付いてそうだから、送り込むと問題になるからと上手く外したかな。

「待遇については正規軍人同様で、給与もしっかり与えられる。授与される階級は准尉だ。学んだことを活《い》かして存分に戦ってこい！」

ガルド教官がそれぞれの学生と目を合わせていく。最後に私。今までお世話になりましたという意味で、会釈しておいた。一瞬硬直したが、すぐに強く頷《うなず》いてくれた。もしかしたらもう会うことはないかもしれない。私は死ぬつもりはないけど、どうなるかなんて分からない。未来というのは不確実だから面白いのである。私が国王やら皇帝やら教皇になる未来だってあるかもしれない。あるいは死ねないとか強がってたのに流れ弾を喰《く》らって、ウジ虫みたいにのたうち回った挙句、何もできないで腐るかもしれない。それだからいいんじゃないかな。

しかし、私はミツバ・クローブ准尉になるのか。なんだか格好《かっこ》いい。私専用の大砲とかあるのかな。名付けてミツバ砲。もしかしたら弾薬運ぶ係とか、砲身お掃除係かもしれない。

◆

荷馬と一緒に大砲を引き連れながら、私たち士官学校組は王都ベルからストラスパール駐屯地を目指してゆっくりと行進中だ。統率を執るのは、名前も知らない臨時指揮官代行殿。別名ハズレくじ。歩兵科、砲兵科の選抜された面々と、王都付近で徴兵された千人の哀れな人たちとともに私たちは進む。

中身はあれだけど、ローゼリア国旗を高々と掲げ揃《そろ》いの青白軍服を着ての行進は中々に壮観だ。兵卒はすでに歩兵士官たちに振り分けられている。これは軍の形式に少しでも慣れさせるためらしい。私たち砲兵士官は大砲に付き添いながらとことこ歩く。この大砲は士官学校に回されていたお古だったけど、徴発されるらしい。そんなものを駆り出すまで物資困窮してるのかな。お金はどこに流れて湯水のように使われているんだ。貴族の頭を叩《たた》いたら、コインがチャリンと出てくるからおすすめだ。叩きすぎて潰さないように注意が必要。

「いいねいいね。背は小さいけど行進は様になってる。その目つきも軍服で一層際立つし良い感じだ。見かけの幼さや違和感、目や表情の不気味さが畏怖を与えてるのかな」

「今の褒めてます？」

「もちろん。手放しで褒めてるんだよ。軍人が優雅だの華麗だのと褒められてどうするのさ」

「ならありがとうございます。でも、鏡で見たんですけど、パッと見は兵隊ごっこですよね」

「自分で言ってちゃ世話ないよね。鞄《かばん》の大きさは仕方ないか」

「大きい方がいっぱい入っていいですけどね。紐《ひも》を縮めて強引に背負ってますよ」

お願いしてリトルベルでゲットした曰《いわ》くつきの長銃を持たせてもらった。私の大事な宝物である。他の学生たちも皆得物を抱えながら行進だ。鞄の中には水筒と携帯食料ビスケット、常備弾薬、マグカップやフォーク、スプーンなどの食器、それと包帯が入ってる。携帯食糧は緊急事のためのものなので、お腹《なか》が空《す》いたからといって食べると後で困る。

「で、ミツバ准尉殿は初の戦いへの意気込みは何かあるのかい。人を殺したことはもうあるから、そういう問題はなさそうだけど」

「特にはないですね。習ったことをやるだけです。一杯大砲を撃って、敵を殺しますよ。そう教えられましたし」

「うん、やっぱり平常心が一番だね。どんなときでも頭は冷静にだ」

「そういうクローネ准尉殿は？」

「私？　そりゃ私は美味《おい》しい所だけもっていって、さっさと出世を狙いたいところだね。生還して卒業を待つなんて言ってないで、一気に大尉ぐらいまで上がりたい。時は有限だし、贅沢三昧《ぜいたくざんまい》は若いときに楽しみたいよね」

「何もできずに死ぬとか、考えないんです？」

「考えないよ。そんなこと考えても生産的じゃないし。悩んだって良いことなんてないよね。弾なんて当たるときは当たるよ」

「うーん、確かに」

「でしょ？」

前から回ってきた小さな瓶をクローネが受け取ってる。プルメニア産のウイスキーが入った小さなボトル。手書きで『酒みたいにおいしい水』と書かれている。ガルド教官が秘蔵の逸品を供出してくれたのである。私はあんまり好きじゃないけど、こういうのは流れに乗るものなので断りはしない。泥酔でもしない限り、基本は上官たちも見て見ぬふりをしてくれる。彼らも景気づけに飲んだりするから同罪だ。

「うーん、仕事中に飲む酒は美味しいね。ほら、チビもどう。偉い人には内緒だよ？」

「ありがとうございます」

「どう？」

「もうちょい甘みが欲しいです。わたしにはちょっときついです」

回し飲みして、後ろで震えていたポルトガル君にぽいっと渡す。私の渋い顔を見て軽く吹き出したクローネが、水筒を寄越《よこ》してくる。水を含んで口直しだ。大柄だけど細かい気配りもできてしまう。流石は完璧超人。『私の辞書に不可能はないよ』とか言い出しそうで怖い。私の辞書？　なにもかいてないよ！

「ありがとうございます」

「うん。そういえばさ、出るときにサンドラとなんか話してたみたいだけど」

「ええ。自分が残ることになんか複雑なものがあったみたいです。もし死んだら墓標は長銃がいいですって言ったら本気で頭を叩かれました」

「あはは！　そりゃ見たかったね」

絶対に死ぬな、死んでも帰ってこいと言っていたので、言われた通りにしよう。帰ってくるまで活動は自粛するとか言ってたし。三度のご飯より政治活動が好きなサンドラが自粛とは。

「派手な活動は自粛するって言ってましたよ」

「あの馬鹿が自粛しても、いろんな流れは止まらないよ。今の状況で内側を掻《か》き乱《みだ》すと、更に大変なんだけどね。掻き乱すだけじゃなく、外敵もなんとかしてほしいよ」

「本当、困りましたねぇ」

じいさんばあさんの茶飲み話みたい。中身は物騒だけど。

「まったくだよ。開戦を主張していた上院議員様たちは、この有様を予想していたのかねぇ。してたなら一発逆転の策を教えてほしいぐらいだよね。ないならせめて弾除《よ》けの盾くらいにはなれっての」

内憂外患。誰か助けて状態。わざわざプルメニアに口実を与えてしまった馬鹿どもは処刑してほしい。無事に帰れたら、賛成した議員の名前をサンドラに教えてもらおう。いつかギロチン送りにしてやる。とはいえ、賠償請求云々《うんぬん》はただの口実で、戦争になるのは避けられなかっただろうけど時を早めた罪がある。八つ当たり先はいつだって必要なのだ。戦争を楽しみにしていたという奴がここに約二名いた気がしたが、それはそれ、これはこれである。

「それにしても移動が遅すぎるような。ちょっとちんたらしすぎじゃないです？」

「普通に歩けば二日でブルーローズ、七日でストラスパールに着くけど、この感じだとその倍以上かかりそうだね」

理由は簡単。訓練を受けてない兵卒が移動に難儀しているから。食事、テント、整列だけで物凄い時間がかかっている。ここで敵の襲撃があったら確実に壊走する。戦列を組まなくちゃいけない理由が分かってしまった。銃を持って軍服は着てるけど戦意なんて欠片《かけら》も感じない。

「ちんたらしてるうちに、駐屯地が戦場になってたりして」

「あはは、ありうるから恐ろしいね。ま、もしそうなってたら一緒に逃げようか。自殺するつもりはないし。命さえあれば再起もできるよ。混乱してるから死人の名前を借りることもできるし」

「いいですね。そのときは二人でなんとかしましょう。……それはともかくとして、結局私たちはどこに配属なんですかね」

ストラスパール州駐屯地で一旦再編し、やってくるプルメニア軍を迎え撃ち、頑張って押し返してそのままの勢いで西ドリエンテを奪還する。そして目指せ敵国帝都メルガルド。劣勢なのにこれって無理じゃないかな。でも目標は大きくないと。堅実な小さな目標だとやる気や向上心がないと怒られちゃう。人生は無常である。

「そうだねぇ。私たちは多分、駐屯地に着いてからベリエ要塞行きかな？　流石にいきなり本隊に組み込んで、どこかを攻撃しに行けなんて言われないと思うよ。指揮系統が混乱するだけだし」

「ベリエ要塞ですか？」

「街道の要衝に築かれた要塞さ。そこを落とされると、ストラスパール市は落ちたも同然。ま、もしも要塞が落ちたら、ドリエンテみたいに東西に分けて、まだ陥落してないと言い張るかもしれないけど」

「ビックリするほどの劣勢ですね。なんでこんなに押されるんでしょう」

「さぁて。最高指揮官様の人望の差か、国の景気とやる気の差じゃないの。植民地運営で儲《もう》かってる上に、戦争になれば色々活性化してもっと儲かる。溢《あふ》れた利益は上から下へと降り注ぐ。そりゃやる気も出る。こっちと違って良い循環だね」

「ウチの植民地は？」

「つい最近だけど獲得競争に負けて、貧乏くじを引かされた。その損失が地味に大きいねぇ。ついでに緑化教徒やら謎の疫病の蔓延《まんえん》やらで景気も治安も最悪だ。遥《はる》か遠き自由の国『アルカディナ独立戦争』なんかに手を出してる場合じゃなかったんだよ。本当に馬鹿だよね」

隣国リリーア王国憎しで兵一万と軍船、物資などを独立軍に援助したらしい。リリーア植民地だったアルカディナは見事独立を獲得したけど、特に見返りはなし！　あ、『自由の後援者』『我が国の心の盟友』とか泣けるお言葉をもらって体《てい》よく追い返されたとか。今困ってる心の盟友への援助？　応援のお手紙が来たらしいよ！　国宝ものだからしっかりと保存して後世に残してほしい。

「心の盟友は置いておいて。本当の同盟国のカサブランカからの援軍は来ないんですか？」

「向こうも戦力的に難しいだろうし、そもそも助けるつもりがあるのかも怪しいよ。むしろ下手に手を出されると、リリーアを刺激しかねない。ヘザーランドの動きも怪しいって噂があるし」

「ヘザーランドって？」

「ちっさい国がまとまってる諸国連合さ。王様だけは一杯いるから、私が上に立ったら真っ先に整地したい地域だよ。確か十人ぐらい王様がいてまとめ役の代表が『大王』だって。真剣に馬鹿だね」

北東に位置するヘザーランド連合国とローゼリア王国は相互不可侵を結んでいるらしい。でも向こうはプルメニア帝国とも結んでいる。中立を謳《うた》っているけど、いつ攻撃してきてもおかしくない。領土欲あふれる王様ばかりらしい。

「でも大王って格好いいですね」

「そうかなぁ。クロッカスも大帝とか名乗ってるし。馬鹿は大きいのが好きなのさ」

「クローネも大きいですよ」

「背は関係ないし、これはこれで役に立つことばかりだよ。そんなことといったらさ、小帝や小王は格好悪いよね」

「うん？　今チビを馬鹿にしましたか？」

「いや、全然してないよ。気のせいだね」

「ならいいんです。やっぱり大きいとか小さいとか、名前で人を判断してはいけません」

「じゃ間を取って中王なら？」

「中途半端なので却下です」

そんな感じの馬鹿話で盛り上がりつつ、のんびり行進していた。ちなみにストラスパール駐屯地に着いたのは王都ベルを発って二週間後のことだった。途中臨時の食料補給が二回も行われたことから、陸軍のお偉いさんから『本当に使えない連中』の烙印《らくいん》を見事に押され、『無駄飯喰らいの鈍亀大隊』と、臨時指揮官代行殿はきつい罵声を嫌というほど飛ばされたそうだ。まぁ本当に責任を取るべきだった大隊指揮官は『急病』のため逃げやがったので、その罵詈雑言《ばりぞうごん》はパルック学長のところに行ったに違いない。こちらもご愁傷様である。

◆

駐屯地に設営されたテントの中で私とクローネ、男子二名はだらだらしている。駐屯地はもうテントが至る所に生えており、まさにテント村って感じである。食べ物は不味《まず》いし、そんなに身動きもできないし、トイレや風呂も不自由しまくりで、不衛生極まりない。寝泊まりするテントも男女の区別などあるわけがない。女性にはとても向かない職場である。戦争反対と声高に叫ぶ寛容派議員に一瞬なりかけた。

私は汚れた手や足をタオルで拭きながら、クローネを見る。余裕で下着姿になって体を拭いて着替えていた。同じテントの男子のことなど全く気にしていない。そして、男子も下心を出している余裕はなさそうだ。震えながらひたすらお祈りしている。恐怖は性欲や食欲に勝るらしい。うるさいから早く寝ればいいのに。

「うちらはやっぱりベリエ要塞行きだね。えっと、第十師団砲兵中隊所属になるのか」

「私たち凄く邪魔者扱いでしたね」

「あはは！　いない方がマシと思われて、後ろから撃たれないようにしないとね」

到着後、第十師団司令官のガンツェル中将から挨拶があったけど、血管が今にも切れそうで面白かった。まさか子供士官交じりの軍隊を送ってくるとは思ってなかったのだろう。可哀想《かわいそう》に。ちなみにパルック学長と同じでハゲだったけど、中将閣下はその上小太りだった。将軍の威厳は出てたけど、銃のいい的になりそうだった。早死にしそう。あ、臨時指揮官代行殿は臨時が取れてしまったらしい。いわゆる殴られ役に進化である。全然羨ましくない。階級は中佐らしいよと教えてもらった。名前はなんだっけ。まぁいいや。

同僚になる士官の人たちからはもちろん邪魔者扱いの視線だった。特に私は注目の的だ。これも全然嬉《うれ》しくない。でかいこそこそ話がかなり聞こえたけど、悪口以外にも情報を得ることができたので良し。やってきた歩兵は特別大隊として一纏《ひとまと》めにして、一番最前線行き。私たち選抜砲兵は、大砲には一応価値があるということで要塞の邪魔にならないところを守らせるみたい。ある意味ラッキーだけど、歩兵科の人たちはとても可哀想である。ほとんど死ぬ。

「第十師団五千人とおまけの千人が、ベリエ要塞の防衛隊と合流する。さて問題、プルメニアはどの程度の規模で攻めてくるかな？」

「そうですねぇ。一万人ぐらいですか？」

ピンとこないので適当に言ってみる。クローネがうなっているから、そんなに外れてはいないようだ。仮にも要塞なんだから、それくらいの攻勢ぐらい撥《は》ねのける造りじゃないと困る。

「いいところだけど、向こうも予備兵を増強してたら分からないね。もしケリをつけるつもりで攻めてきてたら……」

「なんだか帰りたくなってきたかも」

「あはは。そんな顔には見えないけどね。ま、賑《にぎ》やかになるのはもう確定だね」

実際その通りで、私は早く大砲をぶっ放してみたいのである。実に楽しみだ。これでもかというほど連発してしまおう。敵も味方もバラバラだ。多分私も。

「それで、また明日の朝に移動ですか」

「そういうことだね。ま、ここだって結構危ないし、柔らかい布団もないし、どこだっていいけどさ」

「住めば都みたいな？　都じゃないですけど」

「悪い意味で、どこも同じだよ」

その瞬間、テントの中でウッと何かを吐き出そうとした間抜けがいた。緊張で瀕死《ひんし》状態のポルトガルケーキ君である。突き刺すような先輩士官の視線、不慣れな軍隊行動、死への強い恐怖、ついでに彼が苦手とする私と同じテントという超絶の不運だ。それらが重なった結果、いよいよ限界に達してしまったらしい。両手で口を頑張って押さえているが、膨れた頰《ほお》を見る限りもう限界だ。このままではテント内がゲロまみれ、私はとても困ってしまう。白目を剝《む》いてそのままぶちまけようとしたので、思いっきり尻を蹴飛ばしてテントから追い出した。

「ぐえぇっ!! おえっぷ」

という呻《うめ》き声《ごえ》とともに、そのまま地面に突っ込んで吐しゃ物を撒《ま》き散らしていた。不運にもゲロ爆弾を浴びてしまった被害者の怒声が春の闇夜に響く。巻き添えが増えるのは想定の範囲外だったが、私のせいじゃない。うん。

「チビって結構容赦ないよね。例のギロチンとか緑化教徒への対応を聞いて、分かってたつもりだったけど」

「涙を吞《の》んで断腸の思いで蹴り出しました。戦友とはいえ、ゲロまみれで寝るのは嫌ですよね」

「戦闘中ならともかく、戦う前からゲロまみれはちょっとね」

「なかったことにしましょう」

コラテラルダメージ? ちょっと違うか。私とクローネはそれらを見ないことにして、粗末な防寒布にくるまるのであった。四月も下旬とはいえ、夜はまだ冷えるのだ。おやすみなさい。

◆

ストラスパール州ベリエ要塞、指揮所。ローゼリア陸軍第十師団を指揮するガンツェル中将は、要塞防衛隊長ロウル大佐より説明を受けていた。

「これより防衛指揮はこの私が執る。ロウル大佐、君には私の指揮下で存分に活躍してもらいたい」

「これより、よろしくお願いいたします、ガンツェル閣下！」

「うむ、期待している。それで現在の状況はどうか」

「はっ。やはりプルメニア軍の展開速度は異常です。すでにドリエンテの各市を陥落させ、兵を結集、我が方へと侵攻を開始しております」

「その報告は聞いているが。展開速度が速い理由は摑《つか》めているのか？」

「確定情報ではありませんが、線路とやらを平野部に敷き詰め、それに載せた輸送車両を魔力で撃ち出しているとか。遠方からの偵察なので、まだ詳しいことは分かりません。その輸送車両は損傷激しく、いずれも使い捨てているようですが……」

「ほう、使い捨てと。だが、実物を見ないことにはなんとも言えんな」

「こちらも未確認ですが、新型大砲が投入された可能性があります。使用はされなかったようですが、ドリエンテ防衛戦の際に目撃した者がおりまして、『かなりの大きさだった』との報告が」

困惑した様子のロウル大佐。ガンツェルは禿《は》げ頭をぽんぽんと叩いた後、軽く頷いた。これ以上考えても仕方がない。敵が驚異的な速度で迫っているのは確かだ。

「なにか新技術を生み出したのだろうがよくあることだ。過剰に恐れることもない。敵国の技術とはいえ、我らも取り入れればよいだけのこと。大陸各国が、ニコレイナス所長が生み出した長銃、大砲を模倣したときのようにな。丁度良い、可能ならば鹵獲《ろかく》してしまうとしよう」

「はっ、承知しました！」

そこに、ノックをした後、一人の男が入ってくる。大佐の階級章に、煌《きら》びやかなブルーローズの紋章を胸に付けている。ローゼリア七杖家に連なる大貴族の証明だ。将官を前にしても遠慮のない態度がその証左でもある。

「失礼します。ブルーローズ州駐屯地より参りました、グリエル・ブルーローズ・クローブ大佐です。我が精鋭たる騎兵五〇〇が着任いたしました」

「おお、よく来てくれた、グリエル大佐。息災そうだな」

「はい、閣下もお元気そうでなによりです」

「ありがとう。それと、お父上のことは残念に思っている」

「そのお言葉だけで、亡き父ギルモアも喜んでいることでしょう。父に代わり、閣下のお手伝いができること、光栄の極みです」

「ははは、いつも厄介事を押し付けられる性分でな。ギルモア卿にはそのたびに面倒を掛けてしまった。いやいや、老人は愚痴が多くなっていかん。……さて早速本題に入ろうではないか」

軽く愚痴った後、グリエル、ロウルに椅子に腰かけるように告げる。そして机の上の地図を見る。

「偵察騎兵からの報告を聞く限り、敵勢はおよそ一万程度、大砲二〇門弱がこのベリエ要塞に向かっているらしい」

「私の騎兵五〇〇を合わせれば、およそ七〇〇〇の戦力がこの要塞の防衛にあたることになります。十分に守れるかと」

「ストラスパール市を落とすのであれば、この要塞を避けることはできません。時を稼げば、我が方の増援もさらに到着します。我らには距離の利点があります。敵の進撃もここまででしょう」

グリエル、ロウルが続けて意見を述べる。ストラスパール市と、それに繋《つな》がる街道を見下ろすようにこのベリエ要塞は築かれた。ここを無視して都市を攻撃することは無謀である。大砲の射的距離内であり、さらに高所からの一斉射撃が迎え撃つ。わざわざ挟撃されにくる馬鹿者はいない。つまり、この要塞を必ず落とさなくてはならない。

「ふむ。向こうも優勢を保ちつつの講和を狙っているのかもしれん。この要塞の攻防で膠着《こうちゃく》させれば、敵は陥落した西ドリエンテの支配を強めることができる」

「なるほど。それが敵の狙いですか」

「ここで抑えている間に、我が軍の師団が西ドリエンテを狙う段取りと聞いておりますが」

そんな戦力が本当にあるならここに回せとガンツェルは思っているが、言ったところでどうにかなるものではない。方針を決定するのは七杖の貴族、それを承認するのが国王、どうにかして達成するのが他の人間の仕事である。異議を述べたりすれば睨《にら》まれて地位を追われかねない。貴族だって楽に生きているわけではない。軍人であり貴族のガンツェルは色々と悩みを抱えながら生きている。

「ああ、私も詳しくはないが、奪還作戦を計画中らしい。いずれにせよ、我々の仕事はここの死守だ。功を焦って欲をかくつもりはないから、その点は諸君も理解しておいてほしい」

攻勢に出て敵を粉砕し西ドリエンテまで攻め込むつもりは毛頭ない。ガンツェルの第十師団の任務はストラスパール市とベリエ要塞の防衛である。これが及第点であろう。

「無論、承知しております」

「しかし、我が方の大砲は総数三〇門、内、使えるか分からん徴用品が一〇門か。……質は些《いささ》か不安だが、要塞から撃つだけなら士官学校の若造どもでもできるだろう。実に不安極まりないがな！」

ガンツェルは吐き捨てる。ここの重要性を陸軍本部は理解しているのか。まかり間違ってベリエ要塞が陥落したら、連鎖してストラスパール市は落ちる。ストラスパールが落ちれば、各小都市は連なるように陥落していく。命を張って祖国を守り抜く、などという人間はほとんどいないからだ。市長や商人は真っ先に逃げ出し、市民は諸手《もろて》を挙げて降伏する恥知らずばかりである。その先にあるのは七杖領、最後が王都ベルである。ここが踏ん張りどころである。

「途中で見かけましたが、徴兵されてきた連中はあまりにひどいですな。銃を撃てるかすら怪しい」

グリエルが嘲笑するとガンツェルもため息を漏らす。

「君に言われずとも分かっている。可哀想だが、最前線に送り弾除け代わりになってもらう。要塞防衛戦の前に一当てして敵の勢いだけは削《そ》ぐつもりだ。最初から消極的なようでは士気がもたん。多少は役に立ってもらう」

銃すらまともに撃てない無駄飯喰らい千人を、このまま大事に抱えておいても意味がない。ならば有効活用する。士官学校歩兵科の准尉たちに率いられた特別大隊千人は第一陣の戦列だ。確実に敗走するが、その後には第十師団所属の正規の歩兵戦列を控えさせておく。敵が勢いに乗って突撃してきたらそこを狙い撃つ。弾除けどころか囮だが、敵の勢いを挫《くじ》くには丁度良いとガンツェルは考えている。一度戦って死線を越えれば、多少は使えるようになるだろう。

「なるほど、それは素晴らしいお考えですね。ゴミどもに相応《ふさわ》しい仕事かと」

「君は相変わらず言葉が過ぎる。否定はせんが、兵卒には聞かれんようにしろよ」

「はっ、申し訳ありません。つい本音が出てしまいました」

ガンツェルは軽く笑いながら釘《くぎ》を刺す。グリエルとはそれなりに長い付き合いだが、この男は特に差別的思考が強い。貴族以外は人間じゃないという目である。ガンツェルも貴族だが、多少は融通が利く方だと思っている。軍での生活が長いと、色々な経験をするからだ。

「ところで閣下。この要塞に、士官学校から奇妙な士官が送られてきていませんか。おそらく砲兵所属だと思うのですが」

「うん？　ああ、確かに来ているな。ただでさえ使い物にならん若造ばかりなのに、子供まで准尉にして送りつけてきおった。士官学校の連中め、人を馬鹿にするにもほどがある。戻ったら学長の顔を全力でぶん殴ってやるわ！」

一応、どんな人間、編成で来るのかは聞いていた。だが、十一歳の子供に大砲を撃たせているとはどういう了見だ。そもそも、士官学校では十一歳の人間をどのような顔で教育しているのか聞いてみたい。引率してきた指揮官代行と連絡役の事務官を殴っておいたので、こちらの意思は伝わっているはずだ。

それもこれも、この状況下で軍事費を増強しない文官連中が悪い。これ以上の軍事費増強は認められないと士官数を増やそうとしない。大陸情勢は緊迫しているということを何も理解していない。金がないなら戦時税でも設ければいい。国を守るのは軍、軍には最優先で金を回すべきなのである。それがガンツェルの持論である。

「その砲兵准尉についてなのですが。内密にお願いしたいことがありまして」

「ふむ、一体なんだというのかね。君が目障りだと言うならば喜んで叩き帰すつもりだが。最初から戦力には数えておらん」

「いえ、そうではありません。その者を、最前線に送り込んでほしいのですよ。囮の戦列に、使い古しの大砲一門と一緒につけていただきたい」

「ほう？」

「率直に申し上げますと、その砲兵准尉を、今回の戦いで戦死させていただきたいのです。できるだけ早くが望ましい」

あまりの言葉に、ガンツェルとロウルは思わず顔を見合わせた。墓穴の方角には向かわせるが、墓穴に蹴落として埋めるつもりはない。同じことではあるが。だが、グリエルは意図的に殺したいと言った。

「些か穏やかではないと思うが、事情を聞かせてもらえるかな？」

「ええ、もちろんですとも。その砲兵准尉はミツバ・クローブという者なのですが、我が誇り高きブルーローズ家の名を汚し続ける愚か者でしてね。存在しているだけでも許しがたいことなのです。本来ならば私自ら手を下したいのですが、それでは世間体が悪い。ですので、名誉の戦死という形で花道を飾らせてやりたいのですよ。これが、誰も不幸にならなくてすむ終わり方です」

「……なるほどな」

そういえば噂で聞いたことがある。グリエルがブルーローズ家の当主に未《いま》だなれない理由だ。母ミリアーネが当主代行を務めているのは、青薔薇《あおばら》の杖《つえ》をなんらかの理由で継承できないからだと。その理由が、呪い人形と忌避されるミツバの存在だ。亡きギルモアが勝手にミツバに継承を行ってしまったとか。今では色々な尾ひれがついて、殺そうとしたら死人が何百人でたやら、声を聴いたらおかしくなったやら、なにがなんだか分からなくなっているが。真実は分からないが、ブルーローズ家にとってミツバの存在は邪魔で殺したいほどだということは分かった。

「いかがでしょうか、閣下。上手くいった暁には、必ずお礼をいたします。もちろんロウル大佐にも受け取っていただきます」

「はっ、私は何も聞いておりませんでしたので、何もご心配には及びません。どうぞ閣下のお心のままに」

これはロウルへの口止めだ。世渡りのできるロウルは即座に判断し、聞かなかったことにするらしい。配置変更ぐらい受けても特に問題ないとガンツェルも判断する。ブルーローズ家に恩を売っておいて損は何もない。ただ、ミツバ准尉と中古の大砲一門を弱兵戦列につけて敵にあたらせればいい。後は運次第だ。生き死にがどうなろうとガンツェルのせいではない。どうなろうと本隊の情勢には影響しないし、要塞防衛も問題ない。たった一門での援護など大した効果も見込めないし、むしろ敵の大砲の集中砲撃を受けるに違いない。多分死ぬだろう。死ななかったらグリエルが次のやり方を考えるだけだ。

「まぁいいだろう。特別歩兵大隊千人に、大砲一門と件《くだん》の砲兵准尉をつけて最前線に送るよう命令を出すとしよう」

「ありがとうございます、閣下。このことは母にもしっかりお伝えします」

「なに、そんなに気にしないで構わんよ。嫌でも何百人と死ぬのだからな。だが、死ななかったからといって、文句を言うのはなしにしてもらいたい。恐らく望みは叶《かな》うだろうが、これればかりは運もある」

「ええ、承知しておりますとも。後は、あの忌まわしい呪い人形の悪運が尽きることを神に祈ることにしましょう。ここで、必ず死んでもらう」

ガンツェルは思わずため息を吐《つ》いた。自分のやっていることが、本国の議員や文官どもと同じだと気付いてしまった。前線で死ぬ兵のことなど何も考えていない。ただ世渡りのために、一門の大砲と一人の少女を生贄《いけにえ》にした。それで罪悪感が特に湧かない自分もどうかしているのかもしれない。世界がおかしいのか、自分がおかしいのか。

「さて、この件はもういいだろう。我々の最大の目的、ベリエ要塞防衛のために知恵を出し合おうではないか。ここを落とされることは、祖国ローゼリアの存亡にもつながりかねん」

「はっ。必ずやストラスパールは守らねばなりません。後ろに控えるは我が家が治めるブルーローズ州です。そのために私が来たのですから」

「微力なれど、ローゼリアのために全力を尽くします！」

「――諸君、ローゼリアに勝利を」

ガンツェルは、二人に視線を送った後、強く頷いた。勝利という目的については、貴族、軍人、議員の利害は大体一致している。勝たなければならない。勝てば利益という潤滑油で上手く回りだす。そしてなにより、プルメニア人どもに、この美しいローゼリアが蹂躙《じゅうりん》されるなどあってはならないのである。

EPISODE 7

撃って撃たれて撃たれて撃たれて

ベリエ要塞の周囲には農園地帯が広がっている。そんな景色だけはのどかな要塞到着後に、私は第十師団特別歩兵大隊へと編入されてしまった。なぜか砲兵士官から私だけが選ばれて。クローネは特別扱いに羨ましがっていたが、こっちは代わってほしいくらいだ。私に忖度《そんたく》する意味がまるでないし。嫌な予感しかしない。こういうときって大抵碌《ろく》なことがない。

私が扱うのは士官学校から持ってきた訓練用大砲だったもの。特別歩兵大隊にはこの一門だけ。挑発ぐらいはできると思うけど、これ本当に必要？　私に付き従うのは四人の兵卒さん。名前を聞こうと交流を図ってみたけど、全員震えてしまって会話にならない。戦争が怖いのかと思いきや、私が怖いらしい。

「の、呪い人形。な、なんでここに」

「……ああ、神様。どうか私をお助けください。どうかお慈悲を」

「どうしてもう噂《うわさ》が広まってるんです？　どうして私って分かるんです？　初対面なのにおかしいですよね？　なんでです？」

「……ひ、ひい」

鬼のように問い詰めたが返答なし。仕方ないから最後に「命令には従えますか」と強めに聞いたら、なんとか頷《うなず》いたので大丈夫だろう。否《いや》と言ったらこの世からおさらばである。戦場だから許されちゃうのである。

で、一晩かけて砲身の掃除、魔粉薬詰め、弾込め、着火方法までは教え込んだ。私は周囲の様子を把握しつつ、サーベル片手に指示を出す係。三人が大砲配置、残り一名は弾薬運びである。戦死して欠員が出たら私も入ることになる。

「さて、いよいよですね」

「…………」

「偉い人曰《いわ》く、戦争は気合らしいですから、気合を入れましょう」

会話が成り立たないので自然と独り言になる。

これから始まるのは、侵攻してくる敵先遣部隊を迎え撃つ会戦だ。本格的な要塞防衛戦に移行する前に、一当てする方針だとか。守ってばかりじゃ士気が下がるらしいけど、これ以上に下がるものがあったかはよく調査する必要がある。

で、その敵は目視で確認できる距離までやってきている。農園の結構先には、プルメニアの国旗がはためいている。その下に、黒い軍服を着た兵士たちがたくさん並んでいる。どれぐらいいるのかは正確には分からないけど、万は超えるだろう。羨ましいことに、かなりの数の大砲が確認できる。あそこからどんどん弾が撃ち込まれるかと思うと、中々アレである。直撃したら痛そう。

「勇敢なローゼリア兵たち、誇り高きローゼリア兵たちよ!! 訓練の成果を見せるのは今このときだ! 必ず勝って生き残るぞ!」

第十師団特別大隊、大隊長殿が合図を出した。この人は元臨時指揮官代行の引率してくれた中佐さん。名前はやっぱり知らない。一番逃げ出したいのはこの人だろうに、悲壮な表情で声を張り上げている。可哀想《かわいそう》に、びっくりするほどの超ハズレくじである。

彼も嫌というほどご存じの通り、うちは人数だけの即席素人《しろうと》部隊、各隊を率いるのはなんとびっくり、卒業もまだのぴよぴよ士官候補生たちである。義務を果たせと言われてもこれでは逃げ腰になる。でもダメ。おしごとだからたたかわないとね！

「各中隊は、迅速に戦闘配置につけ!!」

千人の歩兵が、敵の陣形に嚙《か》み合うようそれぞれの中隊に分割されていく。それはもう迅速に乱れが生じてるけど、そこは目を細めて見ないふりだ。その前後を挟むように歩兵科士官が、サーベルを片手に待機している。前にいるのは隊列先導と維持、後ろに配置されているのは脱走したらサーベルで殺す役目。一人につき五十人ぐらいで割り振られているっぽい。敗走したらそういう場合じゃなくなるのは当たり前だ。多分士官ごとプチッと轢《ひ》き殺《ころ》される。

『一々隊列を乱すな！　もっと機敏に動け！』

中隊長が無茶《むちゃ》ぶりをしつつも、横隊二列ぐらいまでなんとか組み上げた。後は、前進命令を待つ。プルメニア軍と接敵したら、一斉射撃となる。お互いに我慢比べをして、先に崩れた方がアウト。そうなると後ろで元気いっぱいに控えている騎兵隊や、ハイになった戦列歩兵の銃剣突撃が襲いかかってくる。戦列同士の戦いは『気合の勝負』と教官が言ってた。私が言うのもなんだが、どうかしてると思う。でも戦列がたくさん並んでる光景は見栄えも良くて格好《かっこ》いい。格好が良くても弾は当たるけど。たくさん死んじゃうね。

ちなみに、私たちの後ろには、予備兵力として第十師団所属の歩兵が二個大隊、騎兵が一個中隊こっそりと用意されている。私たちは囮《おとり》の餌ってわけで。勘の良い兵卒さんは気付いてるみたいだけど、もう逃げられないよ。

「ローゼリアのために！　我らの故郷のため、家族のため、未来のために！　プルメニア軍をこの地より追い払うのだ!!」

なんかいいことを大隊長が叫ぶと同時に、我らが特別大隊旗が高らかに掲げられる。馴染《なじ》みは全然ないので何の感慨もない。でもこれはとても重要な旗だ。射撃戦が終わり、入り乱れた白兵戦にでもなってしまったらもう無茶苦茶になる。だから、皆この大隊旗がある方へと進む。部隊は健在だという証明だ。これが倒されたり、後退したらそれに従って逃げ出したりする。だから、旗持ちは名誉ある仕事とされているけど、一番狙われやすいからそう言っておかないと誰もやらない。

この条件は相手も同じ。プルメニア軍も大半が徴兵された者たちで構成されている。違うのは士気と武器の差か。とにかく、弾の撃ち合いに勝って、白兵戦に持ち込んで旗を奪えばいい。基本的にはそれで勝利だと教えられた。本当かどうかはこれから分かる。旗取り合戦だね！

「ローゼリア万歳！　前進用意!!」

合図とともに軍楽隊がドラムを小刻みに鳴らす。兵卒の皆さんが長銃を肩に担ぐ。大隊長はそれを確認すると、各中隊長を見渡した。

「全体、進めえッ!!」

軍楽隊が横笛とドラムの演奏まで始めた。とても優雅で華麗な音楽だ。それに合わせて千人の大隊が少しずつ農園を歩いていく。プルメニアも戦列を繰り出してきた。数は……向こうの方が多いような。そう見える。

「……あ、あの。じゅ、准尉殿？　俺たちはどうしたら」

「もちろん大砲を撃ちますよ。みんなを援護するのが仕事ですよね」

「へ、へい!」

「手際よくいきましょう」

魔粉薬詰め、弾込め、発射、砲身掃除の繰り返しがお仕事だ。慣れてないからやっぱり遅いけど、文句を言っても始まらない。砲兵士官は基本彼らの統率が仕事だから、手を出すのは不足人員が出てからだ。とにかく援護射撃を開始しなければ。だって一門しかないし、サボってるのが丸わかり!

「よく狙って。――撃て!」

一拍遅れて着火作業。ドン!! と景気の良い音とともに砲弾が飛び出した。白煙が立ち上る。まったく見当外れのところに着弾。もう少し近めが良かったけど仕方ない。仕方ないで延々と外してると怒られるから、ここは私を投入だ。

「次はもう少し寄せたいですね。というか、それ私がやりますね」

大砲の向きを少し変え、角度を合わせる。ああ、榴弾《りゅうだん》が欲しい。中身が空っぽでもいいから欲しい。だってここにあるのはただの砲弾だから炸裂《さくれつ》しない。コストは安いけど、砲弾は直撃させないと殺傷できない。だからどんどん撃たないと効果が薄い、けど大砲の数が全然足りない。一門だけだからね。

「うーん、これくらいですかね」

「ひいいっ。う、撃ってきた!」

「そう簡単には当たりませんよ。多分」

当然相手も撃ってくる。敵の大砲群がリズムよく火を噴く。というかこちらの残りの大砲は要塞に据え付けてあるんだよね。せっかく外で叩《たた》くなら大砲をもっと寄越《よこ》せという話だけど、下っ端なので誰も私の文句など聞いてくれない。偉くないと言葉に力は宿らないのである。仕方ないね！仕方ない尽くし！

「次の弾用意してください。砲身は熱いから気をつけて」

「へ、へい！」

忙《せわ》しなく動きながらお掃除棒で砲身を掃除している訛《なま》りのある兵卒さん。そのまま粉を入れようとして無駄に落としてしまった。税金の無駄発生。テンポもとても悪い。緊張と恐怖で体がガチガチみたい。ぜんぶ私がやった方が早いけど、それでは砲兵士官の意味がないわけで。頑張って指示を出して、落ち着かせようと試みる。

「別に怒ったりしないので、落ち着いてください。まずは深呼吸とかどうです？」

「ひいっ」

大失敗。私を異常なまでに怖がってるし、砲弾は飛んでくるわで大恐慌だ。

ああ、今度は弾を落っことした。全然発射効率が上がらない。このままだと本当に戦犯ものである。役に立つことは何もしてなかったと軍監に報告されちゃう。

「しばらく、私が全部やりますね。皆さんはそれを見て、昨日の練習を思い出してください。援護しないと、本当に迷惑かけちゃうので。ついでに私が罰を受けちゃいますよね」

「こ、怖くて、て、手がかじかんじまって」

「いいんです。でも一応長銃には弾を込めておいてください。敵が来たら、それで戦いますから」

「へ、へい」

ちゃっちゃっと大砲に弾を込めて、着火。ドンと撃ち出される砲弾。敵歩兵に見事に命中。頭が綺麗《きれい》に吹っ飛んだ。続いてお掃除して装塡《そうてん》、再照準。間に、敵の第二射が一斉に炸裂。こちらの戦列に命中だ。敵軍は贅沢《ぜいたく》にも榴弾を使っているらしい。地面で弾が炸裂し、鉄片が勢いよく周囲に吹き飛んでいる。喰《く》らった数十名がのたうちまわり、哀れに戦列離脱。多分この世からも離脱するよね。味方戦列は強制的に進まされていく。大隊長はサーベルを振り上げ頑張って気合を入れている。大隊旗もまだまだ無事。でももうすぐだめだとおもうよ。

「掃除完了、魔粉薬完了、砲弾装塡っと。着火！」

一人だとやはり時間がかかる。だが今までよりは早い。敵歩兵に命中。今度は二人の腹部を貫いた。目を凝らせば、穴から向こうの景色が見える気がする。掃除、粉詰め、次弾装塡、着火。また二人吹っ飛ばした。次弾装塡、発射。もくもくの白煙で見えないけど、今のは結構殺せたっぽい。仕返しの敵砲撃が戦列に命中。あと、私の右側後方にも着弾。地味に厄介だと思われているのかもしれない。でも、まぁ当たることはないだろう。狙って当たるなら苦労はない。私も適当に死ねと思って撃ってるだけである。そうすると外れない。やったね。

「じゅ、准尉殿は凄《すご》いんですね。相手が一発撃つ間に二発は撃ってますよ」

「慣れればいけますよ。そろそろ皆さんも一緒に。……というか次の弾を持ってきてください。もうすぐここの在庫が」

「……あの、弾薬係が帰ってこねぇです」

「は？」

弾薬を取りに行った弾薬係さんが音信不通。逃げたかと思って周囲を見渡すと、後ろで血を流して倒れてた。さっきの着弾で榴弾の破片を喰らってしまったらしい。砲弾を抱えたまま死んでいる。

ついてないね。

「じゃあ貴方《あなた》が次の弾薬係です。流れ弾に気をつけて」

「へ、へい！」

「煙で敵が見えないので、ちょっと扇《あお》いでください」

「そ、そう言われても扇ぐもんなんて」

「鞄《かばん》でも帽子でもとにかく適当でいいですから。見えて狙えればいいだけなので」

「わ、分かりやした！」

装填している間に、大隊長がサーベルを掲げて何度も号令を出しているのが聞こえた。喉が潰れることと間違いなしの、すごい大声だ。やはり戦いは気合らしい。

「全体、止まれ!!　全体止まれぇッ!!」

『全体、止まれ!!　それ以上進むな!!』

『隊列を維持しろ!!　敵は目前なんだぞ!!』

各中隊長が全力で復唱すると、少し遅れてから動きが止まった。敵の戦列はまだ歩いている。もう相当近い。こちらの大隊長はもう射撃の頃合いと判断したらしい。敵に先手を許したらまずいと分かっているんだろう。だってこっちは寄せ集めの新兵ばかりだし。

と、その間に大砲発射。また命中。偉そうなの含めて三人殺せた。やりすぎたのか、私の大砲を狙い始めてる。近くへの着弾が多い。これはピンチ。

「射撃準備、全員構えッ!!」

『銃を構えろッ!!』

『隊列を崩すんじゃない!! 逃げたら刺し殺す!!』

小刻みに鳴るドラムの音と怒声罵声。何か命令するたびに隊列が崩れる練度の低さ。敵の大砲一斉射撃。味方が倒れていく。私の近くにまた着弾、破片がちょっと服に掠《かす》った。危ない危ない。

「じゅ、准尉殿! 弾が、弾が! さっきより近くにっ!」

「戦争なんだから弾ぐらい飛んできますよ。というかなんで逃げ腰なんですか? 逃げたら殺しますよ。そういう決まりですし。それを覚悟してるなら逃げていいです」

「ひ、ひい」

「逃げないなら次の弾の用意をお願いします。なるべく早くで」

脅しじゃない。私の手にはサーベルが握られている。走って逃げたら背中にサーベルを投げつけ、足元に置いてある長銃でもう一人殺す。さらに弾を込め直して最後の一人。三人ぐらいの処刑なら余裕である。私の笑顔を見て腹を決めてくれたのか、頑張って砲弾を運んでくる。私も負けずにどんどん撃ち出す。相手が一発斉射してる間に三発撃てるようになった。大砲スキルが上がったのかも。そういう気分が大事である。戦いは気合らしいから。

「撃てえええぇッ!!」

『撃てッ!!』

振り下ろされるサーベル。味方戦列の一斉射撃。プルメニアの戦列がぱらぱらと倒れていく。続いて次弾装塡開始だ。

そしてプルメニアの戦列も停止した。整然と銃を構え、斉射してくる。更に前列がしゃがんで装塡作業、後列射撃。やっぱり向こうの方が圧倒的に練度が高い。行動が一々速いし気合も入ってる気がする。悲鳴と共に倒れていく味方の兵士。泣き叫びながら戦列を離れた兵卒を、待ち構えていた歩兵士官が突き殺す。その顔は見えなかったけど、士官は刺したまま身動きしないので人殺しのショックは大きそうだ。

『早く弾を込めろ!! 何をしている!!』

中隊長の怒鳴り声。味方の次弾装塡がまだ終わってない。遅すぎる。ニコ所長ご自慢のニコ参式長銃は魔力貯蔵装置が付いてるから、魔力貯蔵分は粉を詰めなくていいのに。弾を入れてロックするだけで撃てるのに、敵の攻撃に手が震えて上手《うま》くできてないようだ。大隊長は射撃命令を連呼している。また敵の斉射。ばらばら倒れていく。どんどん崩れていく味方。ようやく準備が整った。揃《そろ》ってない射撃開始。敵の応射。もう一発。こちらの大隊長が胸を押さえて倒れた。白煙でよく見えない。でも死んでると思う。お仕事おつかれさまでした。

「あ」

仇《かたき》とばかりに大砲を撃って十人くらいぶっ殺したところで、味方戦列が一気に崩れた。大隊長の後に指揮を執る者がいなかったのだ。中隊長やら歩兵士官が代わりをやらなくちゃいけないのだが、皆死にたくないのか兵卒と一緒に後退し始めている。大隊旗を持ったまま後退するということは、敗走確定である。

「もうこちらの負けなんですか? 流石《さすが》に早すぎないです?」

あまりにあっけないので、私は思わず天を仰ぎそうになる。こうなると立て直しは難しそう。だって、敵の戦列が着剣して声を上げて突撃を開始してきた。ついでに騎兵も高らかな突撃ラッパと一緒に土煙を上げて向かってきてる。大砲の連射も止まらない。

それでも囮の役目は果たしたし、こちらの予備兵力がいよいよ投入されるのかな、と思って振り向く。

「……すごい勢いで逃げてる」

秘密の予備戦力は、秘密のまま要塞に向かって撤退を開始してた。体力消耗してないから逃げ足が速い。今回の会戦と囮の意味を誰か教えてほしい。だったら最初から要塞にいればよかったよね。

「お、俺たちも逃げましょう！　もう無理だ！」

「散弾はないんですよね。じゃあ次の砲弾の用意を。あと数発はいけます」

逃げる特別大隊に、敵騎兵が喰らいついた。蟻《あり》を散らすように逃げ惑う味方歩兵。そこに敵銃剣歩兵が突っ込んでくる。あ、うちの歩兵士官が殺されちゃった。見覚えがあるけど名前は知らない。まだ卒業もしていなかったのに。あんなに若いのにかわいそう。私も若いからかわいそうかな。

「発射!!」

着弾。得意気な顔をした騎兵の顔を見事にぶち抜いてやった。なんか一瞬光ったけど、あれが噂の対物障壁かな？　高級品らしいけど、砲弾の質量の前には無力みたい。ざまぁみろである。

「次弾用意を！　敵が来るから早く。早く早く早く！」

「逃げないと俺たちも殺されるッ。もう駄目だあッ！」

「呪い人形と一緒に死ぬなんて嫌だ！」

逃げると宣言したので殺そうと思ったがやめた。投げかけたサーベルを下ろす。余計な体力を使う必要はもうなさそうだ。大きく息を吐く。

「あはは。逃げだすのが、ちょっと遅かったかな？　どっちにしろ詰んでた――」

前進してきていた敵大砲が、私の大砲目掛けて一斉射撃。挑発をやりすぎたようだ。高価な榴弾の雨が降り注ぐ。私の大砲は木っ端微塵《みじん》、鉄片が散乱し、逃げていた連中を含め全員がなぎ倒されてしまう。これだけ喰らえば致命傷だ。地面に転がり上を見れば、清々《すがすが》しい青空とうっとうしい白煙と黒煙が混ざり合っている。なんだ、またこうなっちゃったのか。

「子供だと？　何の手柄にもならんが、楽にしてやろう。ありがたく思え」

最後に、偉そうな顔をした黒衣の騎兵がサーベル片手に近づいてきたので、私は煤《すす》と血で汚れた右手をそいつに向ける。即座に切り払われる。ああ、魔術が使えたらこいつを倒せたのに、本当に残念。でも、かおはおぼえたよ。

◆

目を覚ますと、私の傍《そば》にクローネの姿があった。全身戦いの汚れが凄いけど、蠟燭《ろうそく》の明かりに照らされて色気がある。やはり美人は得である。目がぱっちりと合った。

「おはようございます」

「うわあ!!　びっくりした！」

椅子から転げ落ちそうになるクローネ。私はあまりの声のでかさに耳を塞いだ。

「その大声に私がびっくりしました」

「いやいや、その顔で、バチッと目を開けたら誰でも叫ぶでしょ。というか、本当に生きてる？まさか悪霊になってない？」

「一応肉体はありますしいつも通りですね。……はっ、ここはまさか緑化教徒の言ってた楽園です？　今まさに死にたくなりました」

「残念だけど楽園とは違うよ。むしろ楽園に行けるって自信が、どこから出てくるのか聞きたいけど」

「やりたいように生きて楽しんでから死ねって、どこかの神様が言ってませんでしたっけ。ということは私は強制的に楽園行きです。困りましたね」

「困らなくて大丈夫でしょ。そんな適当な神様はいないから」

クローネが苦笑している。でも彼女もそういう生き方をしてるから、私と似たようなものである。サンドラは常に全力だけど、生きていても全然楽しそうではない。かわいそうに。

「解釈の相違ですね。悲しいです。……で、ここはどこなんです？」

「そうだねぇ、ここは地獄の休憩室ってところかな」

「とても興味深い場所のようですね。どれどれ」

ベッドから上半身だけ起き上がる。周囲を見回すと、血まみれの負傷者で盛りだくさん。物言わぬ死体やなりかけもたくさん転がってる。戦いが一旦終わって回収したのかな？　呻《うめ》き声《ごえ》とすすり泣く声、それに派手な音が混ざって実に喧《やかま》しい。

「立て込んでるみたいなので、私は夢の世界に帰りますね。落ち着いたら起こしてください」

「はは、それは無理な注文だよ。動ける奴《やつ》を寝かしておく余裕はもうないんだ。それよりさ、榴弾の直撃喰らったんじゃないの？　チビは対物障壁とか持ってたっけ」

「そんな貴重なものは持ってないですね。あったら得意気に見せびらかしてます」

貴族様はお守りとして、対魔、対物それぞれの障壁発生装置を持ってるとか。使い捨てなのに超高いよ。私のお小遣いで買える値段じゃない。

「だよねぇ。で、その後なんだけど。あの悲惨な状況から、敵の騎兵士官様を昏倒《こんとう》させて、帰還したらしいんだけど。覚えてる？」

「さっぱりですね」

私の記憶は青い空を見上げたところで止まっている。黒服の騎士もいた気がする。切られたっけ？あ、かおはおぼえてた。まだ生きてるけど絶対死ぬよ。囮に使えそうだったからもう少し生きてる。私も囮にされたし、やってみたい。

「敗走兵に紛れて、全身ボロボロのチビが、口から泡吹いてる敵を引《ひ》き摺《ず》って帰ってきたんだからさ。あまりのことに、全員茫然《ぼうぜん》としてたとか。混乱の最中だから、相手も見過ごしちゃったのかね。もしくは、巻き込みそうで撃てなかったのか」

「さぁ。分かりません」

「――で、重要なことなんだけど。どうやってあの士官を捕まえたの？　目撃した奴の話だと、チビも榴弾喰らってぶっ倒れてたんだよね。捕まえるどころか、生きてるのがおかしいんだよ。なんで死んでないの？」

顔から感情が消え、クローネの視線が鋭くなる。私は知らないので答えようがない。まだ死なないよ。だってなにもしてないし。刻み込むまで私は死なない。やりたいようにやって楽しまないと。神様なんてどこにもいないけど。どんなに探しても祈っても縋《すが》ってもいないよ。

「ごめんなさい。やっぱり覚えてないですね」

「そっか。まー、今はいいか。そんなことよりさ、よく生きて帰ったね。あの負けっぷりじゃ流石に死んだと思ってたけど、私は本当に嬉《うれ》しいんだ」

クローネが私の肩を何回も叩いてくる。なんだかいつにも増して感情のうねりが凄い。恐怖、畏怖、羨望、歓喜、安堵《あんど》などが混じっているような。人間の感情とは複雑怪奇である。やはりクローネとは気が合う。これが友達ってやつかも。でも仲良くなれるのが、ニコ所長やらクローネやらと変人ばかりなのが気がかりだ。

「ありがとうございます。私も帰ってこられて良かったですよ。死ぬには早すぎですよね」

「あはは、確かに説得力がある。……ああ、今の状況もっと知りたい？　精神の平穏をまだ保っておきたいなら、聞かない方がいいと思うけど。十分後には嫌でも知ることにはなるけどね」

聞かないを選択すると十分だけ心の休憩がもらえるらしい。でももう寝飽きたので教えてもらうを選択だ。

「せっかくなので教えてください。……やけに素敵な音がデカデカと聞こえるんで、とても気になります」

「賑《にぎ》やかだろう。うん、王都の祭りを思い出すよね」

「まさか血祭りです？」

「微妙にうまいことを言っても賞品はないよ」

大砲をぶっ放す音がさっきから喧しい。近距離と、遠距離の二種類か。遠距離の方が数がやたらと多い。ついでに、なんだか壁が吹っ飛ぶ音やら夥《おびただ》しい悲鳴と絶叫やらが不協和音を奏でている。文化の最先端を奏でる戦場音楽だ。またうまいことを言ってしまった。

「チビが編入されてた特別歩兵大隊だけど。引率してくれた大隊長は戦死、中隊長連中も行方《ゆくえ》不明、逃げられたのは三割、そのまま脱走したのも多いから実質は百人ちょいだ。で、士官学校から来て生き残ってる准尉階級は、私たち砲兵科の連中だけ！　死ぬときはあっという間だね」

不運の臨時指揮官代行こと大隊長殿はやっぱり助からなかった。可哀想に。別に私はなにもしてないからそれ以上の感想はないけど。

「歩兵科の士官候補生は全滅したんですか？　さっさと逃げればよかったのに」

「学校の教えを守って、殺到する敗走兵を刺し殺そうとしたんだとさ。壊走中にそんなことしたらどうなると思う？」

「あちゃー」

「普通は経験で不文律を学ぶらしいけど。ま、来世では頑張ってほしいね。あるかは知らないけどさ」

初陣で緊張してたから、教えてもらった通りに動いて戦死。なんというか理不尽な世界である。戦争は理不尽だから仕方ないよね。人を殺してもいいってことは殺されてもいいってことだし。それにしても、敵が突撃してきたときに予備兵力が前に出てくれれば、多少は持ちこたえられたと思うけど。やる気がないなら、最初から農園で戦わなきゃ良かったのに。

「その間に、チビが敵を捕まえて帰還、そのままぶっ倒れて意識不明でしょ。面倒くさそうな馬鹿上官と一騒動ありそうだったから、この医療所兼怪我人《けがにん》投棄所に私がぶち込んだのさ。この砲弾祭りでうやむやになったのは不幸中の幸いだね」

「それは、ありがとうございます。本当に助かりました」

敵味方、生者死者が入り乱れてたから、意識が混濁してても逃げてこられたのかな。ちがう。追いかけてきた人もちゃんといたよ。でもそんなにもてないよね。

「敵の本格的な要塞攻撃が始まって、今は絶賛応戦中だ。上官殿の話じゃ『敵の大砲はたったの二〇門、うちは三〇門だから安心して戦え。上から撃ち放題だ』って話だったのに。一方的に撃たれまくってるんだよ。腹立たしいよね」

「それはムカつきますね」

「さらにムカつくことに要塞の南側が派手に吹っ飛ばされて、今はそこの修復と銃撃戦の真っ最中」

「修復って。そんなに簡単に直せるんですか」

「人間の死体とか、瓦礫《がれき》を組んでの簡易防壁さ。大勢が怪我したり死んだりしてるよ。私は、ここに負傷者を担ぎ込んだついでに、チビの様子を見ながら一服してた。そしたら目を覚ましたってわけ」

「なるほど凄くよく分かりました」

「そりゃよかったよ。私も喋《しゃべ》り通しで喉がカラカラだ。あー生き返る」

水筒から水をがぶ飲みするクローネ。そこで視界に入った不快な異物に気付く。

「……ところで、ここに倒れている偉そうな人は誰ですかね。気になったんですけど」

私のベッドの左側。なんかサーベルを握りしめた男の人が倒れているのである。紫に変色した血がへばりついた顔は気色悪いし、見てるだけでムカつく顔をしている。相性が悪い。階級章は大佐、それに立派な薔薇《ばら》の紋章が付いてる。血まみれで台無しだけど。うん、絶対に死んでるね。

「偉そうな人って、あららら。これって、騎兵中隊の大貴族、グリエル大佐じゃないの。なんでうっかり死んでるの？　……まさか、やった？」

途中から凄い小声になるクローネ。砲弾の音に紛れてさらに聞き取りにくくなった。

「さぁ。私は何も知らないです」

「………」

「私は何も知らないです」

「ま、私には関係ないし、深入りする理由もない。しかし凄い死に顔だね。どんな地獄を見たら、こんな形相になるのやら。血も紫がかった色になってるし。うん、目障りだから外に放り出しておこう。疫病の元になったら嫌だしね」

苦悶に満ちたというのが相応《ふさわ》しいグリエル大佐とやら。舌はべろんと出てるし、鼻と耳と目からは黒紫の血がだらだら出てるし、肌は毒々しく変色してるしで悲惨極まりない。周囲を見回した後、クローネは汚物に触るように首根っこを掴《つか》み、窓を開けて暗闇の世界へと放り投げてしまった。一々行動がおもしろい。

「いいんですか。ちゃんと埋葬しないと大輪教会が怒るんじゃ。しかも大貴族様なんですよね」

「暗いし誰も見てないし気付かれないよ。そもそも、大佐のくせにこんなところで遊んでた奴は必要ない。役立たずはこうやって外にポイでいいのさ。こんな時代だし、大輪の神様だって大目に見てくれるさ！」

わざとらしく叫んでぽんぽんと汚れを払うと、立てかけてあった長銃を手に取るクローネ。また持ち場に戻るらしい。

「あ、じゃあ私も行きますよ。このままはぐれちゃうとアレですし」

「あはは。置いていく気はないよ。元々連れ出すつもりでいたんだから。――ほら」

「ありがとうございます！」

私の愛用長銃を受け取る。これは流石になかったかと思ったけど、ちゃんと持って帰ってきてたみたい。流石は私。そして、持つべきものは友達だった。

「私の持ち場の南西砲台だけは死守できてるよ。ただ、もうこの要塞は長くないね。最初に南の城壁が吹っ飛ばされたのが致命的だ。空いた穴を防ぐには戦力が足りない」

「…………」

「普通の砲撃じゃなかったよ、あれは。夕方だったから逆光でよく見えなかったけど、たった数発で城壁が景気よく吹っ飛ばされた。いやぁ、プルメニアの技術力も恐るべしだよねぇ」

そんなに強いなら連発して要塞を沈黙させちゃえばいいのに。しないということは、何か制限があるのかな。分からないけど、後で参考になるかも。ニコ所長のために覚えておこう。

「ところで、今何時なんです？」

「えーと、夜中の一時くらいかな。闇に紛れて逃げたいところだけど、敵の砲撃と射撃が止《や》まないんだよ。無駄遣いができて羨ましい」

「脱出の命令は？」

「出てない。ただ、あのハゲ中将、私たちを置き去りにする算段だろうから、手下にこっそりと見張らせてるのさ。緒戦での逃げっぷりを見れば、間違いなくそうする」

「部下を置いて自分だけ逃げるって。兵卒ならともかく」

「見捨てる判断の早さと、逃げ足の速さは見習いたいよね。流石保身だけで上にいっただけはある。

ま、私たちからしたら、たまったものじゃないけど」

私は起き上がり、軍帽を被《かぶ》る。軍服は血まみれで、着るのを躊躇《ちゅうちょ》しちゃうけど、これしかなさそう。仕方ないので着ることにする。

「うーんやっぱり不思議だ。なんでそれで生きていられるんだろう。体質？　私もなれるかな？」

「ニコ所長にお願いしてみたらどうです」

「いや、別に不老に挑戦して自殺したいわけじゃないし。死なくなるなら、便利だなぁってさ」

「本当、生きてるって素晴らしいし面白いし楽しいですよね」

「死んだらつまらないから、それには同意しかできないよ。ハゲ中将を見習っていきたいね」

私たちが行くのを、負傷者たちが呻きながら引き留めようとする。会話を横で聞いていたのだろう。『俺たちも連れていってくれ』『見捨てないでくれ』と口々に叫んでいる。一人ぐらいは抱えられるかもしれないが、それ以上は無理である。ざんねん。

「生きたい奴は自分の足でついてきな。ここで泣き言を言ってても、誰も助けてくれないよ」

「あ、足を撃たれて動けないんだ。お、お前の肩を貸してくれ。そうすれば――」

「そうしたら二人仲良く殺されるだけだよ。甘えたことを言ってないで、銃を杖《つえ》にして歩きな。十一のガキがこうやって二本足で立ってるだろうが。死にたくなきゃさっさと立て！　歩け！」

「め、命令だぞっ！　お前は准尉だろう！　俺は中尉で上官だぞ！」

「情けないだけじゃなく、うるさい奴だ。そのよく動く口を、今、黙らせてやろうか？」

クローネが腰から短銃を抜き中尉殿に向ける。本気の殺意だから、これ以上何か言ったら本当に撃つだろう。他の連中も、ようやく現状を理解したのか、必死に立ち上がる、あるいは這《は》いつくばって動き始める。生存欲求は体力の限界を超えるときでもあるようだ。

「待て。お、お、落ち着け。一緒に戦った、戦友じゃないか」

「アンタの名前も知らないのに戦友も糞《くそ》もあるもんか。大体私だって泣き言を言いたいぐらいだよ。でもそんな暇はない」

「…………畜生！」

反論できなくなった中尉殿が、銃を杖にして移動を開始した。この人はきっと死ぬだろうなと思う。プルメニアに降伏するという手もあるにはあるけど、多分殺される気がする。捕虜にして得があるかどうかで判断しそうだし。中尉殿では無理だろう。助かるのは将官クラスかな。あとは殺す価値もない兵卒とかか。動けないと言っていた連中も、まだ動ける人間たちは全身で這いずりながら部屋から抜け出していく。どこに行くかは知らないし、行き先は多分同じだから興味はない。

私たちも部屋を後にする。医務室には死体と、死体候補生だけが残された。

「そういえば、軍医さんっていないんですか？　ずっと見かけなかったんですが」

「あはは。いやぁ、鋭いところに気が付くね。南防壁が吹っ飛ばされたどさくさで逃げやがったよ。死の臭いに敏感だからか、判断が早い。次見かけたらぶん殴ってから部下にしてやるさ」

「それはいい考えですね。で、これからどうするんです？」

「夜が明ける前に逃げ出そうか。もう命令も出ないようだし。私の手勢が支度してるから、合流しよう。潮時だ」

「分かりました」

◆

私とクローネは早足で移動を開始した。途中に倒れている味方兵には当然構わない。そんなことをしていたらキリがない。代わりに、食料と包帯、水筒、弾薬を奪って鞄に放り込んでいく。自分たちだけのじゃなくて、クローネの言っていた手勢の分もである。

「こ、殺してくれ。た、頼むから。こ、殺して」

「はい、分かりました」

石廊下を移動中、全身を火傷《やけど》した兵卒さんに懇願されたので、銃床で頭部を叩き潰してあげた。痛みを感じずに死ねただろう。弾も使わず、大した労力でもないのでそれぐらいはしてあげてもいい。良いことをしてしまったので善行ポイントを1ゲットである。そうつぶやいたらクローネが苦笑した後で、前方を指し示す。

「ほら、あそこの砲台だよ。ああ、また潰されてるね。敵の主力は南と東。もう撃たれ放題だ」

「うーん、本当によく燃えてますね。凄く明るくて目がおかしくなりそうです」

「あはは。まぁ、目障りな大砲は真っ先に狙われるからねぇ。怖い怖い」

元砲台らしきものが三門ほど絶賛炎上中だ。残りは二門。見覚えのある連中が必死に大砲をぶっ放している。なんだっけ、よーし早口で暗唱だ。ライトン、セントライト、レフトール、トムソン、ミスターポルトガルだ。五人の士官と兵卒さんたちで二門を必死にぶっ放している。クローネがいたから六人体制だったのかな。

「他の兵卒さんは？」

「弾薬や食料を集めさせてる。話の分かる歩兵隊の士官と連絡も取れてるから、二百人ぐらいで逃げ出す感じかな」

「わぁ。よくそんなに纏《まと》められましたね」

「相手に状況を理解できる頭があればね。年齢や身分なんて問題じゃない。生きるか死ぬかの瀬際だから。そんな状況でも、小馬鹿にしてくる奴はこちらから願い下げだよね。まぁ、邪魔だから戦死してもらったけど」

クローネがニヤリと笑った。普通に射殺したのかもしれない。この混乱状態じゃあ誰が誰を殺したかなんて分かるわけもないし。

「おーい皆。戦場の女神様を連れて帰ったよ！」

「げえッ！　ほ、本当に生き返りやがったのか!?」

壁に寄りかかりへバっていたポルトガル君が失礼なことを言ったので、血まみれの包帯を投げつけてやる。ぺちゃっとポルトガル君の顔に張り付いたので悲鳴が上がった。

「そんなことより、あの中将、お供を連れて逃げやがったぞ！　ほら、門近くの一団だ！　俺たちはどうするんだよ!?」

「本当に判断が早いね。さて、私たちはどう逃げようか。どこを行っても騎兵に追撃されそうだけど。ハゲを追いかけて合流を目指すか、違う道を行くか。どちらにせよ、一戦は覚悟だね」

「えっと。最初の特別歩兵大隊って、囮作戦だったんですよね？」

「ああ。チビたちが壊滅して、ハゲ中将たちが怖気《おじけ》づいて逃げ出しちまったのさ。馬鹿もそこまでいくと殺したくなるね」

「じゃあ、今度は私たちが囮にしましょう」

「……なるほど。あのハゲ頭を目立つようにしてやるわけだ。援護射撃に加えて逃げた方向を触れ回ってやろう。本当のことだしね」

「はい。それともう一つ」

「おっ、湧き出てくるねぇ。チビは知恵袋なの？　もっとさすったら色々出てくるかな」

頭を撫《な》でてきたけど、これ以上は出ないので無意味であった。

「残念ながらもう出ません。私が連れてきたとかいう捕虜、まだ生きてます？」

「地下の牢屋《ろうや》にいるんじゃないかな。あれで生きてると言えるのかは保証できないけど」

「どちらでもいいので連れていきましょう。騎兵士官なら貴族でしょうし。それを人間の盾にして、帰りましょう」

「うーん、悪辣だねぇ。でも嫌いじゃない。よし、早速お連れしようじゃないか。おーい、ライトン准尉!!」

クローネが大声で叫ぶが聞こえてない。近くで大砲を発射したライトンが、怒鳴りながら指示を飛ばしてる。兵卒さんによる砲弾装填作業がすかさず行われる。皆真剣で命がけだ。まさに戦場って感じ。

「ライトン准尉ッ!!」

クローネはさらにでかい声を張り上げる。本当にうるさくて、私の耳がじんじんする。指揮官になるには、声がでかくないと駄目みたい。私は向いてないみたい。残念！

「なんだよクローネ！　耳がアレでよく聞こえねぇ！」

「そこは任せて、地下牢からプルメニアの騎兵様を連れてきてよ!!　牢番がいたら一緒に逃げようって誘ってやりな！」

「嫌だって言ったらどうするんだ!!」

「そんときは永遠に眠らしてあげな！」

「分かった！　というか、さっきから小便行きたくて仕方なかったんだ!!」

「うるさい！　漏らしながらさっさと行け!!」

「分かったよ！」

なんだかちょっと見ない間にベテラン兵みたいなやりとりである。ここは私も負けていられない。

「ポルトガル君！」

「お、俺は何も知らないぞ。医務室で呪いの変死体なんて全然見てないし。誰とも目も合わせてないぞ。それと俺はポルトクックで」

「特に用はないんだけど。言ってみただけです！」

「い、今、どれだけ忙しいのか分かってないのかよ！」

「ひぃいひぃいい、とか言いながらサボってたくせに」

「がーッ!!」

キレたポルトガル君が、砲弾を装塡してぶっ放した。怒りで少しだけ動きが機敏になったので良かった。本当に少しだけど。クローネは真剣に忙しいらしく次々に指示を飛ばしている。

「セントライト准尉!!　急ぎの用事だよ！」

「なんだ!?」

「歩兵士官のリマ大尉に準備が整ったと報告。南西砲台に一旦集まるように伝えてよ。いよいよ逃げるよ！」

「わ、分かった！」

「レフトールとトムソンはここら辺の連中をできるだけ集めるんだ。こいつらは最後まで仕事をした。生かして帰してやりたい」

『了解ッ！』

うーむ、指揮力が高い。女子力も高いけど。私は何をしようかなーと思ったので、逃亡準備のために空いた砲台に近づいていく。ああ、せっかくだから魔力を込めて撃ってみようか。うん、そうしよう。どうせ放棄するなら壊しても怒られないだろうし。

「むむむ」

大きく息を吸い、血と煙の臭いを楽しみながら息をゆっくりと吐く。そして、私の力を大砲に無理やり流し込む。貯蔵装置がないから、負荷は砲台に直接かかってしまう。それを上手く見極めて撃つとしよう。その間に砲弾を装塡。粉は魔力でぶっ放すから必要なし。そして着火だ。

「砲弾に直接込めたらどうなるんだろう。榴弾じゃないけど、纏わせるだけならいけそうな」

私の場合、魔力を注ぎ込むだけじゃなく、纏わせることもできちゃうし。せっかくなのでやってみよう。生じた紫の靄《もや》が普通の砲弾に浸透し、濃厚に纏わりついた。ぱっと見気持ち悪い。どくどくしてる。

「……発射用意して、発射！」

一人で寂しく発射。ドンという音とともに、凄《すさ》まじい閃光《せんこう》が砲台からほとばしる。私の意識も少し飛ぶ。不吉な紫の光を纏った光弾が、敵陣に着弾、榴弾じゃないのになぜか炸裂した。いや、炸裂したのは光だけかな？　でかい大砲を吹っ飛ばしたのを確認できる。誘爆して飛び散る敵の榴弾は花火みたい。悲鳴の数々。んー、今の誘爆で百人ぐらい死んだんじゃないかな。負傷者はもっとかな？　知らないけど。しかもそこから更に広がっていくかもしれないし。失血死とか敗血症とか破傷風とか色々な危険があるからね。軽傷だからって侮っちゃいけない。謎の疫病って恐ろしいんだよ。

「ああああぁッ！　た、大砲が壊れちまった！　どうしたら砲身がこう裂けるんだよ!!」

「壊れたんじゃなく、意図的にだから問題ないですよ」

嘘《うそ》である。壊さないように撃とうと思ったけど失敗した。砲身が枯れた花みたいになってて面白い。

「問題だらけだろ！　もう少し時間稼ぎで撃ってなくちゃいけないのに！　逃げられなくなる！」

「どうせ放棄するんだからいいじゃないですか。それにあと一門ありますし。ほら、向こう、なんか凄いことになってますよ」

「……ううっ。た、確かにすげぇ混乱だけどさ。いやちょっと待て。というかなんだよ、いまの光は。この大砲ってそんなの撃てないだろ！　おかしいだろ！　何がどうなってんだよ畜生！　もう嫌だ！」

泣きそうなポルトガル君だけじゃなく、南西側の敵も混乱というか恐慌状態だ。

明かりが行ったり来たりして、なんかもう本当にお祭りみたい。楽しくなってきたのでもう一発行ってみよう。私は止めようとするポルトガルの尻を蹴飛ばして、クローネに『やっていいか』と目を向ける。『やりたいようにやれ』と笑ってくれたので、遠慮なくぶっ放すことにした。砲弾に力を纏わせて、大砲の狙いをつける。こんどはあそこらへんかな？

「囮になる将軍様への援護射撃はどうするんだよ……。俺は生きて帰りたいだけなのに」

「もう大丈夫だよ。あれだけ混乱してりゃ問題ない。さ、遠慮なく撃っちゃってよ！　もっと派手に混乱させてくれ。そうすれば逃げる奴は大助かりだからね」

「それじゃあいきますよ！　発射！」

格好つけて敬礼をしてから着火。紫色の光弾がまたほとばしり、光が炸裂する。連続で力を使いすぎたか、意識がさっきよりも飛ぶ。かなりふらつく。今回は誘爆しなかったから、直撃では十人くらいしか殺せてない。混乱は煽《あお》れたけど、全然少ない。でもこれからたくさん死ぬだろうから、どうでもいいけど。私を殺した敵はいっぱいいっぱい苦しみのたうち回ってから死ねばいい。それにしても、ここは私がとても元気になれる場所だ。私は大きく伸びをして、地獄の空気を吸い込んだ。うーん、とても清々しい！

◆

プルメニア軍は、西部方面軍三万がベリエ要塞に大規模攻勢を掛けていた。戦力の短期集中で抜くことで、ストラスパール市攻略を早期に進めたい目論見《もくろみ》があった。初戦の会戦に勝ち、その勢いのまま要塞攻略戦に突入。更に新兵器の投入で、事前の予想以上に戦況は優勢だった。

プルメニア西部方面軍の参謀職にあるファルケン少佐は、決して油断しない。ローゼリアがこのままで終わるとは思えない。そうでなければ、とっくの昔にローゼリアはプルメニアの支配下にあるはずだ。

「このまま攻撃を続ければ落とせる。早期に南防壁を抜けたのは大きいな」

西部方面軍司令官にして第三師団長のヨッベン元帥が満足そうに頷く。軍歴四十年を誇る熟練の将。ファルケンが生まれる前から戦場に立っている。酸いも甘いも知り尽くした表情は厳《いか》めしい限りである。

「はっ。新型のダイアン要塞攻略砲の威力は絶大でした。一月もかからずにこの要塞を追い詰められるとは」

「流石はダイアン技師長と言うべきか。宿敵ニコレイナスに打ち勝つために命を削っているだけはある」

「技師長の努力には尊敬の念を禁じえません。……ただ、費用と労力が頭痛の種ですな。それに試作型輸送車両もです。都度、使い捨てでは話になりません」

『輸送時間の短縮についての改善計画』について、強く促された働きづめのダイアン技師長は、『素早くたどり着き、中身が無事なら後はどうでもいいんだな』と、対物障壁をふんだんに用いた試作型発射式輸送車両を開発した。簡単に言えば、大砲の弾を輸送車両と見做《みな》して発射、後は気合で目的地で受け止めるだけ。車両と障壁は全部『使い捨て』、線路の耐久性にも著しく難あり。全てにおいて恐ろしく費用がかかる狂気の一品だ。すでに、『新型輸送車両の経費削減と線路の耐久性強化計画』がダイアン技師長に圧《の》しかかっている。

「思い切りの良さがダイアン技師長らしいが、何事にも限度はあるか」

「はっ、最優先での改善を期待したいところです。この短期間であのようでは、金がいくらあっても破産します。現に、輸送車両の配備が計画通り進んでおりません」

「技師長に無理を言いすぎるのも考えものだが、やってもらわねばならん」

ダイアン要塞攻略砲も問題を抱えている。超大口径の砲弾を放つ『使い捨て』の大砲だが、発射時の衝撃に大砲の基礎構造が耐えられない。おそらく五発が限度であろう。元々は輸送車両の発射のために考案された物の改良品。砲弾は特注の物しか使用できず、移動には分解、組み立ての手間が必要と、金、時間、労力が湯水のごとく掛かる贅沢な兵器だが、皇帝ルドルフの肝煎りで製造が開始された。効果は見事発揮されたが、次回の投入時期は未定である。新型も良いが、その分で従来の大砲を腐るほど配備しろというのが現場の主な意見である。

「それと、これからについてだが」

「はっ。我が方の兵も疲れておりますが、敵は更に追い詰められております。手を緩めず、一気に攻め潰してしまうべきです」

「そうだな。兵を休ませてやりたいところだが、敵に態勢を整える時間を与えたくはない。増援が向かってきているという情報もある。到着前にベリエを落とし、ストラスパール市を制圧するぞ」

ヨッベンの言葉に、第四師団長のブルート中将を始め、居並ぶ将官、参謀たちも同意する。西部方面軍は二個師団、大砲五〇門、新型大砲二門、騎兵一〇〇〇の大部隊で編制されている。プルメニア皇帝ルドルフの強い意を受けての大規模作戦だった。絶対に失敗するわけにはいかない戦い、負ければ責任を問われて死罪もありえるほど。なんとか達成できそうなことに、皆安堵の色がある。ファルケンはまだまだ気を緩めていないが、間もなく攻勢限界かとも考えている。

「可能ならばブルーローズに攻め込めと陛下は仰せでしたが、ここが引き時かと考えます」

「うむ。騎兵で牽制《けんせい》程度ならば構わんが、強攻するのは無理がある。何より、要塞攻略砲は稼働不可、補給も追いついていない状況ではな」

「閣下のお言葉に賛成いたします。初戦は勢いで勝てるかもしれませんが、とても維持できません。ストラスパールを抑えた後は支配圏を広げ、できるだけ有利な条件で講和に持ち込むのが最善かと」

「すでに陛下のもとに伝令を走らせた。近くローゼリアとの間に交渉が行われるであろう。向こうが吹っ掛けてきた戦争だ。代償は払ってもらうとしよう」

ヨッベンがニヤリと笑うと、将官たちが哄笑《こうしょう》する。

今回の戦いの口実は、ローゼリアが無礼な要求をしてきたからということになっている。だが、以前より戦争準備は整えられていた。皇帝ルドルフは、ローゼリアに何度も苦汁を飲まされてきた経験がある。ニコレイナスが開発した長銃、大砲が初投入されたとき、ルドルフは連続して遭遇してしまうという不運の持ち主だった。そのたびに大敗し、負傷して命からがら帝都に逃げ帰る羽目になる。だからルドルフはもう一切戦場には出ない。『臆病者』の謗《そし》りを受けようと、出ない。次の新兵器に、自分が遭遇するのが心底恐ろしいからだ。

ルドルフはニコレイナス・メガロマという女を病的なまでに恐れている。それ以来ルドルフは軍事に可能な限りの資金を投入し、新兵器開発を全力で促進している。自分の身を守るためにだ。本人の資質がどうであろうが、プルメニア軍人にとっては最良の皇帝であることは間違いない。

「しかし、せっかくの勝利というのに、妙なところでケチがつきましたな」

勝利を確信しているブルートが髭《ひげ》を弄《いじ》りながら愚痴る。油断はしていないが、『ケチ』については内心同意だ。

「はっ。こちらの多重対物障壁を易々《やすやす》とぶち抜いていきました。要塞攻略砲は大破、弾薬に誘爆して犠牲者は五〇〇を超えております。重傷者は更に多数と報告が」

「会戦での被害よりも多いとは、なんとも馬鹿馬鹿しい。怪我人の手当てに最善を尽くせ」

「承知しております」

「向こうも新型の可能性が高いか。見たことがない類《たぐい》の砲撃だったが」

「はっ。ローゼリアの各地に配備されますと、非常に厄介です。我らのダイアン要塞攻略砲も負けていないでしょうが、いかんせん数が絶望的に足りません」

絶対にありえないが、皇帝ルドルフが参戦していたら、即座に全軍撤退を命じていたかもしれない。敵に新型が投入されたという報告だけで、表情を青ざめさせ、引き籠もってしまう。おそらく、ニコレイナスという名前すら耳に入れたくないだろう。

「報告によると、放たれたのは二発か。試作が配備されていたか」

「陥落も見えてきた故、慌てて投入してきたと見えますな。ただ、それ以降撃ってこないということは、実戦配備する段階ではなかったのでしょうが」

ブルート中将の言葉に、ヨッベン元帥が頷く。

「どちらにせよ、陛下がおられなくて幸いだったな。……砲弾は紫の光を纏っていたようだが、魔術的な要素を用いているのかもしれん」

「攻略後、即刻調査いたします。あの距離での正確な命中率には、恐ろしいものがあります。量産前に丸裸にしておきたいところです」

「まったく、ニコレイナスの兵器は厄介極まりない。要塞内部の大砲は必ず鹵獲《ろかく》しろと予《あらかじ》め命じておけ。弾薬の調査もだ！」

「はっ！」

伝令が駆け出すのと入れ替わりに、前線からの連絡が届く。

「報告します！　ベリエ要塞から、敵が次々に逃げ出しております。方角は、北門、西門！　北が敵方主力のようです！」

「まずは、一段落か。伝令ご苦労だった！」

「ストラスパールを避けてブルーローズに逃げ込むつもりか。情けない連中だ！　とっ捕まえて叩き潰してくれるわ！」

要塞攻撃は、あえて包囲せず、東と南から攻めかかっていた。全滅が目的ではなく、ストラスパールの制圧が目的である。死守させて被害を増やす必要を認めない。これは西部方面軍首脳部の一致した意見である。当然追撃は行う。

「閣下、我が騎兵隊に即座の追撃許可をいただきたくッ！」

「許可する。もはや戦列を組む余裕などあるまい。徹底的に追いかけ回して殲滅《せんめつ》せよ！」

「はっ！」

騎兵隊長が敬礼する。圧倒的勝利だった会戦で、むざむざ部下を捕虜にされるという屈辱を味わっている。犠牲者も多数。その汚名を晴らしたいのだろう。その顔は殺意に満ち溢《み》れている。

「それでは諸君、要塞に移動するぞ。到着する頃には、要塞内の掃討も終わっているだろう」

「はっ。おめでとうございます閣下」

「これだけ状況が整えられて勝てないのならば、私は元帥を辞している。そろそろ引退したいがね」

「弱気なことを仰《おっしゃ》らないでください。陛下も閣下を心から頼りにされております」

「光栄なことだ。ローゼリア王都を落とすまで、私は死ぬわけにはいかん。そういう意気込みで務めているよ。長年の借りが積もっているからな」

ヨッベンはのっそりと立ち上がると、ベリエ要塞を睨《にら》みつけた。だが、その視線は要塞ではなく、さらにその先、王都ベルに向かっているように思えた。

◆

大した抵抗もなく制圧に成功したベリエ要塞。敵勢は相当数いたはずだが、敵司令官ガンツェル中将が真っ先に逃げ出したせいで、一挙に壊走したようだ。大勝利と言えるが、一歩間違えればこちらも同じ目に遭う。士気の重要性をファルケンは再認識する。

「南側さえ応急修理すれば、要塞としてはなんとか機能しそうだな。ストラスパール市に睨みを利かせるためにも必要だろう。自分たちが壊したものを直すのも妙な感じだが」

「確かに、仰る通りです」

ファルケンは自ら兵を連れて内部の視察を行っていた。処分できなかった機密書類は言うまでもなく、大砲の配備状況、弾薬の残り、兵をどこに主力で置いていたのかなど、相手を知るための色々な情報が埋まっている。上級士官の捕虜の尋問までできれば最高であるが。

「少佐。残念ですが要塞の大砲は全て破壊されておりました。新型と思われる大砲はございません。

むしろ、劣化したものまで混ざっている始末です」

「弾薬は」

「通常のものしかありません。付近の兵卒を尋問しましたが、やはり変わったものはなかったと」

「……そうか。他に気になる点はあったか？」

「はっ。ほとんどの大砲は、我らの手により破壊されております。ただ、南側に配備されている二門だけ、奇妙な壊れ方をしております。……なんというか、その、自爆したかのような印象を受けました」

「自爆だと？」

「お手数ですが、直接ご覧いただいた方がいいかもしれません」

部下に案内され、南西砲台に向かう。老朽化した大砲が二門、確かに奇妙な壊れ方をしている。砲身が綺麗な花びら状に割かれたような。どうしたらこうなるのかは分からない。砲弾、あるいは榴弾だけが新型で、無理やり撃ち出したから壊れたか。これ以上はすぐには分からない。

「状況を全て記録して、ダイアン技師長に報告する。こちらが新型を作っている間に、向こうも作っているのだ。敵に後れを取るわけにはいかないぞ」

「はっ」

部下を数名残し、視察を続けようとしたとき、士官が走り寄ってくる。確か元帥付きの士官だったはずだが。

「ファルケン少佐！　ヨッベン元帥がお呼びです。至急、要塞司令部までお越しください！」

「分かった。すぐに向かうとお伝えしてくれ」

「はっ！」

ファルケンが、即席で整えられた要塞司令部に到着すると、苦虫を噛《か》み潰したような表情のヨッベン元帥、ブルート中将が腕組みをして座り込んでいた。居並ぶ参謀たちは、ハンカチで汗を拭ったり、目をキョロキョロさせたりと挙動不審である。それと、一人やけに薄汚れた軍服の士官が震えながら立ちすくんでいる。階級章は騎兵隊のものだ。

「どうされたのですか、閣下」

「作業中に呼び出してすまんな、少佐。まずは朗報からだ。ストラスパール市が降伏した。市長は今後はルドルフ陛下に忠誠を尽くすそうだ。素晴らしい男のあまり、思わず蹴り飛ばしてしまいそうだった。一刻も早く代わりの統治官を寄越させてくれ」

「はっ。すぐに手配いたします」

「うむ。私の血管が切れる前に頼む。……そして、悪い報《しら》せもあるのだが」

「一体何事でしょうか」

こちらが本題だろう。ストラスパール市占領だけならば、むしろ上機嫌になるべきだ。市長とやらがどんなに愚か者でも、それはこちらの知ったことではない。ローゼリアにとっては憂うべきことだろうが。

「追撃に向かわせた騎兵隊が敗走させられた。騎兵隊長は戦死、被害は三〇〇騎弱、ひどいものだな」

「なんと！　……まさか、勢いのまま深入りし、ブルーローズ領にでも侵攻したのですか？」

勝ち戦で自制できず、突き進んで破滅する馬鹿者は一定数いる。騎兵隊長がそのような人物であったとはファルケンには思えないが、ありえないことをしでかすのも人間である。

「いや、敗走中のローゼリア歩兵に逆襲されたらしい。明け方の追撃だったから、視界が悪かったのもあるのかもしれん。……確認のために、もう一度状況を報告してくれるか」

「は、はっ。我ら騎兵隊は、敵の主力を追撃しておりました。草を刈るがごとく全てを蹴散らし、敵将官、士官も討ち取っております。一旦馬を休めていたところ、茂みの間……あれは林道なのでしょうか。そこからローゼリアの国歌が聞こえてきました。遠眼鏡《とおめがね》で確認すると、敵兵が我らの仲間――緒戦で捕虜になっていた士官を、嘲りながら処刑しようとしていたのです。激昂《げきこう》した隊長は、号令をかけて突撃を開始され……」

士官が口ごもる。口惜《くや》しそうな顔だ。可哀想ではあるが、ファルケンは続きを促さねばならない。

「それで、兵が伏せられていたのか」

「はい。左右からの一斉射撃に晒《さら》され数十騎が落馬、拘束されました。隊長は態勢を整えて、再突撃を掛けようとされました。すると、敵の背の高い女が前に出て、隊長に一騎打ちを申し込んできたのです。『こいつらを解放してほしければ、馬を降りて私と戦え』と。『そっちが勝ったら降伏する。ただし、負けたら全員撤収しろ』と」

「それを、受けたのか」

「は、はい。騎兵たちが下馬して見守る中、クローネと名乗る女と、隊長がサーベルで一騎打ちを始めました。ですが、数合打ち合った後、隊長は喉を貫かれ……。我らは敵を討とうと、再騎乗しようとしたのですが」

「一騎打ちの間に包囲されており、ほぼ壊滅と。なんともはや」

捕虜を助けたい気持ちは分かるが、三〇〇の犠牲を払うとは馬鹿馬鹿しいことこの上ない。しかも、一騎打ちなどと時代錯誤極まれりだ。完全に敵の掌《てのひら》の上である。ファルケンは怒りを通り越して呆《あき》れ果てた。騎兵がプルメニアの伝統的な兵科であり、大変名誉であることも理解している。だが、機動力あっての騎兵。足を止めた挙句、指揮官が敵歩兵と一騎打ちなど、銃殺ものである。人を見る目をもっと養う必要があると、ファルケンは深く自省した。

「……申し開きの言葉もございません。ですが、隊長は仲間を見捨てるのは騎士道に反すると！」

「それで三〇〇の騎兵を失っては元も子もないだろう。名誉も守れず、部下も守れず、捕虜は取り返せず。一体彼が何を残したのか言ってみろ！」

ファルケンが厳しく切り捨てると、唇を噛みしめる騎兵士官。そこからは血がにじんでいる。

「少佐、今はそこまでにしておけ。幸い、全滅だけはしなかったのだ。この者がなんとか号令して纏めてくれたおかげだ。それだけは評価してやろうではないか」

「……………」

「閣下がそう仰るならば、私からは何もありません」

「君もこの悔しさを糧に軍務に励むように。ファルケン少佐はあえて憎まれ役を買って出てくれたのだ。よく理解しておくように。いずれ、この恥辱を雪《すす》ぐときもくるだろう」

「はっ!!」

騎兵士官が敬礼した後、ファルケンに対しても深く謝罪してくる。もちろん受け入れる。これで同じ過ちは起こさないだろう。憎まれ役を務めるのも参謀の仕事の一つ。ヨッベンはそれを理解してくれているのでやりやすい。

「……それと、騎兵隊のことだが。全員首なしで放置されていたよ。階級章やら肩章も見つからなかった。持って帰って手柄にするつもりだな」

「当然でしょうな。さぞかし出世できるに違いありません」

騎兵を打ち破り手柄を手に入れた以上、捕虜など必要ない。全員殺して手柄の証拠を持ち帰ればよい。階級章、肩章だけでいいところを、わざわざ首を取るというのは、市民階級が好む手だ。前時代的な殺し方をすることで、貴族への辱めとする。

「戦意は認めるが、貴族の振る舞いではない。間違いなく下賤《げせん》な市民階級の仕業だ。まったく野蛮なことこの上ない！」

「奴らには慈悲というものがないのでしょう」

「いや、雑兵ばかりかき集めているからだろう。ローゼリアも落ちたものよ！」

名家出身のブルートが吐き捨てると、同意の声が次々に上がる。

ファルケンは特に何も思わない。戦争に貴族も市民もない。騎士道やら慈悲の心など何の役にも立たない。勝つか負けるか、生きるか死ぬかである。相手の思考を読む上では、彼らの言葉は大変参考材料になるが。典型的な貴族ほど読まれやすいものはない。それを制御するのが軍司令官や参謀の仕事である。

「少佐。凶報の後になんだが、要塞の近くで一つ興味深い死体を見つけた。どう扱うべきか、君も考えてほしい」

「死体、ですか」

「見るも悍《おぞ》ましい死相をした敵の士官でな。それだけならどうでもよいのだが、付けていた紋章が問題だ」

「もしや、貴族ですか？」

「ああ。しかもローゼリア七杖家が一つ、ブルーローズ家の紋章を付けた男だ。調べさせたところ、グリエル・ブルーローズ・クローブ大佐というらしい。次期当主予定だった男だな」

「それは、使えそうですね。生きていればなおさら良かったのですが」

「そこまでは贅沢というものだ。死体と引き換えに金でも要求するか、それとも手厚く葬ってプルメニアの騎士道を世に広めるか。もしくは見せしめに遺体を辱めて焼却し、恐ろしさを知らしめるか……。畏怖は次への布石にはなるが、買うであろう怒りや恨みと釣り合うかどうかだな」

　最後の手段はヨッベンも口にしただけだろう。これから交渉を開始しようというのだから。ファルケンはしばし考えた後、口を開く。

「その死体の扱いも講和条件に入れるよう、陛下に提言してはいかがでしょう。死体を金で売ったなどという悪評は避けたいものです。故に、『騎士道精神に基づきお返しする』と文言を入れて、賠償金にその分上乗せしておくのです。死体とはいえ、ブルーローズ家の人間。相手は断れますまい。ローゼリアは講和条件を呑《の》むしかありません」

「……なるほど。良い考えだと思う。ブルート中将はどう思うか」

「特に問題はないと思いますぞ」

「よし、ならば早速陛下にお伝えしよう。遺体は丁重に扱うように。まぁ、あの状態では丁重も糞もないだろうが」

「可能な限り、現状維持を心がけます。数名の捕虜を証人とさせましょう」

「面倒だが頼むぞ、少佐」

色々とケチはついたが、思わぬ拾い物もできたから五分五分ということにしておこう。大局で見ればプルメニアの大勝利。これでしばらくはローゼリアも大人しくしていることだろう。内部も混乱するに違いない。その間に、さらに兵を鍛え戦力を蓄え次の戦争に備える。それが軍人の仕事である。

――と、血相を変えた軍医が敬礼して入ってくる。白衣には黒に変色した血が大量にこびりついている。

「失礼します！　先の戦いでの負傷者間で、毒性の強い疫病が流行《はや》り出しております！」

「……疫病だと？　一体どういう症状なのだ」

「発症すると、傷口が腐食し周囲に短時間で侵食していくのです。それが全身に行きわたると、口から紫の泡を吹き、苦痛の中で絶命します。致死率も非常に高く、危険な状況です！」

「治療は可能なのか？」

「早期に傷口を肉ごと抉《えぐ》り取る、あるいは部位の切断で侵食を防ぐことはできております。しかし、箇所によってはそれも不可能です」

「なんということだ。助かってもそれでは……」

四肢のいずれかを失ってしまえば、それはもう兵士とはいえないだろう。銃が撃てない、移動ができないでは話にならない。義手、義足を使うという手もあるが、費用を考えると難しい。

「現在は深手を負った者の発症率が高めです。しかし今後どうなるかは全く分かりません。念のため、軽傷者の隔離許可もいただきたく」

「そこまでか」

「何がどうなるかが分からないのが疫病です。最大限の対処を行うべきと進言いたします」

軍医の言葉に、皆が沈黙する。疫病は早期発見、早期隔離がなによりも重要だ。被害を最小限に食い止めるにはそれしかない。だが、今それをやると支配圏を広げる速度が下がる。講和交渉がどうなるかが見えなくなる。

「軽傷の者も含めると、隔離が必要な人数は一体何人なのだ？」

ヨッベンが眉間に最大限に深い皺《しわ》を寄せる。ファルケンもため息を吐《つ》いて座り込みたくなる事態だ。想定外の被害が多すぎる。上手くいったはずなのにどうしてこうなるのかと椅子を蹴り飛ばしたくなる。気の短いブルート中将は指揮杖を派手に叩き折っている。

「おそらく、二千人を超えるかと。隔離後は、これ以上広まらないことを祈るしかありません」

その場に居合わせた将官、士官たちは思わず天を仰ぎ、神に祈りの言葉をつぶやくのだった。

EPISODE

8 敗北の味

ここはストラスパール州のどこかの廃屋。時刻は夜。何時かは知らない。時計なんて誰も持ってないし。懐中時計は高級品だから、庶民は持つことができないのである。

そんな薄暗い場所で、私とクローネ、その他大勢の敗残兵は休息を取っていた。手持ちの食料は食い尽くしたから、途中の民家や田畑からの徴発である。戦争なので仕方ない。恨まれたけど、私たちが持っていかなければプルメニア軍が持っていくだけ。先に頂いておくことに躊躇《ちゅうちょ》はない。だって戦争だからね。

「疲れましたねー」

「あはは。本当に疲れてたらそんな言葉は出てこないよ。外の連中のなかには、魂が抜けた顔してるのもいるし。あれはそろそろ危ないかもね。気力だけでもつのも数日が限度だよ」

「倒れたらどうします」

「もちろん置いていくよ。構っている体力も気力もないし」

「あれ、生かして帰してあげるって言ってませんでしたっけ」

「その気持ちはあるけど、実際にできるかは別さ」

「戦争だから？」

「そういうことだね。リマ大尉殿がどうしても連れていくって言ったら、止めないけど」

廃屋内で、銃の手入れをしていたリマ大尉が静かに首を横に振った。

渋いダンディなおじさんだったのに、この数日間ですっかり無精ひげが伸び放題。市民出身の叩《たた》き上げらしいので、話の分かる良いおじさんだ。そういえば、逃げる途中、話の分からない貴族階級の大佐殿がいた。こちらは悪いおじさん。名前はロウルとかいう要塞防衛隊長だったっけ。はぐれて部下もいないくせに、私たちに食料を寄越《よこ》せだの、命を張って足止めしろと偉そうだったので、誰かが誤射してしまった。驚いたまま死んでて面白かった。数人で撃ったので連帯責任だ。消費した弾薬は大佐殿の荷物から頂いたので問題なし。

「残念だが逃げることを最優先にすべきだ。クローネ准尉、君の指揮に従うよ」

「本当にいいんですか？　私は准尉の若造、しかもまだ卒業もしてないんだけど。しかも女だし。後で軍法違反とかはなしですよ」

「君の言う通りにして敵騎兵を打ち破り、包囲を抜けてここまでたどり着けた。兵たちも君の言うことなら信用する。私も同じだ」

リマ大尉がそう述べて頷《うなず》くと、クローネは満足そうに笑みを浮かべた。やっぱり彼女は指揮官タイプ。上に立つべき人間である。いつの間にか大尉にも適当な敬語だったし。彼女はなんとなく安心できるのが素晴らしい。彼女の下で働くと、安心したまま死ねるってやつだね！

「はは、それはとても助かりますね。さぁて、兵を休ませてる間に、私たちの状況を一度確認しとこうか。私たちの目的は、敵の追撃を逃れてブルーローズ州に逃げ込むこと。ストラスパール市はどうも戦わずに降伏したみたいだから、敵の追撃部隊がぞろぞろ州内を駆け回ってる。下手すると、市民が懸賞金欲しさに私たちを差し出す可能性がある。安全なところまで気をつけようねってことだね」

「そこら中で食料奪ったから、恨まれてますよね。はぐれたら殺されそう」

「あー、間違いなくやられるね。暴行略奪殺人とどさくさまぎれに皆やりまくっただろうし。色々な鬱憤やら欲望がたまるのが戦争とはいえ、やりたい放題だ！」

この部隊の兵たちは多分やってる。私もやった。本当は軍法違反だけどバレなければいいのである。軍法に従って餓死したいというなら、それはそれで止めないので死んでくださいというやつで。

「一番の問題は弾薬だろうな。もうすぐローゼリアの勢力圏とはいえ、残りの弾が各人五発程度しか残っていない」

「いやぁ厳しいね。最悪、石でも入れて撃とうか。至近距離なら砕けても散弾代わりになるんじゃないの」

「最悪それしかないだろうが、長銃の魔力貯蔵が切れている。充塡《じゅうてん》できるほどの体力気力もなく、手持ちの魔粉薬も少ない。これ以上の連戦は難しい」

「頑張って撃ちすぎたかな。言うこと聞いてくれる兵が多いと、つい色々と試したくなっちゃうんだよね」

「それで、良い考えはあるか、クローネ将軍閣下」

「んー。最後は皆で銃剣つけて突撃だね。もちろん玉砕の意味じゃなくて、先手を取って乱戦に持ち込もう。私たちは数の少なさと地の利を活《い》かすしかない」

クローネは獰猛《どうもう》に笑う。私たちはあえて厳しい細道やら獣道みたいなところを進んでいった。こっちも大変だけど、敵も大変。馬が自由に移動できないのが利点である。

それでも全力で追いかけてくる忠誠心溢《あふ》れる敵兵もいるわけで。彼女は積極的に突出しすぎた敵兵を刈りまくった。特に伏兵戦術を多用して、それはもう殺しまくった。脱走の心配がいらないから、戦列なんて組む必要がない。だって逃げるために敵を潰すんだから。皆精一杯頑張るから、動きも良い。クローネの指示も的確だ。そして敵の指揮官を潰せば兵卒は混乱する。そこを反転突撃して叩き潰すのである。狙撃してるのは実は私。なんかよく当たるから、狙撃手に選抜されたのである。これが結構楽しい。おかげで戦果は上々、犠牲者も少ないけど、まだブルーローズには到着できていない。

「まぁ、あまり肩肘張るのはやめとこうか。今まで通り無理せず目立たず後退して、突出してきたところを潰す。貪欲に敵の武器も狙っていくよ。食料は途中の民家から根こそぎ頂いていく」

「そこまで徹底すると、まるで山賊だな」

「あはは。否定できないのが悲しいね。チビ、サンドラにはこのことは内緒にしておいてよね。本気で私を殺しに来るだろうし。ほら、正当防衛になるとはいえ、学校で殺すと面倒でしょ」

「分かってますよ。少ない友達がさらに減っちゃいます。私もその食べ物を食ってるから同罪ですし」

市民のために戦うサンドラが聞いたら、烈火のごとく怒るだろう。でも、これが現実なのだ。食料なんて誰も届けてくれないし、市民たちも困ってる私たちに手を差し伸べたりしない。だから、奪う。食べなくちゃ死んじゃうから。どうせ見逃してもプルメニア軍に取られてしまう。ならば国のために戦う私たちに差し出すべきである。クローネの甘い言葉は皆の心と頭にすんなり入っていっただろう。

「クローネ！　大変だ！」

「うるさいね。大声を出すな」

クローネが小石を侵入者に軽く投げる。さっと避《よ》けた侵入者の正体は、動きが機敏なライトン君だった。砲兵科の士官候補生の皆はまだ一人も死んでない。運が良いのかも。そろそろ死ぬかなーと思ったりするのに、死なない。トムソン君が肩に銃弾を喰《く》らったけど、弾が貫通してたから大事には至らず。相当痛いだろうけど足が動いているので、見捨てられてない。

「ちょっと離れた場所に偵察騎兵がいたんだ。ローゼリア軍の軍服だったから声を掛けたんだけどさ。良い感じに情報交換できたぜ」

「危ないことをするね。敵の偽装だったら命はないよ。私たちも見つかるところだ」

「騎兵は自尊心が強いからそんな真似《まね》できないだろ」

「ま、そうなんだけどね。馬鹿ばかりとも限らない」

貴族様はプライドを重視して、非効率的な作戦を立てたり愚かな行動をしたりする。聞いて驚いたのは、戦列の指揮官を狙うのは卑怯《ひきょう》な行いなんだとか。指揮官が誰もいなくなると、壊走した兵卒を統率できなくなる。敗走兵は周囲の皆さんに迷惑をかけ、見ていてとても見苦しい。

『戦争は国と国、貴族と貴族が威信をかけて行うものであり、見苦しい光景は許容できない。だからできるだけやめようね』、みたいな。一種の紳士協定というやつ。意味が分からないけど、そうなんだって。だから狙撃手も卑怯だからいないのである。クローネは馬鹿馬鹿しいと言っていたので、普通に狙撃戦法を行使する。指揮官を積極的に潰していこう戦法だ。その愉快な頭に鉛玉ぶち込んだら、きっと思考が改善されると思う。その時は死体になってるけど。

「で、その偵察騎兵はどこから来たんだって？」

「ベリエ要塞へ向かう増援部隊だったらしい。陥落したって分かったから、ブルーローズの州境で待機して情報収集してるとか言ってたぞ」

「負けたからだろうけど、慎重というか悠長というか。敵もチンタラしてないで一気に突撃すれば、王都まで一直線だったんじゃないかな？」

「いやいや。そんなことして失敗したら全滅だろ。敵も馬鹿じゃないだろう」

「だから勝てばいいのさ。負けたらどうするかなんて考えてたら、一々動きが鈍くなるよ」

「いや、そりゃそうだけど。そんなんじゃ命がいくらあっても足らねぇよ」

クローネなら犠牲を気にせずやってたかも。まぁ、敵も疲れてるからやめたんだろう。私も一息吐《つ》きたいときは、そういう判断をする。無理をするといいことないしね。

「ま、それはいいや。私たちから見れば、朗報には違いない。そこを目指して合流しよう」

「で、でもよ。その増援部隊に合流したら、また戦わされるんじゃ」

怯《おび》えるライトン君。なるほど、そのままお家《うち》に帰れるほど甘くないかも。

「リマ大尉に上手《うま》いこと報告してもらうよ。私らがボロボロなのは本当なんだからね。回復する時間ぐらいねだっても罰は当たらない。敗軍にできる最善を尽くしたよ」

「……そ、そうか。なら、いいんだけどよ。ふぅー」

安心したら喉が渇いたのか、座り込んで水筒の水を飲み干すライトン君。顔には疲労感がありありだ。もう一度前線行ってねって命令されたら倒れちゃいそう。

「そこまでに敵の追撃がありませんかね」

「ウチの増援が来てるってすぐに伝わるだろうし、もうないんじゃない。今までは、できる限りの戦果稼ぎって感じだったけど。私みたいな命知らずがいるかもしれないから、油断は禁物だけどね」

「なるほど。説得力がありますね」

「そうだろう？　……さて、明るくなり始めたら、増援部隊の野営地に向かおう。それで今回の楽しく辛《つら》い遠足は終了さ」

「一杯殺しましたね。どれくらいだろう」

「うーん。私は直接は三十人ぐらいかな。騎兵隊長の首が一番の手柄になりそうだ」

首といっても、ぶったぎっただけで持ち歩いてはいない。戦国時代じゃあるまいし。階級章、肩章を奪えばそれが証拠になる。あえて首を切ったのはただの嫌がらせである。その首は適当に放り投げたから探すのは大変だろう。ちなみに、男子は手が震えてたから私が全員切ってあげた。そういうのするのは市民階級らしいけど、私は市民だしいいよね。

「羨ましい。私なんて、なんにもなしですよ。くたびれました」

本当にたくさん死んでるのに、証明できないのである。どんどん死んでるよ！

「チビの頑張りは私が証言してあげるし。リマ大尉もしてくれるよ。ほら、騎兵士官を捕虜にしたじゃない。あいつのもちゃんと持ってるから、帰ったら渡すよ」

「いつの間に！」

「はは、一番忘れちゃいけないことだよ。ただ働きになっちゃうじゃない。戦果を気にする割に、意外とそういうの無頓着だよね」

「ありがとうございます。流石《さすが》の気遣いです」

「別にいいってことさ。褒賞に期待だね」

哀れな敵騎兵士官さん。緒戦で捕まり体はボロボロ、散々連れ回された挙句、罠《わな》として使われて騎兵隊が半壊する場を見せつけられた。なんか血反吐《ちへど》吐きながら卑怯者とか言ってたけど、『子供に捕まった一番の間抜けに言われたくない』って言ったらさらに怒って叫んでた。だから『全部お前のせいだ』って顔を近づけて百回ぐらい繰り返してあげたら、精神が錯乱しちゃった。なんだか皆ドン引きしてたし、クローネもそろそろ許してやりなよと言ってたから、銃床で頭を潰してあげた。いわゆる介錯《かいしゃく》である。

「ま、私は褒賞よりもそのまま軍に入りたいんだけどね。これだけやったし、昇進は間違いないと思うんだけど」

「私が強く推薦するから心配するな。君の即時入隊と昇進は間違いない。他の連中も、それなりに覚悟しておけ。学校に戻って、悠長に学んでいられる時間があると思うな」

リマ大尉がクローネ、男子連中、そして私を順番に睨《にら》んでくる。と思ったら目を逸《そ》らされた。

「あれ、私は？」

「……君はあれだ。うん」

「そこそこ頑張ったような気がします」

「君が活躍したという、報告はする。だが、年齢を考慮すると、入隊については期待しないでほしい。褒賞はもちろん期待してくれていい。最悪、私が出そう」

とても乗り気じゃないリマ大尉。結構頑張ったのに残念。身近に変なのがいると、死が近くなる気がするからね。でも、上がケチでもポケットマネーからくれるらしいので、まぁいいか。

「あはは。まぁ、慌てず卒業まで待ってなよ。偉くなれたら私の副官にしてあげるから、将来はどこかの屋敷で一緒に贅沢《ぜいたく》しようよ。豪勢な料理が山ほどで、パーティーの毎日だ！」

「パーティーの毎日。実にしびれる言葉ですね」

「しびれるだろう。毎日酒を浴びて、惰眠を貪っていいよ。ちゃんとやることやればね！」

最後の言葉は聞かなかったことにしたい。やることやってから贅沢するというのは人間として当たり前のような気がする。でもやることやっても、まともに生活できないのが今の世の中だけどね。かなしいね。

「ならお酒はワインがいいです。ウイスキーはちょっと。それと牛乳は嫌ですね」

「いきなりお酒の話って。でも分かったよ。おめかしして、最高の場所で、最高級のワインで乾杯しよう！　牛乳はなしでね」

「それは、本当に楽しみですね」

敗走中だというのに上機嫌の私とクローネ。それを見ていた他の男連中は疲れた顔をして嘆息している。暗いより明るい方が楽しいので、これで良いのである。

◆

クローネ率いる混成歩兵中隊約二百人は脱落者を出しながらも、ブルーローズ州とストラスパール州の境まで逃げ込むことに成功した。この街道を抜ければ私のお家があるブルーローズ市だ。七《しち》杖家《じょうけ》にとっては、威信にかけて抜かれてはいけない場所らしい。そのため、街道を中心に即席の陣地が形成され、大砲が東方に向けて五〇門くらい設置されている。テントもたくさんあるから、当分はここでキャンプが楽しめそうだ。しかし大砲の数が豪華である。追い詰められるとどんどん物資が出てくる。玉手箱みたい。

「いやぁ、死ぬ気になればなんとかなるもんだね。目的意識が共有できてるから、本当にやりやすい。私たちみたいな集団が複数いれば、それぞれで敵兵に襲いかかれる」

「クローネみたいに気合入ってる人が、そんなにいるとは思えないんですけど」

「目の前にもいるじゃない。確かに指揮したのは私だけど、個人の殺害数はチビが一番っぽいし。誰も認めないだろうけど、私は注意して見てたからね。誇るといいよ」

「それはどうもありがとうございます。そのご褒美はなんでしょう、クローネ閣下」

「うむ。では余のコーンパンを取らすとしよう。不味《まず》いのは我慢しなよっと」

なんか平べったく潰れてるコーンパンを頂いた。血がついてる。誰かから無理やり奪ったときに付いたやつだ。そこをちょこっとちぎって、口に入れてみる。うん、まずい。でも個人的には満足できる味。人としては最低だけど、なんだか生きてるって実感できる。早く平和になるといいよね。嘘嘘《うそ》、本当は全然思ってない。

「味はともかく、腹は膨れますね」

「そんなに満足そうな顔されると、なんだか惜しい気分になるよね」

「返します？」

「いや、不味いのは確かだし。人が大事にしてるものって、なぜか欲しくならない？　そういう複雑なやつさ。自分があげたんだけども！」

「面倒くさい人ですね。じゃあ、金品と再交換でいいですよ。このパンの価値を好きなだけ高めてください」

「はは、そんなこと言われてもないものはないよ！　今私が欲しいのは地位と弾薬だ」

ドヤ顔のクローネ。私はパンを食べきった後、ふと思い付いた名案を提案してみる。

「なら、近くにいいところがあるんですけど、ちょっと奪いに行きません？　名誉と地位も手に入っちゃうかも」

「へぇ、そこに伝説のお宝でも眠ってるの？　まさか聖遺物でもあるのかな？」

「それはもう山ほどの財宝が。大砲を撃ち込むたびに、コインがザクザク出てきますよ。ついでに紫になった伝説の青い杖《つえ》もあげちゃいます。後で考えますけど、驚くほどすごい伝説があるそうですよ」

「はは、その伝説の杖は私がもらっても意味ないよ。ついでに、そこに行くには、まだ力が足りないねぇ。チビの生まれたお家にお邪魔したい気はあるんだけどさ」

「ですよねぇ。まぁ、今は無理ですけど、いつか招待しますよ。大きなお家でしたから、大勢でも大丈夫ですし」

故郷なんて気はさらさらないけど、あの屋敷には縁がある。別に住みたくないけど、ミリアーネに渡すのはとてもイラッとする。百歩譲って、貸すのはいいけど取られるのは嫌だ。クローネと同じで、感情は複雑なのである。私は大家になりたい。

「お、決意表明ってやつだね。こんな時代でも、夢とか野望を持つのは自由だ。自由って素晴らしいね！　必ず遊びに行くから、美味《おい》しいお酒も用意しておいてよね」

「もちろんです。じゃあ『自由』に万歳しちゃいますか？」

「景気づけにいいね。せーの、自由万歳！」

バンザーイと両手を挙げたのは、元気な私とクローネだけ。なんとか立っているのは、数名の先輩士官たち。リマ大尉は休む間もなくお偉いさんに報告に行ってしまった。社畜ならぬ、軍人の鑑《かがみ》である。砲兵科の学生たちは生き延びたというのに、地面の上に寝転んでいる。死体みたいだ。穴を掘って埋めたくなってきた。

「先に言うけど、そこらに穴掘ると後で怒られるからね」

「いやぁ、掘りませんよ」

「でも掘りたいと思ったでしょう」

「よく分かりましたね。いわゆる墓穴です」

「あはは。やっぱりね」

ニヤリと笑って、クローネが煙草《たばこ》を差し出してくる。私は健康志向なので遠慮しておいた。煙いのを体内に含むのは苦手である。クローネは『やっぱり子供だね』と笑って、ふぅーと吸い始めた。いわゆる勝利の一服である。この戦いでは大敗したけど、生き延びたのだからオッケーということで。私も木の枝を拾って咥《くわ》えてみた。

「全員、傾注ッ！」

「うわぁ」

「セルベール元帥閣下がお言葉をくださる！　起立し、整列しろ！」

私の後ろからいきなり大声をあげられた。誰かと思って振り返ると、勲章たくさんつけたお爺《じい》さんとお付きの偉そうな士官さんがたくさんいた。今の大声は、目のくまが凄《すご》いことになってるリマ大尉だった。少しフラついてるし。

お偉いさんは豪華な階級章や肩章、軍帽には赤いラインが入ってるから、全員将官クラスだ。遅刻したくせに偉そうだけど、そんなこと言ったら銃殺ものなので、適当に整列してから気をつけだ。ついでに木の枝を吐き出すのも忘れない。流石のクローネはタバコの火を消して、後で吸えるように置いてある。早業に感心していると、長いお話が始まっていた。

「よく無事に戻った、諸君。リマ大尉から報告を受けたが、中々の活躍だったと聞いている。士官学校から送られたばかりだというのに、大したものだ」

「ありがとうございます、セルベール元帥閣下！」

クローネが真面目《まじめ》ぶった顔で、足を揃《そろ》えて敬礼。それに続いて、ゾンビみたいな連中と私も敬礼。長話が続くかと思うとだんだん疲れてきた。

「楽にしてよし。情けない話だが、隊をまともに維持したまま帰ってきたのは、君たちだけだ。士官連中は我先にと逃げ出し、ガンツェルに至ってはどこに行ったのかすら分からん。ベリエには第十師団を含む一万以上派遣したというのに、戻ってきたのはわずか二千人だ。半数は脱走したのだろうが、それにしても酷《ひど》い有様だ。要所に憲兵隊を配備し連れ戻させてはいるがな」

一万もいたかなぁ。正確な人数なんて一々確認してられないしね。キリのいい数字を派遣すると命じておけば、それに近い数が集められていくんじゃないかな。税金と同じで、取り立てるときは厳しいけど、ほかのことは知らんってやつ。逃げたか死んだかなんて誰にも分かりっこない。でもガンツェル中将さんは生きてる気がする。なんかしぶとそうだし。保身レベル高そう。

「そういうわけで、私は君とリマ大尉の働きを大いに評価している。敗走している最中、大したものだ」

「ありがとうございます、閣下」

「臨時で中隊の指揮を執り、二〇〇の兵を無事に帰還させた功。その上で敵騎兵隊を打ち破り、多数の士官を討ち取って我が軍の武威を示した点。我が軍にも精兵がいたと、大いに感嘆させられた」

セルベール元帥は、皺《しわ》だらけの顔を緩ませる。貴族にも話が分かる人がいたらしい。良かった良かった。老いてますます盛んなのかな。

「敗戦とはいえ、功績には報いねばならん。リマ大尉から強い推薦もあったので、異例ではあるがこのまま入隊させることとした。人手も足らんしな。……受ける意思はあるかね？」

「ありがとうございます！　光栄であります！」

即答するクローネ。彼女の夢への第一歩。偉くなって王と皇帝を一掃し、おめかししての贅沢三昧《ざんまい》。それで私と美味しいワインを飲んでどんちゃん騒ぎの毎日。酒池肉林である。やったね。でもまだまだ先は長そう。我慢できるかな？

「今回の功を評し、君に大尉の階級を用意した。士官学校には戻らなくてよろしい。君があそこで学ぶことはもうあるまい。このまま私の第七師団所属になってもらう。頼むぞ、クローネ大尉」

「はっ！　よろしくお願いします、元帥閣下！」

私は栄光の切符を手に入れたクローネに拍手をしておいた。感動の場面であろう。誰かに絵を描いてもらいたい。英雄クローネの横で拍手する呪い人形。後世で高く売れそう。

ちなみに、大尉までは市民出身でも結構簡単になれちゃうらしいので、これからの頑張りが重要である。頑張らないと、リマ大尉みたいに雑用塗《まみ》れの寝不足で死相が出るというわけ。兵卒と違って逃げられないしね。

「うむ。そしてミツバ准尉だったか。君のこともリマ大尉から色々と聞いている。中々の働きぶりだったとのことだが、年齢については少々思うところがある。……士官学校卒業の暁には、君を私の師団に招くことを検討しよう。それまでは、体と精神を鍛えるといい。子供の間にしかできないことはたくさんある。存分に学びたまえ」

「はい、ありがとうございます。勉強します」

「よろしい。褒賞は追って与えよう。将来の王国軍を背負うため、頑張りたまえ」

優しい顔のセルベール元帥。でも目が笑ってない。言葉だけで本当に招いてくれる気はなさそうだ。やっぱり呪いとか、不吉な風聞は怖いもんね。

「……しかし、このような子供を最前線に立たせていたとはな」

「はっ、ミツバ准尉はガンツェル中将の命令により特別大隊に編入され、大砲一門と共に第一陣の戦列に送り込まれた次第です」

「なるほど。ガンツェルの仕業か。……あやつについては、見つけ次第、今回の敗戦の件も含め適切に対処されるだろう。それと、パルック学長には強めの忠告が必要であろうな」

報告したクローネが私に笑いかけてくる。中将への意趣返しというやつだ。学長には可哀想《かわいそう》だけど、まぁいいか。結構大変だったのは確かだし。

「この戦いは、おそらく長期にはならないだろう。すでに『講和を行うべし』と上院議会で話題に上がっているようだからな。だが、その前に攻勢を掛け、挽回《ばんかい》しなければならん。この展開速度なら、敵も相当無理攻めをしているはず。西ドリエンテはやむを得んが、ストラスパール州を明け渡すなど論外だ」

厳しい顔つきになるセルベール。なるほど、確かにストラスパール市とベリエ要塞以外は手薄かも。現地徴兵なんてすぐには無理だし。

「学生たちは帰らせてやりたいが、戦が終わってない以上は少々難しい。君たちには、しばらく後方で待機してもらうことになるだろう。その後で、褒賞を与えた上で士官学校に送り返す。それでいいだろうかクローネ大尉」

「はっ！　お気遣いいただき、ありがとうございます！」

「よろしい。では三日間の休息を取りたまえ。この師団で一番疲弊しているのは諸君だからな。遠慮なく飲んで食って寝るように」

セルベール元帥とお付きの将官たちが騎乗して下がっていく。将官様には立派な馬が支給されるようだ。移動はラクチンになるけど、練習しないと振り落とされそう。乗る機会なんてそうそうないだろうけど。まぁ、なければ奪えばいいのである。

「チビも軍に入れてもらえると思ったのになぁ。私に関しては嬉《うれ》しいけど、そっちはがっかりだよ」

「残念でしたね。でも、検討はしてくれるそうですよ。褒賞はもらえるし」

慎重に検討した結果今回はお見送り、益々《ますます》のご活躍をお祈りします、になる可能性が高いけど。

「ま、私が先に偉くなっておくから、安心して入ってきなよ」

「それを自分で言いますか」

縁故採用、いわゆるコネ。持つべきものは友人だった。

「万年大尉は嫌だからね。我も出さないと、こき使われて終わっちゃう。リマ大尉を見たでしょ？

あのままじゃ絶対に長生きできない。今回も功ありだけど、敗戦だから佐官昇進は見送りっぽいし」

「出世するのって、厳しいですね」

「市民が偉くなるには、世渡りと後ろ盾も必要ってことだね。この国では能力以上に重要だよ」

リマ大尉はそれなりに厳しいけど、話が分かる良い軍人だ。でも私とは相性が悪いのか疎遠である。というか、相性が良い人自体少ない。士官、兵卒さんからも関わりたくない系の視線で見られるし。リマ大尉とか、クローネには親しげなのに私にはその真逆。その点元帥は器が大きい。本当は私を嫌いっぽいのに、顔には出さないのだからすごい。

待てよ。ということは、基本的に疎まれ体質の私は偉くなれないというわけである。万年大尉どころか、万年准尉。死相を浮かべたリマ大尉よりひどくなりそう。

「クローネは、セルベール元帥と相性が良さそうでしたね」

「腹の中は分からないけどね。ま、七杖貴族だから気に入られるに越したことはない。もう爺さんだから、死ぬ前に上手く利用していきたいね。リマ大尉同様、長生きしてほしいよ」

誰かに聞かれたら絶対にヤバいことを笑いながら話している。

「そういうのは心の中で言ってください」

「はは、私も決意表明だよ。真似しただけ」

そう言われると、確かに、先にブルーローズの屋敷を焼き討ちして略奪しろと言ったのは私だった。ということは私もおかしいことになるのでは。ここは話を変えておこう。

「でも、本当に押し返せるんでしょうか。負け続きだったのに」

「大砲は揃ってたし、なんとかなるんじゃない。逃げ帰ってきた連中も増えてくるだろうし。後は交渉次第だけど、頑張らないと悲惨な条件呑《の》まされるね。気張りどころさ」

「条件は、やっぱりお金と土地ですか」

「そうなるね。はは、大局的に見ると、本当に損しかなかった戦争だ。開戦すべきとか言った議員連中は全員処刑もんだよね」

やれやれと二人でその場に座り込む。セルベール元帥が気を利かせてくれたのか、食料と酒がたくさん馬車にのってのろのろと運ばれてきた。多分好きなだけ飲み食いしろということである。戦争中にこれでいいのかと思うけど、ずっと気を張ってることなんてできないし。

「おーい、その辺の萎《しな》びた連中！　元帥が酒と食い物を奢《おご》ってくれたよ！　生き延びたんだから、少しは喜びなよ！」

「お、おう」

「…………」

なんだか私を見て、微妙に遠慮したい雰囲気が出てたけど、空気を読んで集まってきてくれた。クローネが中心、私とリマ大尉がその横。方角三人衆とポルトガル君、トムソン君もいる。生き残ったのは約二百人。最初に何人いたのか分からないから、誰が死んだのかよく分からない。でも、一杯死んで一杯殺した。私の場合、最初の特別歩兵大隊からだから、凄い数の仲間が死んでることになる。その分頑張って殺したので、迷わず土に還《かえ》ってほしい。私みたいになると色々と大変である。

「リマ大尉、乾杯の挨拶をお願いしてても？」

「悪いが、今は何も思いつかないな。付き合いの長い、君の方が適任だろう」

リマ大尉とクローネは、この後で第七師団へと所属変更だ。第十師団は壊滅してるから、統合するらしい。ガンツェルとかいうハゲ中将さんは、生き延びても後が大変だ。

「それじゃ私がさせてもらうよ。ここで生き残った奴《やつ》は運がある。私についてくれば、必ず報いてあげる。私はもっと上にいく。その気があったら、私についてきなよ！」

「凄い自信ですね。やっぱり背が高いからです？」

「こんなチビでも大歓迎さ。偉くなって、一杯贅沢したいなら私についてこい！　よぉし、生き残れたことに乾杯しよう！」

「要塞取られて散々だったけど、呑気《のんき》に乾杯して良いんですかね？　街も落ちてますけど」

「いいよいいよ。大尉の私が許す！　ほら、皆の長生きと栄達を願って、乾杯だ！」

ヤケクソ気味に全員が『乾杯！』と叫んだ。周囲の見知らぬ皆さんも何事かと覗《のぞ》き込んでくる。中には一緒に飲み始める人までいるし。でもきっと味が違う。これは、あの地獄から一緒に逃げてきた人だけが味わえる美酒なのだ。だから、こんなにも美味しい。戦場に入り浸る人間の気持ちが少し分かったかも。これを何回も味わいたいのかもしれない。私たちも楽しいから、まぁ、なんでも良しとしよう。——おかわり！

EPISODE

9

悪魔の歌が聞こえる

「時間の感覚がおかしくなりそうです。今日は何日でしたっけ」

「…………さぁ。不味《まず》い献立と同じくらいどうでもいい。美味《おい》しいものが食べたい」

プルメニアと開戦してから、多分半年くらいが経過した。要塞陥落からは一～二か月？　えーと、四月の桜の時期に戦地へ行ったでしょ。いつの間にか十月が過ぎてたわけで。月日が過ぎるのは早いね。私も十二歳だし。

私たち砲兵隊はセルベール元帥のおかげで、激戦区に向かうことはなかった。帰れもしなかったけど。砲兵科のトムソン君は、負傷した肩の傷の治療のために、後送されて王都の病院行きになったよ。腐りだすと切断らしいけど、治ると良いね。肩から切断して生きていられるのかは謎である。この世界の医療技術を信じて祈るくらいしかできない。私は別に祈らないけども。

「はー。しかし退屈ですね。敵なんて全然来ないですよ。最後に戦ったのはいつでしたっけ」

「俺だって、王都に戻ってゆっくりと料理がしたいよ。臭いコーンパンも萎《しな》びた野菜くずもカチカチの肉片も飽きた。干してない肉と魚が食いたい！　料理がしたい！」

油断しまくりの私。たまに牽制《けんせい》射撃を行うくらいしか仕事がない。隣では大砲のお掃除棒を振り上げて、ポルトガルケーキ君が叫んでいる。自分で美味しいものを作り、自分で美味しく食べる。自己完結できるポルトガル君はすごい。

「料理がしたいのに、砲兵科に入る意味がよく分かりません。あえて苦難の道を進むとか？」

「選択肢がなかったんだよぉおお!!」

ポルトガル君の叫び声が響くのは、ストラスパール市の西側丘陵地帯。ここに大砲を並べて威嚇しているのである。最前線はここからかなり先だ。ストラスパール市に入った敵は、近くの丘陵で同じく大砲を並べている。でも、ローゼリアの第七師団の頑張りで形勢は挽回《ばんかい》しつつある。

敵は疫病が蔓延《まんえん》、物資も予定数量届いていないっていうのも大きい。捕虜の話だと、使い捨て輸送車両の生産が追いつかなかったとか、線路が破損して使用不可だとか。撤収するときに皆奪っていっちゃったから、徴発もすぐにはできない。

プルメニアはせっかく広げた戦線を縮小して、ストラスパール市、ベリエ要塞周辺の防衛に兵力を集中させたというわけだ。知らないけど。全部クローネ大尉殿からの又聞きだからね。たまに顔見せや手紙で教えてくれる。

「あああああ！　甘いものが食いたい！　死ぬほど、甘いものが！」

「うるさいですね。いつもなんか食べてるじゃないですか」

「もういやだ。泥も大砲も死体もうんざりだ」

麻薬切れの常習者みたいなポルトガルケーキ君。同じものを食べてるのに痩せる気配がないのはすごい。どこから食料を手に入れてるのかは知らないが、暇さえあれば何か齧《かじ》っている。今もなんか食べてるし。へそくりでも持参しているのかも。ジャンプさせてみようか。

「講和がまとまれば帰れるってクローネが言ってましたし、もうすぐですよ」

「……あれから何日経《た》ったと思ってるんだよ。もう十月だぞ。あと二か月で俺たちは三期目！　なんてこった」

「どうせ軍人になるんだからいいじゃないですか。同じことですよ」

「軍隊の料理を作る仕事に就きたいと思ってたのに。でもそんな募集なかったし。なら砲兵で適当に経験積んでから転属しようって。砲兵って無駄に歩かなくて良さそうだったのに。……ああ、騙《だま》された」

ぶつぶつと一人で愚痴っている。誰も騙していないので言いがかりである。人生設計が適当すぎる気がする。まぁ真剣に考えたところで上手《うま》くいかないらしいけど。

そんなことを思いながら大砲の傍《そば》でぼんやりと立ち尽くす。無駄弾は極力撃つなと命令されているから、景気づけに撃つこともできない。それなら石でと思ったけど、砲身が傷つくし、魔粉薬を使わなくちゃいけないからそれも駄目。

「俺たちだけ先に帰らせてくれないかな。もういいだろうよ。帰りたい」

「偉い人にお願いしてきたらどうです？」

「……いや、それは。殴られるどころか、敵前逃亡で捕まりそうだし」

今の私たちは第七師団砲兵大隊の一員である。正式に統合されたからね。それに安いけどお給料も出てるよ。雀《すずめ》の涙だけど。アットホームだけど死にやすいし給料安いし見捨てられるよ。ここってブラック職場じゃないかな。でもやりがいだけはあるよ！

「じゃあ言葉遊びでもやります？　知識が深まる上に、遊んでいるとバレずに時間を潰せちゃいますよ」

「……俺に構わず、一人でやっててくれ。俺は頭の中で料理研究してるから。はは、俺の作ったごちそうがいっぱいだぁ」

「……うわぁ」

ポルトガルケーキ君は虚《うつ》ろな表情になり、涎《よだれ》を垂らして夢の世界に行ってしまった。私が言うのもなんだが、近づきたくない。ライトン君とレフトール君は今は休憩中。私とポルトガルケーキ君がペアである。どうせ立ってるだけなので、いつの間にか交代制になっていた。時折、敵の動きに合わせて隊の配置が変わるけど大規模戦闘はない。というわけで、かなり退屈なのだ。

「おーい！　激熱の新聞を手に入れたぞ！」

新聞ガチ勢のセントライト君が現れた。何が激熱かは分からない。多分彼もおかしくなってきている。他の士官がどこかで買ったのを、安値で売ってもらっているらしい。彼は意外と話が上手い。私には前と同じ態度のままだけど。死線を潜《くぐ》り抜《ぬ》けた戦友なのに、悲しいことである。

「なんだよ、賑《にぎ》やかなセントライト記者さんよ。またまた、講和交渉に進展があったとかいうホラ吹き記事か？」

砲台傍で寝転がってたライトン君が茶々を入れている。偉い人が見てないところでは全員サボり放題である。毎日気を張ってるわけにはいかないしね。私もぼーっとしたりしてる。大砲撃ちたいけど、今度壊したらガチで怒られそう。大砲は高価なんだよ。

「今回は違うぞ！　講和交渉がまとまって、敵はストラスパールから撤兵するらしい。ようやく戦争が終わるぞ！」

「本当か？　今度は嘘《うそ》じゃねぇだろうなセントライト!!」

「こんなこと、嘘なんて言わねえよ！　ほら、具体的な日程まで書いてあるぞ！」

その大声を聞いた周りの砲兵たちがこちらを嬉《うれ》しそうに振り向く。ニュースは各隊にも伝わりだしたようで、帽子を取って歓声をあげている連中もいる。もう勝敗なんてどうでもいいから、生きたまま帰りたい、それが嫌というほど伝わってきた。

「い、いつ、いつ帰れるんだ？」

「もうすぐ元帥閣下から命令があるんじゃないか？　それまでの辛抱だ！」

「いやっほう!!　肉と魚と甘味《かんみ》が俺を待ってるぜ!!　妄想の食事はうんざりだ!!」

デブが横で小躍りしていた。私も嬉しい気持ちが半分、残念な気持ちが半分というところか。退屈だから帰りたいという感情と、やり足りないという感情。もっと激戦の連続になれば面白いのに。お互いまだまだ引き際をわきまえているらしい。今回は、ここまでかな。

◆

翌日、セルベール元帥閣下より各士官に通達があった。このままストラスパール市に入るそうだ。その後、ベリエ要塞を破却するので、兵たちはその土木作業にあたり、終了次第帰還できることになった。なんとプルメニア士官様がわざわざ監視してくれるそうだ。実に情けない話である。が、講和条件の一つなので仕方ない。

セルベール元帥は顔が盛大に引《ひ》き攣《つ》っていたが、本国からの指示だから従わざるを得ない。王都から指示を伝えに来た特使はぶん殴られたようで、顔に痣《あざ》があったけど。

で、クローネのテントにこっそり呼び出された私は、超極秘の講和条約の詳細を教えられていた。持つべきものは友達である。

「笑うしかないから、これ、見てみなよ。ああ、その前にチビの講和条件予想は？」

「歴史と伝統ある麗しのローゼリア王国ですよ？　それはもう一《ひと》ベルも一摘《つま》み程度の土地だって渡しませんよ。それくらいの気概で突っぱねてからが本番です。良い感じの落とし所を、相手と仲良く探します」

「はははは。チビは骨があるね。交渉した外交官に爪の垢《あか》でも飲ませてやりたいよ。あははは」

乾いた笑いがテントに木霊《こだま》する。そして、クローネがくしゃくしゃになった手書きの紙を見せてくれた。文字が細かく並ぶが、途中から字体が雑に乱れてくる。

「どれどれ」

――ストラスパール講和条約。両国の平和、共存、繁栄のために戦争を即座に終結させることを宣言する。ローゼリア国王ルロイは、プルメニアに対し宣戦布告したことを謝罪する。プルメニア皇帝ルドルフは、その謝罪を受け入れる。ローゼリアは今戦争におけるプルメニアの戦費を賠償金として負担する。プルメニアは占領したストラスパール各都市から撤兵する。ローゼリアは、西ドリエンテの支配権を放棄し、プルメニアに割譲する。講和の証《あかし》として、ベリエ要塞は完全に破却し、今後ストラスパール州には要塞の類《たぐい》を築かないこと。ストラスパール市には、プルメニア帝国領事館を設立すること。

「……うわぁ」

「笑えた？」

「なんですかこれ。まるで敗北宣言じゃないですか。街と要塞は落ちてましたけど、最後は押し返してたのに」

講和条約が不利になるのは仕方がない。それでも少しは挽回しようとセルベール元帥と第七師団は気張っていたわけで。クローネもなんだか疲れている。

「あはは。笑うしかないね。こんなもの受けるくらいなら、もっと粘った方が良かった。被害を恐れなきゃ、ストラスパール市だけは取り戻せたはずだ。大体、講和したからって攻めてこない保証なんてどこにもない」

「ウチは平和と信じる心を持った良い人が多いんですよ。きっと」

「ははは、本当に良い人なのかなぁ。七杖家領《しちじょうけ》に敵の手がかかったのを見て、国王陛下や上院議員が日和《ひよ》ったんじゃないかな」

まだ兵卒や市民には知らされていない。当たり前だ。下手をすれば暴動が起きかねない。ストラスパールは確かに戻ってくるけど、失うものが多すぎる。多額の賠償金は一体だれが負担するのでしょうか？　王様？　貴族の皆さん？　議員さん？　ブー、正解は市民の皆さんでした！

「ストラスパールもほぼ丸裸にされましたよ」

「見事に楔《くさび》を打ち込まれてる。いつでもお越しくださいってやつだ」

「多分、大変なことになります。皆、絶対に怒りますよ」

「だろうねぇ。これが破滅の序曲にならないといいけどさ。あー、なんのために攻勢に出てたんだよ。ただ働きの無駄骨だ!!」

久々にクローネが怒っている。本当に頑張ってたけど全部無駄働きでしたというのは辛《つら》い。出世の足掛かりにはなるだろうけど、その大本が腐り始めてるんだからたまらないだろう。

「でもクローネ。相手の金で、好き放題に戦争できたら気分がいいでしょうね」

「そりゃもう最高だろうね！　敵の金で弾を作って、敵陣目掛けてぶっ放す。うーん素晴らしい！　言われなくても二十四時間やってあげるよ！」

喧嘩《けんか》を吹っ掛けたのはこっちだけど、正式な宣戦布告はしていない。そう見做《みな》して攻めてきたのはプルメニア。超劣勢だったけど最後は押し返してた。相手も疫病と補給困難とかで苦しんでたし。

そこを上手く交渉で揉《も》んでいくかと思いきや、国王が謝罪して責任がこちらにあると認めてしまった。人がいいのか本物の馬鹿なのか。王妃が寛容派だし、とにかく早く戦争を終らせたかったのかな。いずれにせよ、責任を認めたから賠償金を払わないといけない。ストラスパール市は戻ってくるけど、要塞は壊されちゃうし、新しいのは作っちゃダメ。プルメニア領事館設立のオマケつき。どっちが統治者なのか分からなくなる。損ばかり！

「あの、守らなきゃダメです？　これ」

「外交ってのは信用の積み重ねだからね。舌の根も乾かぬうちになかったことにはできないよ」

私なら、相手の撤兵終了後に『賠償金？　そのうち一括で渡すからちょっと待ってね』とか余裕でやる。だって、やりすぎた条約は守らなくていいって、誰かが言ってた気がするし。でも陛下は良い人っぽいからその通りにするだろう。貴族の中の貴族、王様だから多分そうなる。この国に、王様って必要かな？

「これからどうなるんでしょうね」

「ひどいことになるのは予想できるけど、細かくはここではねぇ。いろんな情報が足らない。まず、ありえるのは市民の暴動かな。しかも戻ってくるストラスパールが一番危ない。荒らされまくってるからね」

「……あらら」

「燃え方次第では内乱突入もありうるね。私はやばそうなら仲間を連れて逃げるし。旅団でも作って文字通り旅に出るかな。……チビは王都に戻ったら気をつけなよ」

「クローネは一度帰らないんですか？」

「私は帰らないよ。この第七師団で偉くなるつもりだし。私の年齢で大尉って相当異例らしいからね。それ以上に昇れるかが問題だけども。ま、こういうときは流れに乗るだけさ」

「流れですか」

「ああ。流れ次第では、師団を乗っ取って、どこぞを攻めて建国ってのもいいね。失敗したら死ぬだけ、成功したら王様だ。やってみる価値はあるよね」

またヤバイことを言ってる。クローネは己の野心のままに生きると決まったようだ。私はまだ定まってない。ただ、方向性は見えてきた。

「寂しくなりますね」

「はは。永遠の別れじゃないよ。後二年とちょいで卒業でしょ？　学校が存続するかも怪しいし。そうしたら一緒に大砲をぶっ放そう。前言った私の言葉、覚えてる？」

「私の指揮する大砲が世界を変える、ですか？」

「そうそう。その時にはチビに目撃者になってもらうよ。一番の特等席で見るといい。うん、親衛隊あたりがおすすめだね。他からの災厄をはねのけそうだし」

「それは楽しみですね」

「でしょ」

「でも、もしかしたら、私の傍で見ることになるかもしれませんよ。そのときは軍務大臣と第一軍司令官の兼職でお願いします。大元帥にもしてあげますから、ぜひ過労死するまで働いてください」

「へ？」

私がそう言うと、クローネは一瞬素に戻った後、顔を両手で覆って大笑いし始めた。『大元帥！……ま、まさか小元帥もあるんじゃ』とか爆笑、涙までにじんでいる。謎のツボに入ったらしい。笑いすぎである。中元帥もあるよとか言ったら多分、火に油なのでここは何も言わず微笑《ほほえ》んでおく。笑いを取りに行ったんじゃないのに。

「あはははははは！　いやぁ、笑った笑った。それは本当に愉快で面白い未来だね。じゃあ、私たちの栄光を願って乾杯しちゃう？　安物のウイスキーだけど、飲めば同じだよ！」

クローネが鞄《かばん》からウイスキーボトルを取り出す。確かに安そうだった。色が濁って汚い。

「うへぇ。ウイスキーですか」

「贅沢《ぜいたく》言わない。ほら早くコップ出して！」

「はっ、大元帥閣下」

「そ、それはもういいから」

笑いを漏らしそうになるクローネ。乾杯して、飲む。うん、苦いし不味い。栄光の味とは、こういうものなのかもしれない。

「一つ、忠告しておくけど。サンドラの動きには気をつけなよ。あいつはいざとなったら、簡単に人を見捨てられる。その判断ができる奴《やつ》だ。私と違うのは、あいつは自分もその対象に入れていること。うっかり巻き込まれて処刑されないようにね」

「なんですか、いきなり。物騒ですね」

「今回の件が大っぴらになれば、間違いなく共和派は動きを活発化させる。そして王党派とぶつかる。共和派同士の主導権争いもあるかもしれない。勝ち馬に乗れば大儲《おおもう》けだけど、負けたら死ぬ。そういう鉄火場の到来だ。だから、気をつけなよ。参加するなとは言わないけど」

「分かりました。気をつけます」

私はしっかりと頷《うなず》いておいた。いよいよ国を挙げたお祭りが始まるね。そういえば、偉大な先人からお借りした、人道的な処刑器具『ギロチン』の生産も完了している頃だろう。花の王都にたくさんの赤い花が咲くに違いない。私はどこからそれを見ることになるのだろう。掛けられる方？とにかく楽しみ！

◆

第七師団を率いるセルベール元帥は、野営地本営で荒れ狂う怒りを押し殺すのに苦労させられていた。何がストラスパール講和条約だ。これでは敗北を認めたも同然ではないかと。何のために攻勢を掛けていたのかと。

「なぜ、陛下はこのような講和を認めたのだ。私には全く理解できん。西ドリエンテ割譲までは仕方なかろう。だが、賠償金、要塞破却、領事館設置は譲歩しすぎだッ！　しかも陛下の謝罪つきとは、実利も面子《メンツ》も全て失っているではないか!!」

「閣下、もう決まったことです。今更騒ぎ立ててもどうにもなりませんよ。講和条約は締結されたのです」

「ここでは閣下などと呼ばなくて構わん！」

「親子のけじめはつけておくべきかと思ったのですが、余計な気遣いだったようで」

「慇懃無礼《いんぎんぶれい》な態度は人を不快にさせるだけだぞ、マルコよ」

「それは申し訳ありませんでした。以後気をつけますよ」

王都からの特使を殴ったことが伝わったらしく、今度は上院議員が送られてきた。セルベールの息子のマルコ・ブラックローズ・ランドルである。開戦を強く主張した王党派の一員でもある。七杖家の一つ、ブラックローズ家の当主セルベールは軍の重責を担い、マルコは議会で国のために働いている。

「貴様がいながら、なんと不甲斐《ふがい》ない。誰に押し切られたのだ！」

「ヒルード・イエローローズです。ギルモア卿が亡くなり、青の派閥がヒルードに取り込まれたのはご存じでしょう。今では、自らの名を冠したヒルード派なるものを形成しております。連中が数で強引に押し切りました。寛容派も戦争継続の無意味を訴え、講和に賛成を」

「……なんと愚かな。それで、こちらも派閥を連合させたのか。まさか、いずれは寛容派と合流などと言わんだろうな。ヒルードは自分の利しか考えていない屑《くず》だが、寛容派の連中はあまりに現実を直視できていない」

「それはありえません。ですが、人を集うための器は必要です。我々は『正道派』を結成し挽回を図っております」

「この情勢が見えていないのか？　派閥の名前で遊んでいる場合ではないだろう！」

「遊びなどとは心外です。王弟フェリクス殿下も、時が来れば我らに協力してくださるそうです。正しき道を歩む我らが土台となり、ローゼリアを支えるのですよ」

セルベールは無言で深いため息を吐《つ》いた。派閥争いに相続争い、何かを言う気すら失《う》せてきた。こちらの不快を察したマルコが、紅茶を淹《い》れてくる。室内に、芳醇《ほうじゅん》な香りが漂う。が、そんなもので気分が落ち着けば苦労はない。カップを投げつけないように我慢するので精一杯だ。

「父上は茶番とお笑いになるかもしれませんが、今の上院議会は正常な状態とは言えません。ヒルード派は金で数を抱えて好き放題、寛容派は市民の人気を取ろうと阿《おもね》るばかりの役立たず。今こそ我らが正しき道を示さねばなりますまい。それが七杖家の良心、我がブラックローズ家の使命です」

何が良心だとセルベールは心の中で吐き捨てる。そんなことを思っている人間は、身内を含めて誰もいない。当主の自分が言うのだから間違いない。

「議会が正常だろうが異常だろうがそんな事はどうでもよい。ヒルードの奴はなぜこんな講和条約を推し進めた。奴とて誇り高き七杖家、イエローローズの当主。敗北宣言に等しい真似《まね》を行うなど、私には到底理解が及ばん」

「ははは、父上は政治には疎いですからな。彼は今回の敗北を利用し、ルロイ国王、マリアンヌ王妃の更なる権威の失墜を目論《もくろ》んでいるのです。すでに王妃の出身を非難する喧伝活動が盛んに行われております。この機に寛容派を一気に叩《たた》き潰《つぶ》し、国政を完全に牛耳るつもりかと。多少の敗北など、そのためなら気にもしませんよ」

「多少の敗北だと!?」

淡々と述べるマルコに、セルベールは声を張り上げる。これでは死んでいった兵士が報われない。

彼らは貴族の玩具《おもちゃ》ではないのだ。同情的に見えてしまうのは、軍に長くいるからという自覚はあるが、それにしても酷《ひど》いものがある。

「父上、そのように声を張り上げずとも、しっかり聞こえております」

「国を良くするために議論を交わすのならば何も問題はない！　志を遂げるには同志を募る必要もあるだろう！　だがな、戦場で血を流しているのは我々だ。その我々を納得させられるだけの条件を持ってこい!!　戦争を吹っ掛けた挙句、派閥争いのためにこんな舐《な》めた条件で講和を結ぶとは何事かッ!!」

「貴族の手本となるべき父上まで、下級市民のようなことを言われますな。なに、すぐに取り返せばいいだけのことです。ローゼリアが弱兵でないことは、父上率いる第七師団の奮闘で示すことができました。また軍備を整え、時機を見て例の領事館は破却、西ドリエンテに再侵攻いたしましょう。ローゼリア人の住む土地です。大義名分などいくらでも用意できます」

「…………」

マルコのあまりにも甘い考えに、セルベールは絶句し思わず暗澹《あんたん》となる。多少はまともと思っていた息子でさえ、このような思考を抱いている。現実で行われている戦いが何も見えていない。議員になり派閥争いに明け暮れていると、目が濁り脳まで腐るのか。

強引にでも攻勢を掛けたのは、条約を有利にもっていきたいという短期的な思惑があったからだ。第一、敵軍に輸送遅延、疫病蔓延という不運がなかったら、今頃はブルーローズ州で戦いが繰り広げられていた可能性すらある。馬鹿どもの目を覚ますにはその方が良かったのかもしれないが。

「それよりも父上。朗報と言うには些《いささ》か不謹慎ですが、お知らせすべきことが」

「……なんだ」

「ブルーローズ家の次期当主、グリエル・ブルーローズ・クローブ大佐が戦死していたようです。先の条約締結後に、遺体が届けられました。身元は確認済です」

「行方が分からなくなっていたのは聞いていたが。……次期当主が戦死とはな。ブルーローズ家は不幸が続くな」

グリエルはブルーローズ駐屯地から騎兵を連れて、ベリエ要塞の応援に入ったと聞いていた。あの貴族の手本とも言うべき男が、最後まで要塞を守って戦死などありえない。謹慎中のガンツェル同様に上手く逃げていたと思っていたが、まさか戦死していたとは。流れ弾にでも当たったか。

「私も立ち会いましたが、遺体の状況があまりに酷いものでして。女狐《めぎつね》――ミリアーネの絶望も凄《すさ》まじいものでしたね。……ですが、青の派閥は弱体化するでしょう」

「それはどういうことだ。長男グリエルは軍人、次男のミゲルが議員だろう。裏で手を引くのがミリアーネならば、何も変わるまい」

「青薔薇《あおばら》の杖《つえ》です。継承はやはり行われていなかったのです。葬儀に参列したマリアンヌ王妃が、暴露なされまして。つまり、現在の当主は――」

マルコがニヤリと笑う。議員生活で身に付けたのだろうが、不快極まりない。セルベールが顎で先を促す。

「一体誰になるというのだ」

「ギルモア卿の執念が実ったと言うべきでしょうか。ミツバという名の、前夫人との娘です。後妻ミリアーネにより追放されていたそうですが、王妃殿下の指示により、ブルーローズ名誉姓が戻されました。当主就任が間もなく執り行われるそうです」

「……ミツバ。もしや、ミツバ・クローブか？」

「ええ。しかし、未《いま》だ齢《よわい》十二の小娘です。ミリアーネを頼りにしていた議員たちは、動揺を隠せません。我々正道派が切り崩しを行っております。おかげで上院議会の勢力図は拮抗《きっこう》状態に持ち込めそうですよ」

得意気に語るマルコ。セルベールはその少女の名前に心当たりがあった。忘れようにも忘れられない、あの表情。あまりに異質で、おぞましい雰囲気を持つあの娘だ。だが、まさかブルーローズ家の末娘が、戦場の最前線に立っていたとは。

「……奇縁と言うべきか。私の師団に、一時的にだがその少女が所属していたのだ。今は帰還の途にあるだろうが」

「ははは、それはまた奇妙な巡り合わせですね。実際、どのような人間なのですか？　噂《うわさ》では災厄を招く呪い人形、悪意をばら撒《ま》く毒人形などと、碌《ろく》な風聞を聞きません。全てが真実とは思えませんが、不吉なものが多すぎる」

「そうだな。……一言で言えば、『関わり合いたくない』、だな。彼女は、死の臭いが強すぎる」

セルベールは全てをひっくるめて、そう答えることにした。

「死の臭いとは、また曖昧なことを仰《おっしゃ》います。私に言わせれば、幸運の女神様ですがね」

「…………お前も前線に出れば、私の言っている意味が分かるだろうよ」

「はは、それは、遠慮しておきましょう。直接手を汚すのは苦手なもので。父上にお任せしますよ」

マルコは鼻を鳴らして嘲笑《あざわら》った。分かっているのだろうか。国境沿いだけが前線になるとは限らないのだ。だが、セルベールはもう忠告する気が起きなかった。七杖家当主の身でありながら軍人として戦いに明け暮れ、国の内情を全く顧みなかった己も大して変わらない。元帥の地位まで上り詰めた以上は、戦場で死ぬのが望みだったが、その贅沢な願いはどうやら叶《かな》いそうにはなかった。

◆

策謀を駆使し『女狐』の名をほしいままにしたミリアーネは、王都の別宅で魂が抜けたように茫《ぼう》然自失《ぜんじしつ》の状態となっていた。愛息グリエルの死は、強くミリアーネの精神を叩きのめした。続いて、青薔薇杖継承の暴露の一件。ミリアーネは当主代行の座を取り上げられ、ミツバにはブルーローズの名誉姓が戻された。ミツバが帰還次第、国王の手によってブルーローズ家当主就任の儀が執り行われる。すでに大々的に発表されており、最早《もはや》ミリアーネにどうこうすることはできない。

「……母上。お嘆きは分かりますが、いつまで閉じ籠もっているおつもりですか」

「…………」

「かなりの金がかかりましたが、土地、使用人、農奴、王都別宅等の所有権は押さえてあります。ブルーローズ邸宅は手放しましたが、ミツバの自由になるものはそう多くありません。当然ですが、州知事は我らの指示にしか従いません。今は堪《こら》え、これからのことを考えるべきです」

「……あの呪い人形が、このままで済ませると思うの？　悪魔が本性を現し、私たちに牙を剝《む》き始めたの。殺すしかない。殺される前に殺すしかないのよッ！」

「母上、落ち着いてください」

「嗚呼《ああ》、どうして分からないのミゲル！　さぁ、早く殺す段取りを考えなさい。ブルーローズ全州兵、いえ手ぬるいわ。宮殿の近衛兵《このえへい》や親衛隊を投入して八つ裂きにして殺しなさい！　大砲一〇〇門並べて撃ち込んで、欠片《かけら》も残さずに粉砕しなさい！」

ミリアーネは髪を掻《か》き乱《みだ》しながら、ミゲルに詰め寄る。ミゲルは困惑した様子で、それを引き剝《は》がす。使用人へ合図すると、ミリアーネは強引に押さえ付けられて、薬を飲まされる。——睡眠薬だ。

「母上はお疲れなのです。兄上のことは、私も悲しく思っております」

「ミ、ミゲル」

「——ですが、兄上は軍人でした。もしもの時の覚悟はしていたでしょう。私は、その意思を受け継いでこの国のためにさらに働くつもりです。いずれ、ミツバとは一度話し合ってみたいものです。同じ家に生まれた者同士、分かり合えるかもしれません」

「ば、馬鹿なことはやめなさいッ！　あれに近づいては絶対に駄目よ。必ず呪い殺されるッ！」

「……もちろん、今はその時ではないと承知しております。それでは失礼いたします。また明日参ります」

疲れた表情で退出するミゲル。使用人たちもそれに続いていく。部屋にはミリアーネだけが残された。

混濁し始める意識の中で、ミリアーネはグリエルの死に顔を思い出す。あの毒々しい紫色。どうしたらここまで絶望できるのかという苦悶《くもん》の表情、限界まで伸びきった舌。目、耳、鼻からは夥《おびただ》しい出血の痕跡。掻きむしって傷だらけの喉元。全身の骨は粉々にされていた。

この異様な死に様は、ただの戦死とは思えない。誰かの仕業なのだ。では誰だ。ベリエ要塞には、あの忌々《いまいま》しいミツバが派遣されていた。こちらに近づけないよう、戦場へと追放したはずだったのに、悪魔は軌道を変えてこちらに迫っていた。そして、グリエルはミツバに出遭ってしまったのだ。だから、死んだ。

「ひ、ひいいいいいっ」

ミリアーネの全身に鳥肌が立ち、激しい悪寒が走る。あんな死に様だけは嫌だ。もっと生きたい。もっと豪奢《ごうしゃ》な生活をしたい。もっと権力を掴《つか》みたい。もっと多くの人間を操ってみたい。皆から大いに讃《たた》えられ、後世へとその偉業を伝えられたい。まだまだやりたいことはたくさんある。だから、あんな死に様は嫌だ。

「死ぬのは嫌よ。絶対に嫌よッ!!」

脳裏に、ミツバが提案し、王魔研が採用したという処刑器具が浮かぶ。――『ギロチン』という名の断頭台。あれは間違いなく、ミリアーネのために用意されたものだ。ミツバは緑化教徒相手に試験したとき、恐ろしいまでの恐怖と苦痛を与えたという。何が人道的な処刑器具だ。お前をそこに掛けてやると脅しているに違いない。あのニコレイナスと手を携えてだ。悪魔と異常者の次の生贄《いけにえ》は、ミリアーネなのだ。間違いない。

「こ、殺さなくちゃ。殺される前に殺さなければ!! わ、私はまだ死ねないのよ。絶対に死ねない。私はいずれ、この国の、影の支配者になるのよ!」

誰にも話したことがない、胸に秘めていた野心が口から出てくる。視界がぐるぐると回転する。もう手段は選んでいられない。手駒の州兵だけではとても足りない。そうだ、緑化教徒を使おう。

愚かなカビを扇動して、悪魔にぶつける。両方死ねば万々歳だ。死を恐れない緑化教徒ならば喜んでミツバを殺しに行くだろう。ミリアーネは金だけなら腐るほどある。緑化教会に多額の資金を援助する見返りに、ミツバを始末してもらう。これでいい。全てが完璧だ。その後でマリアンヌにも死んでもらおう。国王ルロイも邪魔だ。兄ヒルードもいらない。ミリアーネと愛するミゲルとでこの国を表裏から仕切ればいい。他の邪魔な奴らは皆死ねばいい。

「…………ふふ、今度こそ死ね。今度こそ死ぬのよ、ミツバあああぁッ!!」

涎を垂らし、『死ね死ね死ね』とうわ言をつぶやきながら、ミリアーネの意識は暗黒に染まっていった。どこかで、誰かの笑い声が聞こえた気がした。

EPISODE

10

舞台への誘い

大輪暦五八六年十一月。私の士官学校二期目ももう終わってしまう。ほとんど学校にはいなかったけど。凄《すご》く寒いからコートは必須、手袋もしないと駄目だ。

私はストラスパール州から、懐かしの王都ベルに戻っていた。で、寮でまったりしようと思っていたら、いきなりベリーズ宮殿行きが決まった。なにがなんだか分からないままドレスを着せられて、当主就任の儀が執り行われてしまった。意味が分からない。ついでに青薔薇《あおばら》の杖《つえ》もプレゼントされた。色は不吉な紫色だったけど、それには誰も触れてこなかった。見て見ないふりをしていたともいえる。

形式上は貴族になったらしいが、生活は特に何も変わらない。当主の仕事などもないし、これをしろという説明もない。誰かに聞こうにも、当主の知り合いなんていないからどうしようもない。というわけで、普通に士官学校の寮でのんびりしている。

「当主になったけど、特にやることがないんですよね。実家で呪いの家の主でもやってた方が良かったでしょうか。いわゆる隠者？」

屋敷は正式に私のものになったので、王妃様の伝手《つて》を使って帰ってみた。一度くらい帰っても罰は当たらない。お家《うち》は、一言でいえば、綺麗《きれい》な廃墟《はいきょ》だった。本当に静かで誰もいないし価値のありそうな物も何もなかった。盗人《ぬすっと》が押し入った形跡もなく、完全に時が止まってた。

でも素敵な雰囲気だったから、私は気に入ってる。放置しておくのももったいないし、住人を募集してもいいかも。今は名実ともに『呪いの家』だから住みたい人なんていないだろうけど。だって、お庭に紫の死体がたくさん転がってたしね。ちゃんと埋めておいたよ。

「ふぁーあ。本当、寂しくなりましたねぇ」

欠伸《あくび》しながら話しかけても返事はない。士官学校は閑古鳥が鳴いている。学生が半分以上いなくなってしまった。騎兵科と魔術科なんて誰もいないし。警備兵に聞いたところ、歩兵科の学生が全滅したと聞いて、雪崩《なだれ》を打つように退学していったらしい。『死』が間近にあると認識したんだろう。騎兵科と魔術科の学生は無期限での実家帰り。情勢が落ち着くまで士官学校には近づかないつもりらしい。偉そうにしてたくせに酷《ひど》い話である。学長は急病により自宅療養中、教官の中にも逃げ出す人が出ているとか。もう色々と無茶苦茶《むちゃくちゃ》である。士官学校とはなんだったんだろう。

「サンドラがいれば、非生産的だと小言が飛んできそうです」

出迎えてくれるかと思ったサンドラはいなかった。荷物はすっかり片付いている。条約締結直後、退学届を出して、さっさと出ていったらしい。卒業まで待っていられないと判断したのかも。卒業できなかった人には徴兵の義務があったはずだけど、誰もそんなこと気にしてないし、咎《とが》める人もいない。だって、王都はそれ以上に凄いことになってるし。デモの毎日、怒号の雨霰《あめあられ》、武力衝突もしょっちゅうだ。市民の怒りは国王、王妃、貴族、上院議会、下院議会の全てに向かっている。

「まぁ、普通は怒りますよね」

ストラスパール講和条約の内容が市民に知れ渡り、怒りに完全に火がついた。

賠償のために新たな課税が発表されたこともある。戦争税が軽く三倍になる計算だ。市民はふざけるなと激怒した。こんな講和は無効だと市民議会も怒り狂った。開戦反対の立場だった彼らだが、こんな条件での講和など到底呑《の》めるわけがない。負担するのは自分たち市民なのだから反対した。開戦賛成の立場だった連中は、全然気にしてない。税金は市民から搾り取ればいいと考えていたからだ。だからお互いの主張が開戦前とは逆転する謎の事態になった。市民議会は戦争継続を主張し、上院、下院議会は戦争終結を喜んだ。政治って難しいね！

でも上院には優越権が認められているから、市民議会の主張は絶対に通らない。だから、声を張り上げて国王に認めさせる運動に励んでいる。勢いは日を追って増しているから、どうなることやら。そのうち宮殿に攻め込んじゃいそう。

なら各議会の代表者で話し合って、最後は代表者による多数決で決めようなんて仲介案が国王から出されたけど、焼け石に水。むしろ凄《すさ》まじい反感を買ってしまった。今更そんなペテンに引っかかる間抜けな市民はいないのである。ちゃんちゃん。

◆

そして、また教室で『自習』という名の退屈な一日が始まるかと思いきや、ガルド教官が現れた。最近は見かけるたびに憂鬱そうだったのに、今日はなんだか吹っ切れた表情だ。

「おはよう諸君。……最後まで残ったのは二十人か。お前らは根性がある。本当に、立派だよ」

いきなり教官が褒めてくれた。でも、最後とはどういうことだろう。

「突然だが、本日をもってローゼリア王立陸軍士官学校は休校となる。悠長に教育している金も時間もなくなった。よって、残っている諸君らには卒業証書が渡される。まぁ、ただの紙切れだが、一応もらっておけ」

「きゅ、休校ですか」

「ああ。もう卒業してなかろうが関係ない。全員士官として軍に送る。陸軍本部の決定だ」

「そんな、いきなりすぎますよ！」

「いきなりだろうがなんだろうが、戦力増強を急がせろとのお達しだ。……先日、七杖家《しちじょうけ》の貴族様が戦死しただろう。それに怖気《おじけ》づいた軍属の貴族様が役目を放棄しはじめている。その尻を拭うのが俺たちの役目ってわけだ」

チラッとガルド教官に目線を送られた。貴族様が逃げ出したのは私のせいじゃないと思う。いややっぱり私のせい？　風が吹けば桶屋《おけや》が儲《もう》かる理論ってやつ？

「というわけで、俺も軍に呼び戻される。先日の敗戦を見て、リリーア王国が動きを活発化させている。ヘザーランド連合もだ。講和を結んだとはいえ、プルメニアにも備えねばならん。戦線を拮《きっ》抗《こう》させておくためにも、即座の戦力増強が不可欠と軍部は判断した。中身はいいから、数だけでも揃《そろ》えろということだ」

「…………」

「追って配属先が伝達される。家族には準備期間中に会っておけ。……それと、ミツバに関しては事情が相当複雑で、俺には分かりかねる。よってこのまま寮で連絡を待つように。使用許可は貰《もら》っておいたぞ」

「はい、分かりました」

私はまだお留守番みたい。そのまま存在を忘れられちゃったりして。最後は食料もなくなって餓死。そうしたら本物の悪霊になって、この士官学校を徘徊《はいかい》するとしよう。むしろ王都を彷徨《さまよ》いまくってやる。

「この先どうなるか分からんが、国のために共に戦っていくことに変わりはない。——皆、卒業おめでとう」

『ありがとうございました、ガルド教官殿！』

「生きてまた会おう」

一応全員起立して敬礼だ。声はでかいけど顔は困惑だらけ。本当にこの先どうなるんだろう。

——部屋に戻って一人で黄昏《たそが》れていると、ノックの音。私、クローネ、サンドラの部屋だけど、今いるのは私だけ。それは残っている皆だって知ってるはず。つまり、私に用事らしい。

だらだらと立ち上がりドアを開けると、ライトン君たちがいた。二十期砲兵科の戦友が勢揃いだ。四人しかいないけど。ライトン、レフトール、セントライト、ポルトガル君。トムソン君は療養中。元気にしているといいね。

「……よう。ちょっとだけ、いいか？」

「皆で集まってお別れ会でもやるんです？　でも私を誘いに来たわけじゃないですよね」

「その、あれだ。別れの挨拶に来た。俺たち、第七師団に配属になるんだ。クローネの下につくことになる」

「そうなんですか？」

「ああ。さっきこっそり教官に聞かされた。どうもクローネが裏で手を回してくれたらしい」

私だけ仲間はずれだった。ずるい。

「俺も輜重隊《しちょう》に入れてもらえるって。なんだか分からないけど、料理できるならどこでもいいしな。念願叶《かな》って幸運だぜ！」

干し肉を咥《くわ》えたポルトガル君だけ嬉《うれ》しそう。

もう皆は先のことが決まってる。私も考えてみたけど、具体的に何をやればいいのかが思いつかなかった。とりあえず、騒ぎに紛れて緑化教徒でも撃ち殺しに行こうとか考えてたりしてたんだけど。ちらほら見かけるから鬱陶しいのだ。

そういえば、この前散歩に出かけたら、緑化教徒たちが苦しそうにのたうち回ってた。麻薬のやりすぎだと思う。致死量まで吸ったのか、顔が凄く紫色だったし。とどめを刺したら喜ばせちゃうので、そのまま死ぬのを傍《そば》でじーっと見守ってあげた。全員更に苦しんだ挙句死んだので、めでたしめでたし。ウジ虫が湧いたり疫病が発生したら迷惑なので、ちゃんとゴミと一緒に埋めておいてあげた。私は優しいのである。ほんとうに？

「私は配属先をまだ教えてもらえてないんですよね。どうなるんでしょうか」

「……お前はもう貴族だし、家に帰れるんじゃないか？　というか当主様なら大人しくしといた方がいいだろ」

「戦場に出たらいつ死ぬか分からないしな。教官も言ってたけど、金があるなら籠もってた方が利口だ」

「……最後だから正直に言うけど、お前の雰囲気が苦手だったぜ。なんでかは分からないけど、怖いんだよ」

「…………」

目を逸《そ》らしながらつぶやくライトン君。セントライト君、レフトール君もそんな感じ。軽口は叩《たた》けるけど、私とはやっぱり目を合わせたくないようだ。ポルトロック君だけはいつも通り干し肉をくちゃくちゃしている。輜重隊入りが決まって気が緩みまくっている。というか干し肉飽きたとか言ってるのになんで食ってるんだろう。

「これからは身分も違うし、もう会うこともないだろう。……色々あったけど、元気でな」

「そちらも元気でやってください。クローネによろしく伝えてくださいね」

「……ああ。ちゃんと伝えるよ」

「さっきから食ってばかりのポルトケーキ君もお元気で」

「先が決まったら腹が減っちゃってな。あー、なんだかんだで俺たちは一緒の砲台を守った仲だろ？　今度会ったら、全員に最高に旨《うま》い飯を作ってやるよ。当主様には料金は弾んでもらうけどな。それと、本当に一番大事なことだからよく聞いておけよ。いいか、俺の名前はポルト――」

「じゃあ、さようなら」

握手とかはなし、笑顔で軽く手を振ってお別れだ。干し肉くちゃくちゃマンを気にせず、さっさとドアを閉める。凄くあっさりしてた。戦友だけど友達じゃないから仕方がない。でもポルトクック君はご馳走《ちそう》してくれるらしいから、一応忘れないでおこう。

それにしても、明日からは私一人になるのだろうか。教室にはポツンと私だけ、教官も職員もいないとか何かの罰ゲームじゃないかな。私はこれからどうしたらいいんだろう。新年を迎えるまでには決めないと。うーん、やっぱり悪霊になっちゃおうか。

◆

——で、次の日の朝。王妃マリアンヌ様からの使いがやってきた。モーゼスとかいう身なりの整ったお爺《じい》さん。特に感情の籠もらない声で『軍人として働くのは保留し、ブルーローズ家当主としての責務を果たしてもらいたい』、『私たちに力を貸してほしい』ことを伝えられた。要点はその二つなのだが、長々とした口上を伝えられて、なんだか眠たくなってきてしまった。軍隊に慣れてると、物事は簡潔に話してほしくなるものである。

「えっと、よく分からないんですけど、結局どうすればいいんです？　私に何をさせたいんですか」

「ルロイ陛下が推薦した上院議員が老衰により亡くなられたため、欠員が一人生じました。国王推薦議員の定数は常に五人と決められております。規則は守られなければなりません。よって、貴方《あなた》には、国王陛下の推薦により、上院議員になっていただきます」

「議員」

「はい」

「しかも上院議員」

「はい。その通りです」

「あの、私はまだ十二歳ですよ」

「存じております。しかし、初陣はお済です。とても立派なことです」

「……私に議員をやらせるのは、かなり無理がありませんか。貴方もそう思いますよね？　そもそも私はぽっと出の見習い貴族ですよ。いきなり杖と屋敷を貰っただけで、当主の仕事なんて何もしてないし。そういう儀礼も常識も分かりません。きっと反発も凄いからやめた方が」

「詳細は私には分かりかねます。しかし陛下が決められたことです。間違いがあるとは思いません」

無茶振りここに極まれりである。陛下が決めたことに絶対に間違いがないのなら、先の戦争の一件を説明してほしい。それも『陛下の決めたことです。間違いはありません』でスルーされそうだけど。

使いのお爺さんの顔をジッと見る。表情が読めないから本心が分からない。慇懃無礼《いんぎんぶれい》とも思わない。ひたすら命令に忠実な執事さんタイプだ。モーゼスとか言ったっけ。間近で目を合わせても、特に嫌悪のような感情はない。うん、この人も変人なんだ。

「……うーん、本当に困りました」

「その他のことは後ほどお伝えします。服装はこちらの軍服を用意しましたのでお使いください。また、階級章、青薔薇の杖、ブルーローズ紋章は常にお持ちください」

返事は聞かれもしなかった。承諾方向で話がずんずん進んでいく。だって王様のお言葉だからね。大輪の神様から権利を授けられた凄い人だよ。逆らうことはまだ許されない。私はもう一つだけ確認しておくことにした。

「議員なのに軍服でいいんですか?」

「軍属の議員の方もおられますので問題ありません。軍人議員とも呼ばれますが。貴方は准尉の階級をお持ちです。国のために戦う意思を持つという表明ですので、その発言には重みがございます。とても立派なことです」

「はぁ。そうなんですか」

「はい、敬意を受けるべき立場です」

軍人議員さんは発言を尊重してくれるそうだ。なら皆軍人になりそうだけど、どうなんだろう。サンドラはそれも狙っていたのかな？　そもそも軍人で議員になるというのが難しそうだけど。上院、下院は市民出身者には絶望的だし。市民議会なら誰でもなれるけど、大して重みがない。

「それでは、後ほどお迎えに参ります。どうぞよろしくお願いします」

「え」

「失礼いたします」

使いのモーゼス爺さんはそう言って、さっさと立ち去ってしまった。

私が上院議員。多分これは夢か幻である。本当だったら世も末だ。よく分からないけど、とりあえず着替えることにしよう。いつものより少し豪華になってるけど、動きやすくていい。この前の当主就任式で着たドレスは最悪だった。動きにくいしコルセットは苦しいし、靴はなんか小さいしで散々だ。『可愛《かわい》らしい』と国王陛下と王妃様はお世辞を言ってくれたけど、私は早く脱ぎたくて仕方なかった。愛想笑いはさぞかし引《ひ》き攣《つ》っていたことだろう。私は貴族よりも軍人に向いているのかもしれない。議員に向いていないのは間違いないと思うが、意外と楽しい可能性もある。それはやってみないと分からない。せっかくのお誘いだからね。

「なんだか分からないけど、混沌《こんとん》としてきました。やっぱり意味が分からない」

ブルーローズ家当主兼、砲兵准尉兼、上院議員の誕生だ。

特に生まれ変わった感はない。自慢できる相手はいないけど、とりあえずふんぞり返っておくことにした。鏡を見る。残念だが、いつも通りだった。

訳が分からないまま、私は上院議員になってしまった。

マイ長銃を担いでなんとなく馬車を待ってたら、通行人から化け物を見るような目で見られた。議場には武器の持ち込みが禁止なので、サーベルも含めて全部没収。ちなみに、サーベルはちゃんと斬れるやつに変わってる。

◆

結局、色々と落ち着くまで、私は士官学校で暮らせとお達しがあった。別宅はミリアーネに押さえられていたらしいし、私を預かってくれる親戚筋などない。そこは感謝すべきなのかもしれないけど、広すぎる士官学校に私一人だけ。もう衛兵すらいない。食堂の人もいない。事務官もいない。

困ったことがあったら、モーゼス爺さんに伝えてくれと言われたけど、あんまりな扱いである。こういうところから使われない公共施設の廃墟化が始まるのだと思う。……というか、すでに呪いの士官学校跡とか噂《うわさ》が広がってそうな気もする。

で、馬車で連れていかれたのは、ベリーズ宮殿から少し離れたところにあるアムルピエタ宮殿である。歴代の国王が住んでいたとかいう、古いけど由緒ある建物。私が観光客ならぜひ写真に撮っておきたいが、まだカメラはないっぽいので諦めよう。私の場合、下手すると心霊写真扱いされそうな気もするし。

「こちらがアムルピエタ議場になります。基本的に、席に指定はございませんので、ミツバ様のお好きなところにお座りください」

「本当に好きなところでいいんですか？」

「…………」

「本当に好きなところに座りますよ」

「……実際には各派閥ごとに席が分かれております。これ以上は、ミツバ様ご自身でお確かめください」

使いのお爺さん――モーゼス爺さんはそう言って立ち去ってしまった。

議場に取り残された私は周囲を見渡す。議場の中央に、立派な演壇が設置されている。正面に議長席と書記席。議員席は演壇を囲むような、三階層の構造になっている。上院、下院はこの議場を交代で使用、市民議会はどこぞの演劇場跡を再利用してるとか言っていた。議席の外周の傍聴席には、新聞社の人間が大勢座っていて、忙《せわ》しなく辺りを窺《うかが》ったりメモを取ったりしてる。彼らがここで得た情報を記事にして、新聞を作り出すのだろう。情報の解釈は自由だけどね！

「で、どこに座ればいいんでしょう。というか、私は派閥に入ってるんですか？　でも寛容派に入れとは言われてないんですよね」

右側には黄、緑、青の派手な薔薇《ばら》型バッジを付けた人たちが座ってる。そして中央に白と黒。左側に赤と桃。カラフルで面白い。私はブルーローズ家当主なので、やっぱり青派閥だろう。というわけで紫色の青薔薇の杖を片手に向かおうとしたのだが。

「申し訳ありませんが、貴方をこちらに入れるわけにはいきません。別の席へどうぞ」

変なおじさんに通せんぼで止められてしまった。この人は黄色のバッジを付けてる。その顔には嘲りが浮かんでいるので、意地悪な変なおじさんである。

「でも、私はブルーローズ家当主ですし。だったら青のところじゃないんですか？」

「ははは、これはご冗談を。我々は貴方をブルーローズ家の当主などと、全く認めてはおりません。陛下が認めようともです。貴方には何の権限も力もない」

「あちゃー」

「一度鏡をご覧なさい。自分に尊き血が流れているように見えますか？　陛下の気まぐれで当主の座に就いただけの、薄汚い子供に過ぎないのです。そんな者をヒルード様の派閥に迎え入れるなど、断じてありえない」

「……そうですか。それは失礼しました」

「ええ、本当に無礼ですよ。それに臭くてたまりません。貴方には向こうがお似合いだ」

紙屑《かみくず》を丸めて投げつけられた。私のおでこに当たる。何かが漲《みなぎ》ってきた。顔は全力で覚えた。ヒルードさんに目を向けると、怯《おび》えた表情で目を全力で逸らされた。アイコンタクト不発。

「ふざけるな！　自分たちの不始末をこちらに押し付けるな」

向こう――白黒の方を見たけど、罵声付きでしっしっと追い払われる。面倒事には関わりたくないという表情だ。どこもかしこも来るなオーラが凄い。

「……我らが迎え入れるのか？　当主としての実権を何も持たない小娘を？」

「王妃様は乗り気だが、気にすることはない。一人加えたところで何の意味もない。いつも通り、聞き流しておけばよかろう」

赤、桃は困惑した様子。あからさまに敵対はしてこないけど歓迎ムードもない。

とはいえ、行くならあの近くが良さそうだ。空席が多いし、派閥バッジが付いてない人もちらほらいる。孤独なボッチ議員の隔離所かも。とりあえずはその席に陣取り、一人で『ミツバ派』を設立することにした。モットーは『来るものは拒まない、裏切りは絶対に許さない』。具体的に何をやるかは私が全部決める。私の派閥だから私利私欲で動いてオッケーなのだ。素晴らしい！

「…………ふぅー」

そんなことを考えながら、大きくため息を吐《つ》く。

さっきはいきなりムカついたが、派閥を設立できたので気持ちが落ち着いてきた。なかなかできない経験ではあるし、ここは楽しく乗り切りたい。私はよしっと気合を入れておく。

それから少しして議員が揃い、上院議会がスタートした。上院の主な構成はヒルード派、正道派、寛容派の三つだ。提出された議題について議長が意見を求め、各派閥が政策について意見を戦わせ、最後に採決が行われる流れっぽい。

今日のワクワクの議題は『賠償金の財源』だ。王妃が後ろ盾の寛容派が、市民への大増税に頑強に反対しているため、採決が延期されていたらしい。特権階級にも負担させようというのが寛容派の主張だがそんなものが通るわけもない。議会は無意味に停滞するというわけだ。他国は待ってくれないけどね！

「いつまでこの茶番を繰り返すんだ。寛容派の連中は馬鹿ばかりで話にならん。今更そんなことで人気を稼げるはずもなかろうに」

「何しろ、自分たちで推し進めた講和条約だからな。それとも、賠償金をどこから出すつもりか考えてもいなかったとでも言うつもりか」

「ありうる。あいつらは馬鹿だからな」

「採決を引き延ばして、ある程度議論を尽くしたという印象が欲しいのだろう。やりすぎると市民の反発が強い」

「だがこのまま収まるとは思えんぞ。ヒルードたちは甘く見ているようだが……」

「我らもそろそろ身の処し方を考えておく必要があるかもしれんぞ」

近くのボッチ議員たちが吐き捨てているのが耳に入る。

数は力だから、どうせヒルード派の政策に決まる。でも、支持を広げたり、自らを売り込むために議員が意見や見解を述べていく。傍聴席にいる記者さんたちがそれを頑張ってメモってる。暇な観客が野次《やじ》を飛ばしたりもしている。実にうるさい。悠長に一人ずつやるならすごい長くて寝ちゃうなと思ってたら、各派閥から選抜された数名だけだった。声がでかくて滑舌が良いとか、立場が偉いとか、そういう条件で選抜されてるみたい。……かと思えばとにかく国王万歳の寛容派議員も見受けられた。応援はしないけど適当に頑張ってほしい。というか飽きてきた。


『ミツバ・ブルーローズ・クローブ議員、前に！　議会初出席の、君の発言を許可する！』

——議長の大きな声。なぜか私が呼ばれてしまった。

そういえば、新人議員は、最初の議会で己の考え、主張を述べなければならない、とかモーゼス爺さんが言ってた気もする。丁重に辞退したかったけど、皆の視線が集まるので仕方がない。とことこ歩き、演壇に立って議員の皆さんに向き直る。どうしようか。ここは、ヒルード派が提出した『賠償金の財源として〝愛国税〟を設け、市民に負担させるべし』という案への反対意見にしよう。面倒くさいから、思いの丈をぶつけて退場してやる。後でサンドラへの土産話《みやげばなし》になりそうだから、全力で馬鹿にしてやろう。

「初めまして皆さん。ブルーローズ家当主に就任しましたミツバです。何の因果か分かりませんが、上院議員になってしまいましたので、ご挨拶させていただきます。短い間とは思いますが、どうぞよろしくお願いします」

しーんと静まり返る議場。拍手も何もなし。呆《あき》れ、侮蔑、嘲笑の表情が私に突き刺さる。とてもいい感じで元気が湧いてくる。ニコリとそれを受け止めて、一人一人素早く見渡していく。どんな人がいるのかな？

「さて、賠償金の財源として愛国税を設けるとかという、どこぞの派閥の意見ですが、私は全力で反対させていただきます」

『市民の愛国精神を侮辱したぞ!!』

『新入りが何様のつもりだ!!』

『小娘が図に乗りおって!!』

『その馬鹿をとっとと下がらせろ!!』

一瞬の間を置いてわーわーと怒号とヤジの嵐。議長が木槌《きづち》を叩くけど収まらない。けしかけているのはヒルード派が多い。続いて正道派か。寛容派と無所属はとくに何も言ってこない。しかし、ヒルード派は本当に野次がうるさいな。でも、一番偉そうなヒルードさんは、青ざめた顔をひたすら下に向けている。彼は一度も私を馬鹿にしていない。なんでかな？　もしかして、怖いのかな？

流石《さすが》に喧《やかま》しいので、なんとかしてくれないかなーと思ってたら、段々と怒号が収まってきた。叫んでばかりだから喉が痛くなったんだろう。話を続ける。

「やっと静かになりましたね。で、なぜ反対かと言いますと、開戦を主張した人間が何の責任も取っていないからです。議事録を徹底的に調べ、開戦決議に賛成した馬鹿どもの財産を全て没収し、賠償金に充てましょう。それでも不足したら、その時は市民の方々に泣いて許しを乞い『失策税』としてお金を恵んでもらいましょう」

『失策税とはなんだ！　我々を侮辱するか!!』

『泣いて許しを乞えとは無礼な！』

『貴様が貴族などと誰も認めんぞ!!』

『何が当主だ、呪い人形め!!　悪魔は地獄に還《かえ》れ!!』

『議長、そいつを議会侮辱罪で逮捕しろ！』

流石に言いすぎである。悪意と罵声を飛ばしてきた連中を素早く見渡す。我慢する必要がどこにあるんだろう。だって、ここは言葉の戦場だよね？

「声だけはでかいくせに、金は一ベルも支払わない。自分は戦地に行かずに安全地帯でぬくぬくと過ごしてばかり。緑化教徒と同じクズだと思います。カビついた貴族なんて一人も必要ありません。恥を知るなら、今すぐに、ここで、のたうち回って死んでください。ブルーローズ家当主のミツバ、謹んでお願い申し上げます」

慇懃無礼に軽く膝を曲げ、頭を下げてやる。言いたいだけ言ってやった。侮辱罪は知らないが、不敬罪はここでは適用されないだろう。別に国王陛下は馬鹿にしてないし。代わりに嵐のような怒号がくるぞーと待ち構えていたら。

「――ううっ。げぇえええええ!!」

ヒルード派の議員がいきなり立ち上がり白目を剝《む》いたかと思うと、ごろごろと転げ落ちていく。最初に私を通せんぼした意地悪おじさんだった。ざわめきと動揺が広がっていく。続いて怒号を挙げまくっていた議員の皆さんも立ち上がると、血反吐《ちへど》を吐いて顔を紫に変えていく。傍聴席で野次を飛ばしていた奴《やつ》も。ぷるぷると震えた後、次々に倒れ伏せていく。恥辱と憤怒のあまり死んでしまったようだ。これがいわゆる憤死である。可哀想《かわいそう》に。もちろんうそだけど。

「あ、あああああ、の、呪いだ。やっぱり呪いだ!!」

「た、助けてくれ!! 私は違うんだ！ こいつらに乗せられただけで！」

「そこをどけ！ 私は関係ない!! 無関係だ！」

ヒルード派の議員の皆さんが泡を吹いて議場から逃げ出した。真っ先に逃げたのがヒルードさんだったのを私はしっかりと目撃している。流石、機を見るに敏だ。ところで、憤死って初めて見たけど、とても迫力があった。憤死するぐらい真面目《まじめ》に議論していると新聞に伝えてもらえば、市民の皆さんも大いに満足するに違いない。記者さんには頑張って真実を報道してもらいたい。

そして転がってる死体は議員十、傍聴席に二十か。大いに満足した私は、自分の席に戻ってリラックスするのであった。ああ、お茶か紅茶か珈琲《コーヒー》が欲しい。

「……なんというか、恐ろしい、いや、本当に、凄まじい。か、体の震えが止まりません」

「何が凄いのかはよく分かりませんが、ありがとうございます」

顔色の悪い、だが目が爛々《らんらん》としている近寄りがたいおじさんたちが集まってきた。さっきまで愚痴ってた無所属の議員の人たち。声色は震えてるのに、逃げようとはしない。

「こ、言葉の力、今まさに、この目で見させていただきました。逃《に》げ失《う》せた連中同様、私も心から怖い。ですが、貴方には恐怖と同じくらいの、惹《ひ》きつける何かを感じます。……もはや日和見《ひよりみ》を決め込んでいる場合ではありますまい。どうか我らをお導きください」

「は？」

「この国家存亡の事態を乗り切るには、貴方の力が必要なのです。私は確信しました」

「え」

狂気を感じる無所属の議員たちの姿に、寛容派と残りの正道派、傍聴席の人たちはひたすらドン引きだ。なんだか知らないけど、勝手に無所属の皆さんが名乗っていく。言葉の力ってこういうもんじゃないと思うけど、誰も咎めてこないのでいいことにしよう。私は武力は使っていないし。うん。言葉は銃よりも強いのである。どこかの偉い人も似たようなことを言ってたし。

◆

一年ももう終わりを迎えるというのに、ニコレイナスは机に向かって猛烈に作業を行っていた。その顔にはいつもの余裕は見受けられない。苛《いら》つきと怒りがこれでもかとにじみ出ている。

理由は、先のプルメニア軍との戦いだ。ライバルと評されているプルメニアのダイアン技師長の新兵器、ダイアン要塞攻略砲の登場である。大砲を超大型にしただけの単純な代物。コストを度外視して作られたそれは、見事な威力を叩き出した。全部品、弾薬は特注品のため量産不能。しかも耐久性が著しく悪いために数発撃てば壊れる使い捨て。ニコレイナスの美意識では受け入れがたいが、模倣を強く求められているのだ。ちなみに、パクることが嫌なのではなく『使い捨て』が極めて受け入れ難いだけである。

「あれに勝てるものを金と時間を掛けずにさっさと作れ？　全員撃ち殺してやりたいですねぇ！」

いつものごとく、お偉い軍人貴族様が好き勝手に言い放って帰っていった。『軍事費に余裕はない。他国の動向が不穏なので時間も待てない。王魔研はプルメニアを上回る兵器を直ちに制作せよ』と死ぬほど勝手な言い分である。こないだまで育毛薬やら勃起不全薬を何よりも優先しろと言っていたのは、自分たちだろうが。

「発車式の輸送車両は、ある程度最高速度を抑制してはどうでしょうか。製造費はかさみますが、車体の耐久性を向上させれば対物障壁の使用量は削減できるかと。……問題は発射機構ですが、この改善は間違いなく時間がかかります。それさえ終われば、超大型砲の問題も解決しますが……」

「そんな時間が残ってますかねぇ。完成すれば素晴らしい輸送効率を叩き出すでしょうけど、現在の技術力に問題がありますよね」

「向こうも苦労しているようです。ストラスパール戦役終盤では、輸送に支障が出ていたようですし。安定性もなく、毎度の使い捨てでは頭が痛いでしょう」

「全く同じものを投入する手もありますが、それだと国が破産しますねぇ。もちろんこっちが先に。あははは！」

改良期間は一年以上は見込まなければならない。部品製造期間も考えると、数年がかりか。費用も凄まじいものになりそうだ。一応提出するが、許可が下りるかは怪しい。実現させる自信はあるが、時間がそれを許してくれそうもない。

「例の新型砲弾については、アレはなんというか。どう手を出せばいいか、見当もつきません」

「でしょうねぇ。ちなみに、いろんな噂が飛び交ってますけど、アレは私の仕業じゃないですからね。彼女にお願いして現物は手に入れましたけど。あんなものどうしろって言うんです？　撃ち出せるんですすか、アレ」

「難しいかと。どうやって制御できているのかも不明です。衝撃を与えるのは危険すぎます」

「でしょうねぇ」

発射と同時に飛び散りそうな気がしてならない。何か極めて嫌な予感がするので試験もしていない。アレを制御できるのはこの世で彼女だけだろう。

「では、このまま見せ札という形ですか。せっかくの新型を秘匿する気かと、また軍部から苦情がきそうですが」

「あはは。新型砲弾の存在を否定はしませんが、私には扱えません。頼まれてもどうしようもありませんよ」

大事に金庫にしまってある危険な紫の贈り物。あれは普通の人間が手を出してはいけない。試しに作ってもらったのがまずかった。あまりにも暇で時間をかけてくれたらしく、とんでもない代物と化してしまった。他の所員には手出し無用と伝えてある。世の中、触れてはいけないものもある。触れた人間が言うのだから、間違いない。でも捨てるのはもったいないので、一応取ってある。反乱でも起きたら投げつけたいが、それもまずい気もする。鬼札ならば、そのうちどこぞの誰かに押し付ければいい。

「では次に、所長考案の火炎放射器について報告します。威力制御と安全性に多少の問題がありますが、使用に耐えうる試作品が完成しました。ご覧になりますか？」

「それはご苦労様でした。でも今は忙しいからまた今度でお願いします。で、安全性に問題とは？」

「重量の問題で、魔光液筒の耐久度を削らざるを得ませんでした。敵の銃撃で筒が破損すると使用者が炎上します。後は転んで後ろにひっくり返ると高確率で自爆します」

「なんだ。それくらいなら問題はありませんよ。それを陸軍のお偉いさんに見せてください。説明書にちゃんと書いておけば、後は使用者責任です。どうせお気に召さないでしょうけどねぇ」

「分かりました」

貴族様が多い陸軍本部では、こういう色物は評価されにくい。大道芸と一笑に付されるのが目に見えるが、仕事をしているというところは見せないといけない。そうしないと予算を減らされてしまう。

ニコレイナスが今取り組んでいるのは、大量の銃身を備え付けた兵器である。これが投入されれば、びっくりするほどの戦果を叩き出すのは間違いない。色物以外の何物でもないが、威力、見た目ともに派手だし、貴族様も大喜び間違いなし。まぁ、数発連射したところで、銃身が熱と衝撃に耐えきれず、壊れたり溶けてしまうけど。耐久性を増そうとすれば製造費が上がり量産できなくなる。何よりまた重量がかさんで文句が出る。あっちを立てればこっちが立たず。あとはどこで妥協するかだが、使い捨ては許せない。

「安くて丈夫で軽量な金属でも落ちてませんかねぇ。それも大量に。ついでに研究予算も」

うーん、とニコレイナスが頭を抱えていると、罵声やら怒声が混ざり合ったものが耳に飛び込んでくる。しばらく我慢したが、すぐに怒りが頂点に達する。こめかみには青筋が強く浮き上がっている。

「あー、本当に忌々《いまいま》しいですねぇ。衛兵は何をしているんです!?」

「今押さえようとしていますが、何せ人数が違うもので。衛兵がやられたら、試作品を全投入して皆殺しにします。すでに武装させた所員を待機させております」

「当たり前です。ただ、後片付けが面倒なのでやりたくないですね！」

「では、先手を打って我々も鎮圧に参加しますか？　試作火炎放射器も使用可能ですが」

「せっかくの新型を今披露するのは避けたいですよねぇ。でもうるさいと研究が捗《はかど》らない！　あー忌々しい！　あああああああああああああっ、本当に苛々する!!」

目をこれでもかと見開いたニコレイナスが、奇声をあげながら金髪を乱暴に掻《か》き乱《みだ》す。

王国魔術研究所の入り口で、市民と衛兵が揉《も》み合っているのだ。誰かの入れ知恵で、市民から搾り取った税金を湯水のごとくここでも消費していると噂が広まったらしい。しかも、先の育毛薬、勃起不全薬の件も暴露された。国のためではなく、貴族の愉《たの》しみのためだけに存在する贅沢《ぜいたく》研究所。今すぐ叩き潰してしまえとビラが配られた。そんなに間違ってはいないが、国のための研究もやっている。仕事は仕事、趣味は趣味でちゃんと両立させてきたとニコレイナスは胸を張る。

「全力で対処しますので落ち着いてください。現在、王魔研の功績をまとめたビラを作成して、配布を開始しております。市民は日々の暮らしに追われて忘れやすいものですから。手間を惜しまず説得すれば、彼らも引き上げてくれるかと思います。代表者と話をする段取りも行っております」

「……そういえば貴方も市民階級でしたか。面倒だけどお願いしますよ」

「承知しております。もうしばらくお待ちください」

流石は副所長、色々と先んじて気を回してくれる。だから常に傍に置いている。ニコレイナスが拾い上げたこの副所長は、有能だが出身のせいで埋もれていた。見事な働きぶりだからすぐに引き上げた。やる気があって、出来る人間はどんどん使う。それがこの研究所の方針である。逆に生まれが良いだけの馬鹿は一日でクビにしてやった。

「しかし面倒ですねぇ。一体誰がこの研究所を目の敵にしているのやら。私たちそんなに悪いことしてましたっけ。特定の貴族さんには恨まれてますけど」

「……共和派の仕業かと。市民を扇動するために、分かりやすい敵をたくさん作り上げているようです。最大の標的は国王陛下と上院議会ですが、それに我々も巻き込まれたのでしょう」

貴族のために働く奴は全員市民の敵と見做《みな》して攻撃。効率的で効果的な戦略だ。考えた奴は性格が相当悪いに違いない。性格の悪いニコレイナスが言うのだから間違いない。

「あー怖い怖い。……はぁ。なんだか疲れたから一服しますか。そこの貴方、すみませんが珈琲を淹《い》れてきてください。あと全員に休息を取らせなさい。私の真似《まね》をして不眠不休なんて馬鹿馬鹿しいですからねぇ」

「はっ、直ちにお持ちします。ですが休息についてはお断りします。私たちの生き甲斐《がい》は研究であります！　体力が尽きたら勝手に寝ますのでご心配には及びません！」

近くで大砲を弄《いじ》っていた、顔色の悪い研究員が目を充血させながら敬礼してきた。研究所でいちいち敬礼してくる意味が分からない。寝不足でネジが緩んでいるらしい。よくもまぁ頭がアレな連中ばかり集まったものである。

「副所長、ご覧の通りですよ。外が静まったら全員に休みを取らせるように。三日間は頭と体を休ませなさい。これは命令ですよ」

「はっ。しかし、皆所長のお力になりたいのだと思います。おそらく、休息と称して勝手に研究所に残ると思いますが」

「一度全員叩き出しなさい。その後のことまでは知りませんよ。……まったく、どいつもこいつも好き勝手に生きてますねぇ」

　持ってこさせた珈琲を口に含む。熱くて苦い。でもこの苦みが頭を覚醒させてくれる。新しい発想は、こういう苦しいときにこそ生まれるものだ。そんなことを考えながら一息吐《つ》いていると、研究室に誰かが笑顔で走り込んできた。噂好きのお調子者研究員。無意味に騒がしい奴だが、仕事はできる。

「所長！　面白い新聞を買ってきましたよ！」

「買ってきた？　どうやって包囲を突破したんです？」

「着替えて旗振りながら、共和派万歳って言いながら突破しました。帰りは揉み合いで混乱してたからむしろ楽でしたね」

　馬鹿なのか利口なのか判断に苦しむが、成果は出したから有能なのだろう。別に新聞を買ってこいなんて一言も言っていないが。

「で、面白い新聞とは一体何ですかねぇ。あ、もしかして陛下と王妃様が心中したとかですか？葬儀には参列するから日程を調べておいてくださいね」

「全然違いますって！　見たら驚きますよ？」

　研究員が大げさに新聞を広げる。これは市民寄りの左派系新聞だ。新聞というのは、それぞれの出身や階級に合わせた論調で記事を書く。ほとんどが貴族や商人の機嫌を取ろうとするが、市民寄りの新聞は容赦がない。度々検閲され取り締まりの対象になっている。一か所潰しても、すぐに生えてくるからどうしようもないが。特にこの左派系新聞はもうイカれてるんじゃないかというぐらいに国王と貴族を叩き、共和派を熱烈に応援する。

「どれどれ」

――ブルーローズ家の新当主にして新上院議員のミツバ・ブルーローズ・クローブ准尉、上院議会で愚かな貴族たちを徹底批判。開戦に賛成した議員を調べ全ての財産を没収すべしと断罪、怒り狂ったヒルード派議員十名を憤死に追いやる。同日、無所属議員を統合してミツバ派を結成へ。主な議員は、ミツバ、ラファエロ、アルストロ、サルトルなど。また、ブルーローズ家の私財を投入し、休校中の士官学校に難民救済所を設置、困窮した市民の救済活動の実施へ。国王はこれを絶賛し、貴族の手本とすべしと表明した。

「？」

意味が全く分からなかったので、ニコレイナスは眼鏡《めがね》を外し目を指で軽く揉んだ後、もう一度ジッと記事を見る。間違いなく、ミツバ・クローブのことだ。あの娘が、どういう流れかは知らないが上院議員になったらしい。

ニコレイナスは研究にひたすら没頭していたから、世間の情報をあまり仕入れていなかった。率先して頭に入れていたのはプルメニア軍の新型兵器、技術の情報だけである。ミツバが当主になったという話も、副所長が教えてくれて知ったぐらいだ。王妃の後押しのみで実権はなかったという話だが。

「なんです、これ。この世知辛い年末に、ちょっとした笑いを提供しようとしてくれてます？　でも過激な左派系新聞とはいえ記事の内容がやけに具体的ですし、まさか本当なんですか？」

「はい、全部事実のようです。貴族が十人も死んで、市民は大喜びですよ。貴族御用達《ごようたし》の王国新聞では、ただの人気取りに過ぎないと批判していました。所詮は『王妃の犬』や『迎合主義』だとか。ただ、憤死した議員たちについては全く触れていないのが面白いですね」

副所長は嘘《うそ》をつけるような性格ではないので、事実らしい。十二歳の子供が軍人で当主で議員とは、まさに世も末である。こんな国は滅んだ方がいいような気がしてきた。気がしただけで実行はしない。面倒くさいし、研究できなくなる。自分がやらなくても誰かがやるだろう。

「まぁ王妃の犬だろうが迎合主義だろうが、市民にとっては今日の食い物が大事ですよねぇ。それと馬鹿貴族の不幸は蜜の味ですし」

「その通りかと。後で士官学校に所員を向かわせ、状況をしっかり確認させてきます。確認次第、私が挨拶に向かいます」

「よろしくお願いしますよ。ついでにミツバに差し入れでもしてあげてください。そうですねぇ、甘いお菓子がいいでしょう。軍生活では食べられなかったでしょうから」

「分かりました。お任せください」

ニコレイナスはなんだか心が躍ってくるのを感じる。戦場に行ったというのは聞いていたから、きっと人を一杯殺していることだろうと予想していた。だが、こういう展開までは予想していなかった。どういう流れでこうなるのか。思惑が絡まりまくったに違いない。なんだか楽しくなってきた。記事の続きを読む。

「それで続きはと。市民議会の山脈派（共和派急進主義）、平原派（共和派中道主義）、大地派（共和派穏健主義）の各派はミツバ派の動向を注視すると表明した。同時に、市民議会こそが国を代表する唯一の議会であると強く主張した、と。動向もなにも、本人もどうしてこうなったか分かってないんじゃないですかね。……もしくはその混沌すらも楽しんでいるかも」

ニコレイナスは溢《あふ》れる笑みを隠せない。珈琲を飲むのも苦労するほどだ。

無所属議員たちがミツバを担ぎ上げたのは、拠《よ》り所《どころ》が欲しかったとかいう思惑もあるだろう。もしくは死を間近で目撃し、恐怖に魅入られたか。

彼女が苦しむ市民のために立ち上がるなんてあるわけがない。なんとなく流れでそうなってしまったに違いない。士官学校を避難所にしたのも、多分年末に寂しいのは嫌だとかそんな理由である。食料を配布したのも、元々人の金だから執着がないだけ。自分が七杖貴族当主という自覚も誇りもないはずだ。あったら、とっくにミリアーネは死んでいる。

「本当におかしいですねぇ！　うーん、たくさん笑ったらなんだか研究意欲が湧いてきました！　私も負けないように頑張らないといけませんよねぇ！　出来立ての試作火炎放射器、徹底的に仕上げましょうか!!」

ニコレイナスが気合を入れると、どこからともなく研究員たちがわらわら湧いてきた。確か休息を命じたはずだったのだが。まぁ、本人たちが過労死したいというなら止める必要もない。どんどんこき使って死なせてやるとしよう。幸せなんて人それぞれである。

EPISODE 11

ミツバ派と難民大隊

なんだか分からないうちに、ミツバ派とかいう謎派閥が勢力を増していた。

派閥の目的は私のやりたいことをやる。モットーは来るもの拒まず、裏切りは死。王党派とか共和派とか知らないし、特に主義主張もない。それはちゃんと声を大にして伝えたけど、それで構わないから入れてくれと。議員としてどうなんだろうね。

ちなみに、上院では五人、下院では十数人が参加してしまった。士官学校は彼らの拠点と化している。迷惑なのでさっさとお家《うち》に帰ってほしい。それもこれも、アルカディナ帰りの英雄ラファエロ軍人議員と、ハルジオ村の馬鹿息子アルストロ議員のせいである。頼んでないのに勝手に旗を振り始めた。こいつらみんな頭がアレだと思う。

「帰国後、私は進むべき道を見失い絶望しておりました。ヒルード派や正道派は自分たちのことしか考えていない。共和派は過激な主張をするだけで、とても人々を幸福に導けるとは思えません。……しかし、寛容派は市民の信頼を得られていない。実に悲しいことです！」

「そうなんですか」

「王妃マリアンヌ様は優しいお方ですが、市民の理解を得るための時間が残っているとは思えません。我がローゼリアは、今、まさに危急存亡の時を迎えております！　そこで！　ミツバ様にはその力を活《い》かして、立憲君主制の素晴らしさを市民に啓蒙《けいもう》していただきたい。私の理想は、歴史ある王家と共に、正しき憲法の下で正しい政治が行われることなのです。ルロイ陛下にはローゼリアの象徴として、人々を導いていただきたいのです！」

「そうなんですか。ぜひ頑張ってください。私も陰ながら応援してます」

でかい声の凄《すご》く長い演説が終わった。私は楽しければ、絶対王政でも共和制でも立憲君主制でもなんでもいい。賑《にぎ》やかなのが好きとはいえ、面倒くさいのは嫌いである。ただでさえ派閥が多いのに、これ以上増やすのはいかがなものかと思う。

でもこのラファエロさんは、知名度があり、色々と顔が利くから意外と有用だ。有能かは知らないけれど。士官学校で暮らせるように取り計らってくれたり、他にも色々やってくれた。それには感謝をしている。

「ふん。陛下の能力には大いに疑問があるがな。なんにせよ、戦うためにはさらなる戦力増強を図らねばなりますまい。それは戦場でも議会でも変わりありませんぞ」

「それはそうなんですけど」

「陛下の能力に疑問を抱くとは不敬な！　仮にも大臣だった身ならば、敬意を持つべきだ！」

「解任しておいて敬意を維持しろとは戯《たわ》けたことを。それと、儂《わし》はお主と議論をする気はさらさらない。時間と労力の無駄だ。話しかけるな」

「議員が話しかけるなとは言語道断！　言葉を戦わせるのが我らの務め！」

そっけないのは元軍務大臣のサルトルさん。五年以上前のドリエンテ戦役で初陣のルロイ国王が惨めに敗走した責任を取らされた人。一見寡黙な初老紳士に見えるけど、思想が超タカ派で喧嘩《けんか》っぱやいので気をつけよう。未《いま》だにルロイ国王を恨んでるし、余所者《よそもの》の王妃様と死ぬほど気が合わないらしい。あとお喋《しゃべ》りのラファエロさんとも仲が悪い。最初からギスギスしてるこの派閥は大丈夫なんでしょうか。

「今は喧嘩している場合じゃないですから、一応仲良くしてください。話が進まないので」

「おお、流石《さすが》はミツバ様です！　夢に向かって共に邁進《まいしん》しましょうぞ！　何事も為《な》せばなります！　強い信念があったからこそ、アルカディナも独立することができたのです！　ローゼリアもこの苦難を乗り越え、素晴らしい国へと昇華することでしょう！　ああ、栄光のローゼリア万歳!!」

「本当に喧《やかま》しい奴《やつ》だ。まだアルストロの方がマシだ」

ラファエロさんは声がでかいのと、人の話を聞かないのが特徴だ。私がミツバ派結成時の挨拶で『本日をもって解散したいと思います』と冗談かつ本音を言ったら、『歩むべき理想を外れたら責任を取るという意気込み、真《まこと》にご立派です！』とかなんとか言われて丸め込まれてしまった。かなり強引なおじさんである。

そういえば、アルカディナへの援軍もこのおじさんが強く主張して決定したとか。軍事費を注ぎ込んで一万人以上の援軍を乗せた艦隊を派遣、物資も大量に援助したらしい。無駄遣いの元凶のような気もするけど、もしかしたら計算の上かもしれない。だって、理想に燃える馬鹿のフリをした野心家にしか見えないし。そういう臭いがする。別に嫌いじゃないので楽しく踊ればいいと思う。

……一番の問題は、次の人間である。

「ああ、このアルストロは果報者です。まさか再びお会いできるとは思っていませんでした。ハルジオ村で助けていただいたことは永遠に忘れることはありません。貴方《あなた》は愚かな私を見捨てず助けてくれた女神なのです。自由の女神よ、私をお導きください。どうか私に永遠の安息をもたらしください」

「うわぁ」

「身分、家柄などに囚《とら》われていた私が、心の底から恥ずかしい。この罪を贖《あがな》うため、来《きた》るべきときには私が先陣を務めさせていただきます。なんなりとご命令を」

「……うわぁ」

完全にアルストロ君の目は逝ってしまっていた。ラファエロ、サルトルの両名も彼と目を合わせようとしないし。そもそも『永遠の安息』って死ぬってことだと思うけど。何があったのかはお付きの人から聞くことができた。へし折られた右足は治らず、生涯杖が欠かせない体になってしまった。更に緑化教徒への恐怖が、精神へと深いダメージを負わせてしまったらしい。そこに縋《すが》りついたのが私の存在だったよというわけ。村の緑化教徒を皆殺しにしたのは私だからね。

そういうわけで、アルストロ君は大輪の神ではなく、私をひたすら拝んでいる。鬱陶しいのでやめろと言ったら、自殺未遂を起こしたほどだ。今もクビに包帯が巻かれているし。ハルジオ伯爵には泣きつかれるし。うん、もう好きに生きればいいと思うよ。

「それはともかくとして。難民用の物資調達はどうなってます？」

「私の方で手を回し、できる限り入手させておりますが。今は買いたくても、食料はどこにもない状態ですな！」

「なら衣服でも酒でもいいので、とにかく物に換えてくださ い。金は惜しまなくていいですから」

「生憎《あいにく》、そちらも品薄ですな！」

「あちゃー」

ここまで金遣いが荒いのには理由がある。本当に唐突にたくさんの紙幣が私に支給されたのだ。それは、土地が担保の『ロゼリア紙幣』。お金がないなら刷ってしまえばいいじゃないということで、国が新札を大量に発行してしまった。私には父ギルモアが国家銀行に預けていた一千万ベルが全てロゼリア紙幣に変身してやってきた。他の貴族様や商人も自動的に換金されちゃったって。

議会は死ぬほど揉《も》めてたけど、当座の賠償金の支払いのために押し通される結果になった。ベル通貨は賠償金支払いに使ったから全然足りないのである。だってこんな紙で賠償してもプルメニアを怒らせるだけだからね。また宣戦布告と取られちゃう。

というわけで、私のもとへバブリーな紙幣ががっぽり来た。土地や屋敷や芸術品とかはミリアーネに押さえられたけど、隠し口座は盲点だったっぽい。ミリアーネは怒り狂ってるだろうけど、とりあえずは何も言ってこない。グリエルさんの死が堪《こた》えているのかも。私の兄にあたる人らしいけど、一度も会ったことがないので何の感慨もない。へー、で終わりである。思い出なんて欠片《かけら》もないから仕方ない。でもかおはみてるよ。

「大分減ったけど、まだ結構残ってますね。使い切れないかもしれません」

「仮にも国の発行した紙幣です。価値が下がっても、紙屑《かみくず》にはならないでしょう。物資が不足しているのも、一時的なものだと考えますが！」

ラファエロさんが楽観論を述べる。冬だから物資がない、春になれば増えるかも。

でも紙幣も更に大量に刷り続けたとしたらどうなるんだろう。やっぱり紙屑になりそう！

「うーん、どうですかね。とにかく強引でもいいので、物資と引き換えるのを優先しましょう。軍からの横流しの弾薬とかでもいいです。とにかく物でお願いします」

「急いだほうがいいというのは儂も同感です。ミツバ様の名を出せば、特定の貴族や士官からは脅し取れるでしょうな。伝手《つて》がありますので、ここは儂にお任せいただきたい」

サルトルさんが腰から年季の入った短銃を抜き、危うげな表情で笑っている。人脈はありそうだけど、多分、向こうは迷惑がってると思う。

「うっかり逮捕されたりしないでくださいよ。牢屋《ろうや》行きはちょっと」

「ただ名前を出すだけですので心配無用。この愛用の銃も自慢するだけですからな」

心配しかないが口に出さない。狂気と凶器を持ってるからね。

「後、私は一応議員なので、ちゃんと紙幣と交換してきてくださいね。大事なところです」

「無論、承知しております」

私はロゼリア紙幣をひらひらさせる。今まで使っていたベル通貨は国の定めた比率で金と交換できた。更に、金と魔光石が埋め込まれている。他国と貿易できるのはこの最低保証があるから。一方のロゼリア紙幣は、国が所有する土地と交換できるんだって。ただの紙切れが魔法のチケットに！これはすごい。でも大量に発行しすぎだってラファエロさんが言ってた。どこにそんな土地があるのかな？交換できた人はちゃんといるのかな？国の土地ってどこからどこまで？これは確実に暴落すると判断した私は、ぱーっと使うことにしたわけで。

「しかし、多数の難民を受け入れた上に、私財を投じて援助までしてしまうとは。今の世の中、名のある聖人でもこのような行いはできませんぞ！」

「ああ、ミツバ様の慈悲を頂けて、我々は幸福です」

「…………」

ラファエロさんが演技ぶった口調で大声を張り上げる。その横で逝っているアルストロ君。変人コンビ。サルトルさんは無言で呆《あき》れてるけど、似たようなものだよ。私が言うんだから間違いない。

ちなみに、難民とは、西ドリエンテ州、ストラスパール州の人たちである。村や家を焼かれてしまい、王都に来れば何とかなると思ってきた人々。なんとかなるわけがないので、餓死寸前にまで追い込まれていた。

『休校中の士官学校を一時収容所にどうですか』と議会で提案してみたら通ってしまった。反対しそうだった連中も見ないふり。その代わりに面倒な管理も押し付けられたけど。これもラファエロさんの根回しのおかげだ。そういえば、ちょっと前に略奪する側に回ってた気もするけど、もう忘れた。都合の悪いことは忘れるのが一番と偉い人も言っていたし。

「まぁ、確かに賑やかになりましたねぇ。難民さんたちは、私の周りには全然寄ってこないですけど」

「いやいや。皆、本当に感謝しておりますぞ。ミツバ様を畏怖しない者はおりません！」

「常人では恐れ多くて近寄ることができないのです。私もこうしているだけで震えが止まりません」

その震えは暴行の後遺症だと思うけど、スルーしておこう。

難民収容所案は、広さを有効活用したほうがいいと思って言ってみたのだが、通って良かった。療養中のパルック学長が聞いたら泣いて喜ぶに違いない。国王陛下からも感謝状が届いたし。『苦しむ民を気遣ってくれたことに心から感謝を』と。そう思うなら宮殿の一つや二つ開放すればいいのに。『感謝状はいいから難民を養う金をくれ』と駄目元でラファエロ君に言伝《ことづて》を頼んだら、次の日にお金がたくさん届いた。新しく刷られたロゼリア紙幣だった。即行で油とか薬とか衣服に換えるように頼んでおいた。とにかく現物だ。ババを最後まで抱えるなんて冗談じゃない。

「困窮したからって緑化教徒になられたら目障りです。あの紙幣がたくさんあっても保管場所に困りますし。銀行は受付停止中でしたから預けられません」

「確かに大混乱でしたな。何の発表もなく交換を強行したので、貴族や商人、富裕層の市民には不満が渦巻いております！」

「私のせいじゃないので知らないです。私はロゼリア紙幣発行案は投票権を放棄しましたので」

後で絶対悲惨なことになると思ったので、私は逃げの一手を打った。

この前、戦争に賛成した連中は死ねとか言っちゃったし。後で責任問題を追及されて、つまらないことに巻き込まれたくなかったのだ。『国の大事から逃げる気か』と傍聴席から野次《やじ》が一杯とんでたけど無視してやった。私はずるいのである。議員さんは憤死したくなかったから黙り込んでた。彼らもずるい。

そうしたら他のミツバ派五人もこっそりと席を立ったのだ。本当にこっそりだから誰にも気付かれず、野次を受けたのは私だけだった。この人たちはもっとずるいと思う。やっぱり、ずるくないと議員にはなれないのである。

「先を見通すとは、流石はミツバ様です。下々の者は、皆ミツバ様の威光にひれ伏すことでしょう。ああ、私は幸せです。他の者にもこの素晴らしさを伝えなければなりません」

「ひれ伏さなくてもいいですけど。……というかそのバッジ、今日も忌まわしく輝いてますね」

杖《つえ》を片手に全身を震わせている信奉者。その胸には呪われてそうな三つ葉型のバッジが紫に光ってる。『三つ葉の印』――通称ミツバッジ。適当な石やら木片やらを削っただけの、アルストロ君と信者のお手製だ。ぜひお力をと言われたので、適当に念じてあげたら、なんかぬめぬめテカりだした。更に呪われそう。

「常に、魂を籠《こ》めて磨いております。ミツバ様の御加護《ごかご》があれば、疫病など恐るるに足りません。重い病が治癒した者も山ほどおります」

「それ、たくさん作っちゃいましたか?」

「女子供の手を借りて、量産しております。この印は、必ず全員に行き渡らせます。ぜひお力をお貸しください。救いを待つ者は大勢おります」

「うん、作っちゃってますね」

ヤバい宗教団体っぽい。その名もミツバ党だ。世のため人のため、絶対に殲滅《せんめつ》した方がいい。でも、別に麻薬をやっているわけではないので、今のところは放置しておく。仲間を勝手に増やしてくれるのは助かる。私がやると怖がられるだけだし。麻薬に溺れてカビ化したら皆殺しだ。

ちなみに、彼が議員でいられるのは、彼のお父さんのハルジオさんがたくさん税を納めたおかげ。本人はこんな感じになってしまったけど、勝手に私の名前を使って信奉者を増やしている。食べ物と私を使ったアメとムチ戦略は効果抜群。安堵《あんど》と恐怖のギャップだ。本当に面白い。面子《メンツ》はアレだけど賑やかなのは重要だ。お祭り目指してどんどん増やしてほしい。

「何はともあれ、同志が増えるというのは歓迎すべきことですぞ!」

「それもこれも物資があったからです。ラファエロさんたちのおかげで素早く買い占められて良かったです。案の定食料品が馬鹿みたいに値上がりしてますしね。あはは、年末なのに大変ですよね」

今は買い占めた商人が、市民に焼き討ちされたり袋叩《ふくろだた》きに遭ったりと地獄のような様相になっている。実に賑やかでよろしい。買い占めの主犯の一人は私だけど、皆のためだから許されるのである。全部配ってるしね。押しかけてきたら全員返り討ちにしてやるだけ。

「やはり、この状況を読んでおられたのですか？　即座に動くよう指示をだしておられましたが」

「ちょっと考えれば誰でも分かりますよ。馬鹿みたいに刷ってるし、紙屑確定です」

「うーむ、やはり事態は混沌《こんとん》としていますな！　この先どうなることやら」

「誰が最後にロゼリア富豪になるか楽しみです。その人がどんな顔をしてるかは見ものですね。一人じゃなく、大多数っぽいのが可哀想《かわいそう》ですけど」

「は、ははは。確かに、そうですな！」

「…………」

私が愉快そうに笑うと、ラファエロさんが一瞬目を逸《そ》らした。サルトルさんが敵意を込めて睨《にら》んでる。やっぱり今までのは演技かな？　どれが本心なのかが分かりにくいけど、声がでかいだけの驚嘆おじさんではないみたい。ブルーローズ家当主の私を利用して何かしでかそうと考えているのか。ま、今はどうでもいいけど。

「アルストロさんはバッジだけじゃなく、物資もどんどん配って困ってる人を助けるように。ここは広いですからね。見落としがないようにお願いします」

「ああ、ミツバ様。承知いたしました、全て私にお任せください。見落としがないよう、目を光らせ、不眠不休で働きます！」

「いえ、休んでいいですよ。アルストロさんが倒れると大変なんで」

「…………なんとお優しい」

感極まって沈黙してしまったアルストロさんは放置しておく。

まぁそんな感じで、私は大量のロゼリア紙幣を湯水のごとく使って食料品を買い漁《かあさ》った。思わぬ敵の参戦で商人も焦ったのか、次々に買い占めを行い、いまではパンは全く手に入らない状況。その商人たちの名前を、ミツバ派議員たちを使ってこっそり裏に流しているのは実は私であった。

私は買い占めた物資を苦しむ人々に提供している。流石に全員には無理だから、死にそうな人や子供を中心に。それでもちゃんと感謝してもらえる。じゃあ悪徳商人の皆さんはどうかというと、そんなことするわけがない。恨みの対象は確定するというわけだ。やったね。物価高騰の責任は私にもあるけど、買い占めなくても物価は高騰していたし仕方ないよね。


で、何が狙いでこんな手間のかかることをやっているかというと、お祭りを楽しむための仲間集めが一つ目。もう一つは、緑化教徒の撲滅である。

「緑化教徒をこのようなやり方で減らしていくとは。このラファエロ、心から驚嘆いたしましたぞ！奴ら、棄教どころか、自ら改宗を表明する者まで出る始末。いやはや、恐れ入りました！」

驚嘆おじさんがわざとらしく叫んでいる。

やり方というのは、緑化教徒でないという踏み絵を、食料配布時に行わせたのだ。緑化教会は免罪符で信仰者を増やす。だから、免罪符を否定し、緑化教会を冒瀆《ぼうとく》する文章を読み上げさせ、それと引き換えにパンを支給してあげた。餓死は苦しいからね。でももうカビには戻れない。毎日あげるわけじゃない。ちゃんとそこは配布前に説明している。

それでも彼らは、一日分の食料のために、楽園行きの切符を投げ捨てたのである。大変愉快である。元緑化教徒はこれから後悔の日々を送るだろう。カビは苦しんでから死ね。なんでこんなに嫌いなんだっけ。うーん、生理的に嫌ってやつだね。

「緑化教会の司祭さんには凄い勢いで恨まれてそうです。でも、自爆するカビはやってこないですね」

「当然です。ミツバ様の威光に恐れをなしているに違いありません」

「そうですかね」

「はい、間違いありません」

断言するアルストロ君の意見は何の参考にもならない。仮に忠誠度一〇〇でも知力が怪しすぎる。たまに爆発音が聞こえてくるから、破壊活動はしてるっぽいけど。相変わらずの免罪符目当ての自爆である。私に迷惑を掛けてなくても、存在が許し難い。全員撲滅しなくちゃ。この件に関しての私たちの意見は常に全員一致で動かない。

「ここに残る難民さんは、意外と多くなかったですね。二千人くらいですか？　もっと居残ると思ってました。帰る家もないんでしょうし」

「押しかけられて破綻することを危惧しておりましたが、彼らが新しい職を見つけるまでは養うこともできそうですぞ。ちなみに、彼らはそれぞれの教室に寝泊まりし、特に問題を起こすこともありません。全員、ミツバ様に深い感謝の言葉を述べております。ラファエロ、心底驚嘆しております。この評判は、王宮にまで届いていること間違いありません！」

驚嘆おじさんのこういう持ち上げは参考にならない。よって彼の感想は無視して、事実だけを聞いていくことにしよう。

「ここだけの話ですが、万単位で押しかけられて、居座られたらどうしようかと思ってました。寝床を取られずに済んでホッとしています」

「ははは！　実は私も心配しておりました。調べてみたところ、食料を得た者たちは、遠くの親戚を頼りに向かったり、自ら農奴になりに行ったり、徴兵に応じたりと色々ですな。汚い商売に身を落とす者も多いようで」

「そうですか。本当に大変ですね」

「まったくです。いやはや、戦争というのは不幸を撒《ま》き散らしますな。変えていかなければなりませんぞ！」

難民受け入れは私も一緒に審査している。いないとは思うが、カビのまま紛れ込んでこられては困るから。で、審査中に難民は私に非常に強い恐れを抱くみたいで、本当に呪い人形を見たような表情で縮こまるか、子供だと泣き出す始末だ。パンをあげたのに酷《ひど》い話である。

暴食を貪る者は呪われて体が腐り落ちるとか、転売を企《たくら》んだ者が本当に腐り落ちて死んだ、とか新聞に載ったせい。だから大抵の人は一回しか来ない。まともな証拠だね。

で、それでもここに残ってしまうのはアルストロ君みたいな、私に何かを見出《みいだ》してしまった奇人変人ばかり。老若男女合わせて二千人。左派系新聞からは『難民大隊』などと意味の分からない名前まで付けられてしまった。褒められているのか、貶《けな》されているのかは難しいところ。

そういえば倉庫に訓練用の長銃とかお古の大砲があったかも。後でサルトルさんに確認してもらおう。

「なんだか暗くなっちゃいましたね。年越しのときは、たくさんお粥《かゆ》を用意して皆で食事会をしましょうか。萎《しな》びた野菜もつけましょう。来年が楽しい年であるようにって祈りながら」

年越しそばならぬ、年越し粥《がゆ》。これくらいなら大量に用意できる。適当な野菜でも入れればそれっぽくなるでしょ。

「それは大賛成です！　私はそういう催し事が大好きでして。家から酒も持ってこさせましょう。なに、遠慮は無用ですぞ！」

「……このような情勢で馬鹿騒ぎしている場合か」

「おお、おお……。ミツバ様と共に年越しの宴《うたげ》を……。もう私は思い残すことはありません。どうぞ残りの左足もお持ちください」

「いえ、それは本当にいらないですね」

歓喜のラファエロと、しかめっ面のサルトル、号泣のアルストロ。他の議員も一癖も二癖もある連中なのである。まともな派閥に入れないのは頭がアレだからだったのだ。となると、ミツバ派は隔離所ということになってしまう。これはまずい。私以外の常識人はどこにいるんだろう。真面目《まじめ》なサンドラに来てもらって助けてもらいたい。今はどこで何をしているんだろう。私は久しぶりに会いたいなぁと思うのであった。

◆

新年あけましておめでとうございます。なんて、呑気《のんき》にお祝いしていられるような人間は世間では少数派だった。王都は相変わらずだけど、貴族への敵愾心《てきがいしん》が限界突破した感がある。

なんでかというと、貴族の縁者たちがカサブランカ、ヘザーランドを始めとした諸外国に亡命しているとすっぱ抜かれたから。挙句はリリーア、プルメニアにまで逃げる輩《やから》も出る始末。カサブランカ大公国は同盟国ということで一番人気。その次は小国が集まるヘザーランド連合国、ほかも選《よ》り取り見取り。どこでも金さえあればそれなりに厚遇してくれるらしい。本当かは知らないけど、新聞にはそう書いてある。リリーア、プルメニアに行くのは縁故がある連中だけみたい。一族を先に送って伝手を作り、ローゼリアが崩壊したときの逃げ道確保。それまではひたすら搾取し続けちゃう。流石貴族さんは先見の明があるね。でも市民の皆さんはそろそろ許してくれないと思うよ！

「ミツバ様！　今日も議場に行かれないのですか？　皆、貴方の動向に注目しております！　今こそ我らミツバ派の主張を広める、最大の好機ですぞ！」

「前も言いましたが、特に広めたいことなんてないですし。第一、何をするにも数が足りませんよ。今はね」

「……今は？　それは、一体どういう意味ですかな？」

ラファエロさんが疑念の視線を向けてくる。まだまだ足りない。もっと集めないと。

「特に意味はないですよ。まぁ行きたいならどうぞ。私はここで留守番をしていますから。サルトルさんたちも色々と忙しいみたいですし。ですから好きなようにしてください。あれならラファエロ派を作ってもいいですよ」

私が言いきると、ラファエロさんの顔が引《ひ》き攣《つ》る。

時間と労力の無駄というのもあるけど、馬鹿馬鹿しい議論に付き合っていると眠くなる。議長は触らぬ神に祟《たた》りなしとばかりに、私を無視するし。正解だけど。

ロゼリア紙幣大量発行による金融政策はさっぱり上手《うま》くいってないので、市民の矛先はまたもや貴族議員様に向かっている。彼らが今一人で街を出歩いたら、死ぬまでリンチ間違いなしである。その不穏な治安状態も亡命貴族が増えている一因だけどね。

「何を言われるのですか！　王妃様も我々に期待しているのですよ。市民からの信頼を我々は勝ち得ております。寛容派もそれは認めております。合力すれば、やがては主導権を握ることもできましょう！」

「上院が選挙で選ばれるなら可能性はあるでしょうけど。今の仕組みじゃ絶対に無理ですよ」

「ヒルード派はともかく、正道派とは協力できる可能性もありますぞ！　ぜひ、ミツバ様も働きかけを！」

上院は一定以上の税金を納めている貴族、派閥の推薦、国王推薦がないとなれない。そして国王が推薦できる議員は五人まで。サルトルさんも大臣職は解任されたけど、推薦された議員の一人。ルロイ陛下も解任した罪悪感があったのかも。これで勘弁してね的な。本人は全然許してないけど。というわけで、正攻法で主導権を握るなんて、今は無理なんだよ。憤死した議員枠もすぐに代わりが入るしね。

「考えておきます。ここを貸してくれている恩と、当主にしてくれた恩はありますから。でもそれはそれ、これはこれです。いつか何らかの形で恩返しできるといいですね」

王妃のメッセンジャーのラファエロさん。曰《いわ》く、寛容派と合流して国のために尽くしてほしいそうだ。当然お断りである。私に何の得もないし。そもそも最初の段階で話をつけておくべきことだろうに。切り崩しだけが目的だったんだろうけど、無所属が集まったからさらに利用する気になったかな。

「……分かりました。ひとまず、私は議会に出席しますぞ。ミツバ様のお越しを私は首を長くしてお待ちしております！」

ラファエロさんが少し怒って出ていってしまった。今日も上院議会でくだらない話し合いをするらしい。懲りもせず、どこから搾り取るかを考えるそうだけど、一番金を持ってる連中が何を言っているのか。自分たちを締め上げた方が早いけど、絶対にやらないだろう。

「うーん。複雑に考えることもないような」

ミツバッジをピーンと弾《はじ》いて手のひらに載せる。裏まで丁寧に紫に塗られていた。アルストロ君お手製の呪いの一品。気色悪いとか言うと自殺しかねないので褒めておいた。良い感じに方向性が見えてきた気がする。

適当に考えがまとまったところで、今日は何をしよう。二千人以上も難民の皆さんがいるのに、生産的なことが何も行われていないのは問題である。今は、絵心のあったアルストロ君が勝手に描いた私の絵を教室で拝んでいるらしい。というか、いつかどこかで見たことのある絵だった。三つ葉旗を持った超美化された私が、武装した信奉者を率いてる構図。憲兵に見つかったら絶対にヤバい代物。決起した邪教徒の集団にしか見えないのでやめてほしい。彼らの精神の安堵のためとはいえ、やりすぎは良くない。何か皆でできる楽しいことがないだろうか。そこそこ頼れるサルトルさんは、今は別件で死ぬほど忙しい。なにか新しい話をすると、色々押し付けられるのである。

「そうだ。良いことを考えました」

ここは腐っても士官学校である。適当に銃や大砲の訓練でも施して、自警団にでもしてみよう。そのうち正式に王都警備局に採用されちゃうかもしれない。難民収容所から、公務員養成学校に早変わりである。それなりに動けそうな人もいたし、多分いけるはず。

というわけで、お祈り中のアルストロ君のもとにやってきた。今は一人でのお祈りタイムだったらしい。なんだか恍惚《こうこつ》としているし、私を見た瞬間、とろけそうな顔をしていた。ヤバい薬でもやってるのかと思ったが、これでやっていないのである。脳内麻薬って恐ろしい。

「アルストロさん。ちょっとお願いしたいことが――」

「ああ、ミツバ様。まさかこのような場所にいらしてくださるとは！」

食い気味のアルストロ君。典型的な馬鹿貴族だった彼がこうなるんだから、死の恐怖って凄い。私のせいじゃなく、全部緑化教徒のせいだけど。私は彼をたまたま助けてあげただけだし。うん、わたしのせいじゃないよ。

「突然ですが、難民の皆さんに訓練を行うことにしました。悲しいことに、最近の王都は治安が乱れまくっています。いつ緑化教徒たちがここに突っ込んでくるか分かりません。ですので、士官学校の倉庫にある長銃と大砲を使って訓練を行います。私が皆に教えますので、動ける人を集めて校庭に集合してください」

「ミツバさま直々の教え。ああ、確かにこのアルストロが承りました。皆、喜んでその命をミツバ様に捧《ささ》げることでしょう。……いよいよ、決起の日が近いのですね！」

さりげなくヤバイことを言っているアルストロ君。声が大きすぎるので、口に指を当てておく。

「あまり緑化教徒じみたことは言わないように。自爆と麻薬は許しませんよ。意味もなく命を捧げられても全然うれしくありません。あと、そういうことは声を小さくしてください」

「も、申し訳ございません！　ど、どうか愚かな私をお許しを……」

「許すから早く呼びに行ってください。サルトルさんがいないから、今はアルストロさんが頼りですよ」

「こんな私を頼りにしていただけるとは……。ああ、もう思い残すことは」

「いいからさっさと動いてください。さぁさぁ！」

手拍子してアルストロ君を急かす。杖をついているからといって甘やかしはしない。動くのが億《おっ》劫《くう》だからと甘やかすと、そのうち足腰が弱って歩けなくなってしまう。そういうことにして強引に人を動かす。この身勝手さこそ人間である。

◆

「ミツバ様、皆、集め終わりました。一人も欠けることなく揃《そろ》っております。一人で立てない者は寝転がしてありますが、どうかお許しください。不敬な心があるわけではないのです。私同様、最後まで戦い抜く覚悟です」

「いや、全員じゃなくてよかったんですけど。不敬とかもどうでもいいですから。明らかに無理そうな人もいるので、銃を渡さないでください。片腕でどうやって銃を撃つんですか」

気合で弾込め、撃つまではできるだろうけど、狙いもつけられず、明らかに効率が悪い。だったら他の作業をしてもらった方がいい。

「全く問題ありません。彼は死ぬまで戦うと言っております！」

「問題しかないから言ってるんです。とりあえず、私が仕分けますから手伝ってください。ついでに銃の撃ち方も教えますよ」

「承知しました！」

皆が校庭に集まっている。大勢が整列している光景は壮観だが、中々ひどい面子だ。お爺《じい》さんお婆《ばあ》さんから、腕や足がない戦傷者、見るからに銃を持てない幼児までいるし。これは流石に不味《まず》いだろうということで、全員弾薬運びなどの雑用係にしてあげた。子供でもどうせ死ぬときは死ぬし、大人しく隠れていろと言うつもりはない。

彼ら難民にとって、この士官学校はお金と食料がたくさん詰まった大事なお家。でも守る力がないと、ただの餌場にすぎない。緑化教徒や暴徒の群れがいつ押しかけてきてもおかしくない。私のように、自分の身は自分で守る術《すべ》を身に付けないといけない。というわけで訓練だ。

「ではさっき教えた通りに、長銃を撃ってみましょう。ここにいる人たちは、ちょっと前に捕まえておいた緑化教徒です。なんでも、死ねば楽園に行けるそうなので、皆さんはそのお手伝いをしてあげましょう。死後の楽園なんてありませんが、助け合いの心は大事ですからね」

「――――ッ!!」

私は笑顔で、踏み絵を拒んだ頑固な緑化教徒の頭を死なないように長銃でぶん殴る。耳元で『潜入任務に失敗して犬死にするあなたに免罪符は与えられません。どこにも楽園なんてないですけど、まぁ、いずれにせよあなたに資格はないということです。本当、残念でしたね』と上機嫌でつぶやいてあげる。

『ツッ!! ッッ!!』

「私が悪魔とか呪い人形とか呼ばれているのは知ってますよね？」

『――ッ!!』

「私の仲間に殺される貴方たちが行くのは、確実に地獄です。意識を失うこともできず、地獄で未来永劫苦《みらいえいごうく》しみ続けるんです。おめでとうございます」

目を充血させて首を左右に振っているが、もうどうすることもできない。

こいつらは難民のふりをして潜入しようとしていたのを、私が見つけたのだ。臭いで分かるし。速攻で拘束して踏み絵させてみたが、改宗するつもりは毛頭ないということだったので死刑確定。本当は言葉の拷問の後に餓死させようと思ってたけど、使い道があってよかった。うるさく騒ぐから、猿轡《さるぐつわ》を噛《か》ませてある。両手両足はへし折ってあるから、逃げられない。でもせっかくなので棒に括《くく》り付けてある。なんとなく処刑っぽいからという理由だ。そういうのは大事にしていきたい。

「この銃は使い方を覚えれば誰でも撃てます。狙いなんて適当でいいですよ。とにかく前方に向かって撃ちましょう。皆で並んで撃てばどれかが当たります。狙いよりも弾込めの速度を上げましょう。はい、じゃあ準備できたらどんどん撃ってください。弾は今回は全部本物です」

今回は斉射とかはしない。練度が低すぎる場合は、待っている時間がもったいないからどんどん撃つべきだと思う。というわけで射撃講習開始。当然そう簡単には当たらない。

緑化教徒の皆さんはそれはそれは恐ろしい時間を味わっているはずだ。体の震えから恐怖が伝わってくる。それとも楽園に行ける喜びで震えているのかな？ まぁどっちでもいいや。と、派手な血しぶきが上がった。数を揃えれば結構当たるものである。

「大砲係の皆さんは、釘《くぎ》散弾の撃ち方を勉強しましょう。砲弾は高くて重いし持ち運びが大変です。威力はありますが、たくさん敵が近づいてきたら困っちゃいます。そこで、この釘を詰め込んだ袋を使います。これを撃ち出すと、散弾みたいに釘が飛んでいくんです。ここにいた教官に教えてもらったので、本当ですよ」

実際にやったことはないので、ワクワクする。

操作に戸惑っている人たちに交ざり、私が発射用意する。また銃弾で血しぶきが上がった。元気な残りはあと一体。最後はこいつで一気に決めてしまおう。

「準備はいいですか？　釘散弾、発射ッ！」

炸裂《さくれつ》する釘が、括り付けられた緑化教徒たちに突き刺さっていく。派手な藁《わら》人形、あるいはハリセンボンみたい。これを大群に向かってやったら壮観だろう。私が結果に満足して拍手すると、難民の皆も拍手。良くできたら褒めてあげるというのは大事なことである。これで、緑化教徒が襲いかかってきても、ただで死ぬことはない。私の家を守るために、ちゃんと戦ってくれる。皆で戦った方が楽しいし、賑やかだね。


「本当に素晴らしいです。皆、やりましたね」

『ありがとうございます、ミツバ様！』

「あ、このカビは骨まで完全に燃やしてくださいね。ちゃんと粉々にして埋めてくださいね。私たちの迷惑を気にせず、好き勝手に自爆してますし、気にすることはありませんせん」

笑顔で称賛していると、始末を終えた皆がのそのそと囲んでくる。アルストロ君が一番前だ。うーん、立派な方陣が完成したけど、全然喜ばしくない。

「……ミツバ様、どうか我らをお導きください」

『私たちをお導きください』

「うわぁ」

不吉な紫ミツバッジを付けた全員が一斉に拝んできた。ちょっと怖い光景だ。この人たち危ない目してるし。バッジに洗脳効果なんてなかったと思うけど。アルストロ君みたいにはならないでほしいのだが、もう手遅れっぽい。何もかも失った人たちが最後に縋るのは宗教なのかな。知らないけど。

気をつけたいのは、別に私が人気者になったというわけではなく、恐怖が畏怖へとすり替わっただけ。私は彼らから人として見られていない。つまり偶像崇拝の対象ってことだよ。私への恐怖、嫌悪を捨てきれなかった人は、食料を受け取ってとっくに出ていっている。ここに残ったのは、いわゆるそういう人たちだ。

「導くって言われても。何を助けてほしいんですか？」

『私たちに慈悲を与え、飢えの苦しみから救ってくださったのは、ミツバ様でした』

『病を癒やしてくれたのもミツバ様でした』

『この子が、また元気に走れるようになったのもミツバ様のおかげです』

『どうか、このまま我らとともに』

『永遠の安息をお与えください』

また永遠の安息か。人を神か仏と勘違いしている。病気を癒やすなんて奇跡を起こせるわけがないので、勘違いが大半だ。いわゆるプラセボ効果。ここで麻薬を配って、自爆すれば楽園に行けるよなどと言えば、私もカビの仲間入り。でもそんなことは言わない。だって楽園なんて存在しないから。私が知ってるのは、死んだ後には真っ暗な空間があったということだけ。意識を持ったままあんなとこにいたら、おかしくなっちゃうよね。

「分かりました。じゃあ、もっと色々考えてみますから、皆は適当に訓練したら休んでください。よく食べて、動いて、寝る。体力を付けないといざというときに動けませんからね」

「承知いたしました、ミツバ様」

「アルストロさんも無理しないように」

「しょ、しょ、承知いたしました。あ、ああ、ああ――」

そう告げると、感極まって涙が止まらないアルストロ君。

私はそれを放置して、学長室でのんびりしに行くのであった。今回の休暇は相当長くなるはず。訓練する時間はまだまだありそうだ。その時が来るまでに、できる限り鍛えておこう。私を都合の良い偶像扱いするんだから、逆にそういう扱いをされても文句は言わないよね？　彼らも救われ、私も楽しい。まさにウィンウィンってやつだね。……本当にそうなのかなぁ。

◆

「それで？　議員活動はもう飽きたのか。派閥の活動はどうしたんだ」

「議員には無理やり任命されたようなものです。だから、そんなに怒らないでください。派閥も形だけ集まっただけで特に方針はないです。ラファエロさんは一人で張り切ってますけど」

「…………」

今は二月。コートに身を包んだサンドラが、鼻息荒く士官学校に乗り込んできた。新年のあいさつをしなかったから怒っているのかと尋ねたら、その前に戦争帰還の報告がなかったと怒られた。どこにいるのか知らなかったのだから仕方がない。

ごめんなさいと謝ったら、今度は議員になったことを怒られた。『前線に出て辛酸を嘗《な》め、この王都の惨状を見たというのに、王妃の犬になるとは心底見損なった』と。で、落ち着くのを待って事情を一から百まで話したら納得してくれた。人の話を聞かない人に納得してもらいたければ、まずは存分に話してもらい、それからこちらというのがベストである。

「ミツバ派は、今は、活動休止状態ですよ。それに、もうすぐサンドラたちが動き出すんですよね？」

「……お前はどこまで摑《つか》んでいる。情報源はラファエロか？　サルトルか？」

「ただの勘です。もう市民議会は開かれてないみたいですし、そろそろやるのかなって」

私の言葉に、サンドラは肯定も否定もしない。まず間違いないとみていいだろう。間もなく共和派の人たちが決起するはずだ。サンドラはその後で議員になるのかも。どの派閥に属してるのかは知らないけど、立派にやり遂げるに違いない。私はそれをここでのんびり応援していよう。

「まぁいい。今日はただ詰問に来ただけじゃない。お前の無事を祝おうとも思っていた。まさか、本当にここで寝泊まりしているとは夢にも思わなかったが」

ようやくサンドラがソファーに腰かけてくれた。

窓の外からアルストロ君がじーっと見張っているのが鬱陶しい。しっしっとやっても離れようとしない。サンドラが害を為さないか見張ってくれているらしいが、邪魔である。暗くなるけど、カーテンを閉めてしまうことにした。それでもいるだろうけど、害はないので放っておこう。頭はアレだけど、緑化教会には恨みがあるだろうし、やる気だけはあるから、そのうち活躍してくれそう。

「ここは私のお気に入りの場所です。一番長く暮らした家ですし。面白いことも楽しいことも一杯経験できました。その思い出に浸っていたら結構幸せでしたよ。やる気も満ちてきましたね」

「何を言っている。過去よりも未来を見ろ。惰眠を貪っている情勢ではないだろう」

「相変わらず厳しいですね。一応、考えてはいるんですけど。成り行きとはいえ、頼りにされちゃってるので」

「分かっているならいい。少し話をしたが、ここにいる難民たちがお前を頼りにしているのは間違いない。私財を投じるだけでなく、国王や貴族から物資を搾り取るとはなかなかやる。それを市民に無償で配布しているのも素晴らしい」

サンドラが愉快そうに笑う。素直に褒めてくれるのは珍しい。

「私はお前を使える人間だと思っている。まさか貴族になっているとは思わなかったが」

「それもただの成り行きです。何の実権もないって知ってるでしょう」

「確かにな。王妃も詰めが甘い。お前を駒として取り込むなら、先に手を打つべきだったろうに。だから、現実を見ない理想主義者と笑われるんだ」

「相変わらず厳しいですね」

「事実を言ったまでだ。しかもお前の勢力拡大を見て寛容派に取り込もうなどとは、呆れるしかない。まさか、加わるなどとは言わんだろう？」

「はい、一緒にはならないですね」

寛容派に入りますと言っても、全員ミツバッジを付けたままに違いない。

「当たり前の話だ。……と、話がずれたな。祖国のために戦った知己に対して、何も用意しないというのはどうかと思い、一応これを取っておいたんだ。受け取れ」

サンドラが手持ちの鞄《かばん》から小さな瓶を取り出した。中には黄金の液体が詰まっている。

「それは、なんです？」

「蜂蜜酒だ。値段は聞くな。当然、私が真っ当に働いて得たものだ。貴族と違い不当に奪ったりはしていない。神に誓ってもいいぞ」

「……いや疑ってないですけど。あのサンドラが。私に贈り物ですか。うわぁ」

「なんだその顔は。だが、お前に任せると一口で飲みきりそうだからな。当然私もいただくぞ」

「その理屈はどうなんです？」

「飲み方を調整するということだ」

小さなグラスを取り出し、勝手に注いでいく。余韻もなにもあったもんじゃない。慌てて乾杯して、ぐいっと飲む。甘いが、結構癖が強い。度数も高い。大量に飲むものじゃないのは分かる。

「これは、甘すぎるな。飲みすぎると悪酔いする類《たぐい》のものだ」

「でも、美味《おい》しいですね」

「不老長寿の秘薬などとかつてはもて囃《はや》された飲み物だよ。今はそんな与太《よた》話を信じる人間はいないがな」

「じゃあなんで買ったんです？」

「さぁな。知らん」

「私に無事に帰ってきてほしいという思いが高じたとか！」

「ただ、気が向いただけだ」

一言で両断されてしまった。久々の再会だというのに相変わらずだった。

「しかし、議員や当主になったのにお前は本当に変わらないな。……クローネの愚か者も大出世したと聞いたが」

「はい。今は大尉さんですね。前線で頑張ってましたよ」

「たくさんの人間を殺したんだろう。お前も、人を殺したか？」

「ええ、色々ありました。殺されたくないので、殺しました。一杯死んでましたよ」

「国を守るために戦ったのだから、気にすることはない。それと、上院議会で悪徳貴族どもを憤死させた件も知っている。どうやったのかは知らんが、実に痛快だったな」

「ありがとうございます。サンドラは人を殺したことはあるんですか？」

「……ある。すでにこの手は汚れている。これから更に手を汚すつもりだ。その覚悟はできている」

サンドラがグラスを持った自分の手を見つめている。

「じゃあ、私も何か手伝いましょうか？」

「馬鹿なことを。今では、泣く子も黙る七杖家《しちじょうけ》当主の大貴族様だろうが。冗談は休み休み言え」

「当主にはなりましたけど、財産は紙屑しかないですよ。全部義母のミリアーネに押さえられています。失うものは特にないですね」

「…………」

「別に隠しごとなんてないですよ」

「お前の評判は、お前本人が思うほど軽いものではない。私財をなげうって難民を救ったこと、ここで難民を養っていることは一種の美談としてもて囃されている。無所属の議員をまとめ上げたことで、共和派内ではお前を危険視する者までいる」

サンドラが目線を落とす。何を考えているのかはよく分からない。眼鏡《めがね》で隠れて上手く目が見えない。

「私を危険視ですか」

「ここに至っては、お前のような例外的な存在は不都合なんだ。『貴族にも市民を助けてくれる良い奴がいる』、『貴族にも話が分かる奴がいる』などと喧伝されてはな。だから『いっそのこと殺してしまえ』という意見もある。一番てっとり早い解決法だろう」

サンドラが腰から短銃を抜き、机にぽいっと投げ捨てる。弾は込められていた。

場合によっては私を殺す気だったのかな。となると、蜂蜜酒はお別れの酒ということになる。私を酔い潰して、苦しまないように射殺してくれるつもりだったのかも。サンドラは、根は優しいのである。優しいから、苦しむ人々を放っておけない。多分、ローゼリアでも十本の指に入る善人だ。でも善人ほど、いざとなったら残酷になれる。クローネも言っていたが、自分の感情を切り捨てることができるから。己の身を焼かれることになっても全く後悔しないのだ。

「私を殺すんですか？」

「そんなつもりはない。殺そうとする人間と酒を酌み交わす趣味は、私にはない。ただ、警告しに来ただけだ」

「警告？」

「我々の邪魔をしたらただでは済まないということだ。そしてこれ以上目立ちすぎるな。その釘を刺しておくつもりだった。軍人であり議員でもあるラファエロは、声が大きいだけではなく、一時は『自由の守護者』とまで呼ばれた奴だ。野心家の目立ちたがり屋だが、無能ではない。貴様がそれに加われば、厄介な敵になることは目に見えている」

サンドラはラファエロさんを敵と見做《みな》しているらしい。共和制を推すサンドラからすれば、ラファエロさんの推す立憲君主制などは論ずるに値しないのだろう。それにしがみつくラファエロさんはただの邪魔者。私もその一派と見做されているみたい。ミツバ派で一緒に活動してるから仕方ないけど。

「ラファエロさんは私を利用しようとしてるだけですよ。それぐらいは分かります」

「分かっているならとっとと手を切って追い出せ。奴の後ろには国王や王妃がいる。保証してもいいが、最後は必ずラファエロに乗っ取られる。間違いなくだ」

「心配しなくても、もう当てにされてないですよ。王妃様からの連絡もないですし。青の派閥を弱体化させられれば良かったんでしょう」

たまにやる、ミツバ派の頭のアレな議員さんを集めた活動も、ただのお茶会だよ。ニコ所長もこっそり呼んじゃった。本当になんでもないお茶会だよ。じゃあなんでラファエロさんを呼ばないのか。だって王妃様の犬だからね！　余計なことを報告されると邪魔くさいよね！

「ならばいい。そのまま縁を切れ。難民たちと、ここで時代の激流が収まるのを大人しく待っていろ。悪いようにはしない」

サンドラが畳みかけるように言葉を放ってくる。

でも、何もしないで見てるというのは面白くない。だって、クローネとはたくさん思い出を作ったのに、サンドラとはまだ全然ないし。それはつまらない。賑やかなお祭りに参加しないというのはよろしくない。私たちはそう思っているらしい。最後がどうなろうと、今を楽しんだもの勝ちである。多数決の結果そう決まってしまった。残念。というか色々な段取りは進んでいるしね。止まらないし止められないし止めるつもりもない。

「じゃあ、決起のとき、私も色々と協力しますよ。その方が、平等の証《あかし》になっていいんじゃないですか？　まぁ、私はなんちゃって貴族なんですけど」

「馬鹿なことを言うな。お前は七杖家の一員だぞ。それが我々に加わるなどありえん」

「そうですか。じゃあせっかくですから、私の首を持っていくのはどうです。一応ブルーローズ家当主だから士気が上がるかもしれません。今が、将来の禍根を断つ最大の好機です。手柄にもなりますし、お土産《みやげ》にどうぞ」

こちらに銃口が向くように短銃を手渡そうとする。

サンドラはどうするかな？　最初の選択だよ。私を殺せるかって？　いい感じに揺らいでいるから死ぬかも！　サンドラとその他大勢も死ぬと思うけど最善の選択だと思うよ！

「ふざけるな。冗談でもやめろ」

「なんでです？　短銃を置いたのはサンドラじゃないですか。この距離なら外さないでしょう。どうぞ遠慮なく眉間にぶち込んでください。さぁ」

「私は、何もする気はないという意味で置いたんだ。友人を犠牲にしてまで、上にあがるつもりはない！　見損なうな！」

「そうですか。サンドラは良い人なんですね。でも、後悔しますよ」

「うるさい黙れ！」

友達のサンドラは顔を真っ赤にして、私に蜂蜜酒の詰まった瓶を投げつけてきた。おかげで私は蜂蜜酒まみれである。学長室もなんだか甘い匂いが染みついてしまった。可哀想なパルック学長。

「あはは、びしょびしょです。サンドラはひどいですね。冷たいのは相変わらずです」

「先ほども言ったが、変わらないのは貴様の方だ。この地獄のような王都で、そんなに呑気に笑っているのはお前だけだろう。多分、どこかが壊れているんだろうな」

「そうですか？」

流石サンドラは鋭い。でも壊れているところが多すぎて、どこがまともか分からない。私では分かりかねるので、まともなサンドラにいつか判定してもらいたい。

「ああ、間違いない。だが、お前らしい気もする。何より、そのお前に助けられた者がここには大勢いる。その場しのぎのパンかもしれないが、それは誇るべきだ」

「褒めてるのか貶してるのか分かりませんよ」

「ほぼ貶しているんだ、この馬鹿者め。少しは先を考えろ！　これだけの人数、どうやって養うつもりだ！」

「でも先のケーキより、今のパンですよ。お腹《なか》が減ると、考える余裕もなくなりますしね」

「やはり、お前は貴族に向いていない。王妃も人を見る目がないな」

サンドラが大きくため息を吐《つ》いた後、ようやく笑った。私が手を差し出すと、しぶしぶといった感じで握り返してくる。仲直りの契約だ。

しかし、他の共和派の偉い人たちは、私が目障りらしい。というか、上院議会でも市民議会でも私たちのことを邪魔だと思う人が多い。じゃあどうするかって？　今を楽しめるように、頭がアレな人たちと考えるよ！

◆

三月。例年にはない大雪が続き、王都の機能はマヒ状態。暴徒の皆さんの頭も冷えるかと思いきや、餓死者と凍死者が増加しているらしい。ここに逃げ込んでくる人も増えてきてる。食料は春ぐらいまでならもつだろう。その後のことは知らない。いつまでも人を頼ってないで、自分で働いて稼ぎなさいという話である。私は神様じゃないからね！　でも、今は数が欲しいから気にしない。パーティーは数が多い方が楽しいからね。で、士官学校はパーティー会場ではないのに、てんやわんやの大騒ぎだった。

「そんなに名声を得たいならば、自由の国アルカディナで好きにやるがいい。夢破れて権勢を得られなかったからといって、この国を弄ぶな。なにより、くだらない英雄願望にミツバを巻き込むな！　消え失《う》せろ、王妃の犬がッ！」

サンドラが手勢を連れて士官学校にやってくると、鬼の形相で一喝してラファエロさんを追い出してしまった。ラファエロさんも特に抵抗することなく、ここを出ていったのは拍子抜けだった。

予想以上におかしな連中の集まりだったから見切りをつけたかな？　サルトルさんが睨みを利かせてるし、難民たちは基本的に私かアルストロさんの言うことしか聞かないからね。

「おかげで私は両方から恨まれてるんですけど。どうしてくれるんです」

おかげで私は共和派に転向した貴族の面汚しの汚名を背負うことに。全然悔しくはないけど。右派新聞からはブルーローズの忌み子と罵られ、左派新聞からは命惜しさに転向した恥知らずなどと叩《たた》かれている。なんと左右両方敵だらけである。本当に楽しくなってきたねとサンドラに言ったら、黙っていろと怒られた。

「お前は一体何がしたいんだ。お前はこの国をどうすべきと考えている。一応は議員なんだから言ってみろ」

「議員になりたくてなったわけじゃないですし。ただ賑やかに楽しく生きていきたいとは思っています」

「では、楽しく生きるためにはどうしたらいいかを、考えてみろ。仮にもこれだけの集団の代表だろう」

「はい、たくさん考えましたよ。でもまだ答えはでませんね」

「……………ならば一つだけ聞かせろ。とても大事なことだ」

「なんでしょう。とても緊張しますね」

「お前は、この国に、王は必要だと思うか？」

サンドラの真剣な目が私に刺さる。誤魔化《ごまか》しは許さないという表情だ。

「私は王党派ではありません。王政も支持していません」

「…………」

嘘《うそ》じゃないよ。でも共和派でもないよ。

「サンドラは王様が嫌いなんですよね。じゃあ、国の代表は議会で選ぶんですか？」

「その通りだ。よく分かっているな。色々な案はあるが、議員を市民が選び、議員から代表を選ぶというのが現実的か」

「強制的に、貴族、聖職者、市民の括りをなくすんですか」

「そういうことだ」

私がそう言うと、我が意を得たりとサンドラが微笑《ほほえ》んだ。

サンドラの手勢の人たちは一歩下がっている。共和派の彼らは、貴族出身で上院議員の私を警戒しまくっている。で、その手勢と見合うように対峙《たいじ》するのはサルトル、アルストロさんが率いる武装難民の皆さん。現在進行形でかき集めている私の手勢だ。

私がもし危害を加えられたら、この士官学校は戦場になるだろう。そのまま外に飛び火するかな？ちょっと見てみたいけど、その後が面白くなさそうなので自重する。

「春だ。春になり、雪が解けたら我々は行動を開始する。全議会を廃止して新しい議会を組織し、国家の代表を決定する。統一議会では、身分など関係なく、公平に選挙で選ばれる」

「そんな夢みたいなこと、本当にできるんですか？」

「必ず成し遂げる。お前もそのときは参加しろ」

「あはは、私を利用するつもりですか。それは、とても良い考えだと思いますよ」

こういう鉄火場では友人もどんどん利用しないとね。骨までしゃぶりつくすくらいの気概じゃないと、革命なんて成功しないよ！

「お前が参加することで、新議会が全身分に平等と示すことができる。特権、利権を解消していけば、身分の括りなどいずれ自然消滅する」

「平等な世界ですか？」

「そうだ。私が目指す世界だ。皆が自由に生き、働き、暮らすことができる。幸福になる権利が誰にでもある。誰でも機会は平等だ。当然、責任も伴うがな」

「それが実現できたら、素敵ですね」

そんなせかい、ほんとうにあるのかな？

どんな仕組みを作ったって歪《いびつ》は確実に生まれるんだよ。

「私たちの手で実現させるのだ。……お前には議員など向いていない。もちろん軍人もだ。国の状況が落ち着いたら、私が面倒を見てやるから、子供らしく学びなおせ。それが当たり前の世の中に変えていく。だから、今だけは私に手を貸してくれ」

「分かりました。本当に、楽しくなりそうですね」

サンドラの顔は自信と理想に満ち満ちている。

サンドラは、政治団体の共和クラブに所属しているそうだ。デモを先導したり、広場で演説したり、ビラを撒いたりと夢の実現に向かって忙しい人たちだ。武力闘争をするのは、彼らに扇動された暴徒たち。サンドラも最終的には武力闘争も辞さないと言っている。そのくじけぬ気概と烈火のような性格は苦境の人々を大いにひきつけ、こうして手勢を率いるほどの力を持っている。

サンドラは共和クラブの中でも、急進的な者たちが集う山脈派に属している。ちょっと前までは他の平原派（中道主義）、大地派（穏健主義）に後れを取っていたらしいけど、最近は急速に勢力を拡大しているとか。今では相当責任ある仕事を任せられているみたいだし。私が戦場で遊んでいる間、色々と苦労したんだなぁと思う。

「我々が行うのは、単なる反乱ではない。腐りはてた連中から、生きる権利を取り戻すための戦い——革命なのだ。『自由の奪還』を旗印として、我らは決起する。もう誰にも止められん。たとえ私たちが死のうとも、革命のうねりを戻すことは不可能だ」

「革命ですか。素敵な言葉ですね。私もなんだかワクワクしてきました」

「だが、革命に犠牲はつきものだ。その犠牲には、今まで贅《ぜい》を貪っていた連中になってもらう。王政を否定するのに最もてっとり早い手段は一つだけだ。……だが」

「だが？」

「その手段を取れば、また戦争になるだろう。そうなれば市民の犠牲が増える。反発する者も頻出し、内乱にもなるだろう。それが本当に正しいのかどうか、私は迷っている。冬に立ち上がるという意見もあったが、派閥内でも意見が割れ最後の一歩を踏み出すことができなかった」

サンドラが眼鏡をはずし、疲れたように天井を見上げる。色々と悩みがあるみたい。白髪《しらが》がそのうち生えちゃいそう。可哀想に。でもここで立ち止まってもらったらよろしくない。人を利用するつもりなんだから、どうなろうと、最後まで絶対に参加してもらうよ。そのつもり。でも友達には優しくしなさいって、誰か言ってなかったっけ。言ってないか。

「理想を実現するためなんでしょう？　いいじゃないですか。自分たちで選んだ道です、死んでもきっと納得しますよ」

「…………」

「このまま何もしなくても、戦争になりますよ。今のこの国は弱った家畜にしか見えませんし。だったら、早くなんとかしないと駄目ですよね」

「…………」

ここで日和《ひよ》られたらつまらない。サンドラはしばらく沈黙した後、意を決したように頷《うなず》き、立ち上がった。また会おうと言って、そのまま手勢を連れて出ていってしまった。本当に忙しい人だった。対峙していたサルトルさんが近づいてくる。

「よろしいのですかな？　成否にかかわらず、儂らも巻き込まれますぞ」

「そのつもりで煽《あお》ったので」

「…………」

「アルストロさんは色々と手遅れですけど、サルトルさんはまだ間に合うかもしれませんよ。今から出ていきます？」

「くくっ、とんでもない。この国には一度、荒療治が必要と思っておりました。それに、隠遁《いんとん》して世捨て人になるくらいなら、とっとと死んだ方がマシですな」

「じゃあ、一緒に歴史に名を残しましょうね」

「それは、楽しみですな！　ミツバ様についた甲斐《かい》があったというもの！」

また道連れが増えた。本当に、救われない人ばかり集まってしまった。でも仕方がないね。

◆

三月中旬。いまだ雪は解けない。そんな凍えるような夜に、緑化教徒がスラムの住人たちを引き連れて襲撃にやってきた。二百人くらいかな。全員それっぽい格好してるけど、声がでかく、顔色が良い数人だけさわやかな臭いがする。よって、一発で見分けがついた。

『市民の人気取りをしようとした愚かな貴族がここに居座っている！　傀儡《かいらい》とはいえ七杖家当主、腐るほど金をため込んでるぞ!!』

『腐った豚野郎が!!　俺たちの食い物を返せ!!』

『殺せ!!　奪え!!』

麻薬でもやってるのかさわやかな数名だけ元気が良い。扇動してるのは三人だ。しっかりと閉じられた校門。周りは補強された柵で囲われている。そこに難民の皆さんを待機させて、私は校門によじ登る。

「パンが欲しいなら分けてあげますので、早く中に入ってください。寝る場所も詰めればまだありますし。貴方たちみたいに困っている人のために、ここは難民収容施設として開放しています」

『黙れ！　貴様のような腐敗貴族の言葉、誰が聞くものか!!』

『あいつがミツバ・ブルーローズだ！　あいつを殺せ!!　殺して金と食料を奪え!!』

「皆さん、騙《だま》されてはいけません。そこの人たちは緑化教徒です。貴方たちを利用して、ここに攻め込みたかっただけなんです。――それはなぜか。私は緑化教徒をたくさん殺しています。その私を殺せば、徳を積んで免罪符を貰《もら》えるとか言われたんですよ。つまり、自分たちだけ助かりたかったんですね」

『黙れ黙れ黙れッ!! 貴様ら、突っ立ってないでさっさと突撃しろ!』

「緑化教会はインチキ集団です。緑の神はただのまやかし、司祭は口だけの詐欺師です。死後に楽園なんてありません。免罪符なんて気休めに過ぎません。本当、残念でしたね」

『緑の神を冒瀆するとは何事だ!! この悪魔め、呪い人形め!!』

「神の慈悲を与えるなんて言って、麻薬中毒者を増やすのは楽しかったですか?」

『あれは救いをもたらす聖なる植物だ! 神の慈悲に他ならない!』

「でも、禁断症状に苦しんだことがあるでしょう? 救われるはずなのに、どうして苦しまなくちゃいけないんです?」

「だ、黙れ黙れ黙れッ!! それは、快楽に溺れぬようにという神の試練の一つなのだ!!」

「なーんだ。元々慈悲なんかなかったんですね。緑の神様には心底がっかりしました。生きてるときには助けてくれない役立たずだし。なら、今、パンを配る私の方が慈悲深いですね! 緑の神様より私の方がいいですよ!」

『き、貴様あぁあああ!』

怒りのあまり口から泡がぶくぶく出ている。すぐにボロをだしてくれるので、カビはからかうと面白い。麻薬をやっているせいで感情を制御できないから、すぐに顔を真っ赤にする。でもカビはさわやかすぎて鼻につく。だからさっさと消毒しなくちゃ。

「緑化教徒以外の皆さんは、ちょっと横にそれてください。まぁ、そこで泡を吹いている三人だけがカビっていうのは分かってるんですけどね」

私がパンパンと手を叩くと校門が開き、武装難民隊が一気に三名を取り囲む。寒さで凍えるスラムの人たちは、もう一隊を使って中へと案内する。余裕はないけど、まぁ春までならなんとかなる。まーたお粥が多くなるけど。今は数を増やさないとね！

『き、き、貴様らあああぁッ!!　この悪魔の甘言に騙されるのか!!　我らと共に楽園に行きたくないのか!!』

「死んだあとの楽園なんかどうでもいい。俺は、今パンが食いてえんだよ」

「腹が膨れて、暖かいところで寝られるなら、私はどうだっていいよ」

「……腹減ってんだから、でかい声を出すなよ。詐欺師はくたばりやがれ」

うーん重い言葉である。緑化教徒は今の言葉をしっかりと心に刻んでほしい。それから死んでね。

「早速ギロチンの用意を。こいつらには痛み止めなんていらないです。自称神様に慈悲を貰ってるらしいので」

「はっ」

アルストロ君が手を挙げると、たちまちカビが連れていかれる。そして、そのまま校門入ってすぐのところに用意しておいたギロチンへと連行されて、流れるように枷《かせ》が装着されて準備が整う。しかも上向きで刃が落ちる瞬間が見えちゃう方。本当に手際が良すぎる。練習でもしてたのかな。

これなら一日で百人くらい処刑できちゃうね。十台あれば千人！

『や、やめろ!!　これは悪魔の器具だ!!　私は断固として拒否する!!　罪もない市民を虐殺する気か!!』

「緑化教徒は罪のない市民じゃありませんよ。それはなぜか。人を騙して自分だけ楽園に行こうとするクズばかりだからです。じゃあ、ちょっきんとやってください」

『ま、待て――』

一匹目を装塡《そうてん》し、レバーを下ろす。首が落ちる。ごろりとボロい水桶《みずおけ》に転がり落ちる。サクッと切れて楽しい。副所長が挨拶に来たときに、王魔研から一台融通してもらっていたのである。士官学校に一台くらいあってもいいだろうということで、ニコレイナス所長から送ってもらった。私はちょっと反対だったけど、他の私たちが大賛成だったのでどうしようもなかった。数は力だから仕方ない。民主主義って恐ろしい。

「はい次どうぞ」

「承知しました」

『やめろ!! やめてくれ!! わ、分かった。つ、罪を償うから――』

ちょっきん。首が落ちた。さっきより少し切れ味が鈍ったかな? お手入れは大事だね。

『りょ、緑化教会をやめる!! 免罪符が貰えないまま、死ぬなんていやだ! なら今生きてる方がいい! やめるから助けてくれ!!』

「もう手遅れです。戦争を仕掛けて負けたのに、泣き言なんて通用しませんよ。それに、二匹だと中途半端なので、今回は諦めて死んでください。私、数字の3が好きなんです。いいですよね、3は」

『な、なにを言って――』

ちょっきん。三匹目の首が落ちた。全部の首に『私は愚かなカビです。喜んで地獄に行きます。カビ以外の人は剝《は》がさないでね!』と札を貼ってあげた。そして、汚い革袋に詰め込んで、出かける用意をする。寒いけど、楽しいことがあるときは我慢できる。

「ミツバ様、どちらへ？」

「ちょっとカビがいそうなところに放り込んできますね。大体場所は分かってるんで」

「で、では、私も同行を」

「いえ、大丈夫ですよ。数人でサクッと行ってきますから。むしろ一人の方が素早くて安全なんですけどね」

「そういうわけには参りません！　今の王都にミツバ様を一人でなど！　とんでもない！」

「――と言うのは分かっていたので、数人で行ってきますね」

心配性なアルストロ君。気にしなくていいのに。こんな世の中で、わたしをころせるわけがないよ。

王都のスラム地区、特に治安の悪い場所。そこらへんに、麻薬常習者のたまり場がある。難民の人が言ってたから間違いない。そこに緑化教会の司祭が潜んで布教活動をやっている。とりあえず挨拶代わりに首を放り込んでおこう。頭の中に小さな小型榴弾《りゅうだん》を仕込んで。札を剝がすと時限式で着火する試作型。当然、王魔研の横流し品だよ。後で感想を報告しないといけないけど。

お供の難民さんを連れて、雪中行軍開始。スラムで生活している人たちも流石に外では寝たりしない。凍えるほど寒いだろうけど、一応屋根の下には潜んでいる。手ごろな建物に、適当に一つずつ放り込んでおく。私と難民さんはすぐに物陰に潜んで様子を見る。

「な、なんだこりゃ！　く、首だ!!　へ、へへ！　夢でも見てんのかなぁ！」

ここは外れ。回収。口止めにパンを突っ込む。

「ひぃいいいいいいいいいい!!　な、なんで首があああ!!」

ここも外れ。回収。口止めにパンを突っ込む。

『こ、これはッ!! 王都警備局の襲撃か!?』

『いや、こいつらは士官学校に向かわせた連中だ！ 悪魔め、わざわざ乗り込んできたぞ！』

『ええい、ふざけた札を貼りおって!!』

『生きて捕らえろとは言われていない！ 早く人数を集めろ！ ここで必ず殺して――』

大当たりだ。たくさんの怒号の後に閃光《せんこう》と爆音が轟《とどろ》いた。超簡単なブービートラップ。今日一日で大量のカビの消毒に成功してしまった。もしかしたら司祭だったかな？ 私は満足そうに頷いた後、難民さんの肩を叩く。彼らも嬉《うれ》しそうでなによりである。

『た、たすけ――』

「えい」

瀕死《ひんし》のカビを全力で蹴飛ばした後、そこへ札を剝がした首を二つ放り込む。廃屋が更に吹っ飛んだ。良いことをしたあとはとても気分が良い。革命のときには、もっと火の手があがるといいな。それと大砲だ。やっぱり大砲がないと私は盛り上がらない。砲弾が世界を変えるって、クローネも言ってたしね。

EPISODE 12 HAPPY BIRTHDAY

ベリーズ宮殿に暮らす国王ルロイは、王妃マリアンヌ、王子マリスと楽しいひと時を過ごしていた。宮殿は食料、燃料の備蓄も豊富であり、大雪の影響など全く問題としていなかった。外の苦境は執事のモーゼスから知らされていたので、国民が苦しむことのないよう適切に対処するようにと指示は出した。それ以上、ルロイにできることは何もない。何かしたくてもできないのだ。

国を動かす大臣の任命、解任はできるが、彼らが新しい政策や法律を作るには全て上院議会の承認が必要となる。上院の多数派はヒルード派と正道派。同じ七杖家《しちじょうけ》でありながら、彼らは国王を助けるどころか、自分たちに都合の良い政策ばかり実行している。先日のプルメニアとの開戦も彼らが決定した。ルロイは生まれながらに傀儡《かいらい》となることが運命づけられていた。それを打破すべく、マリアンヌは孤軍奮闘していたが成果は芳《かんば》しくない。

「マリアンヌよ。国民たちはさぞ苦しんでいるだろうな」

「……はい。ですが、この雪のおかげで暴徒が沈静化しているのも確かです。皮肉なものですね」

「余ほど国民から憎まれた国王がかつて存在しただろうか。実に情けない話だ」

「貴方《あなた》は、民のために動こうとしていました。ですが、いつもあの者たちが邪魔を！」

「……余の意が通ることはほとんどなかった。議会制というものが、ここまで王権を縛るとは。父も予測できなかったのであろうな」

度重なるプルメニアとの戦争と和平。その休戦の最中、敵方プルメニアは軍の体制を変えてきた。

各領主が戦のたびに兵を集めて参戦するのではなく、国軍としてある程度常備しておき、いつでもまとまった動きが取れるようにだ。

ルロイの父、先代国王はこれを非常に危険視した。よって、周囲の反対を押し切って早期の軍制改革、士官学校設立、王国魔術研究所の設立などの大改革を施したのだ。今のローゼリアがあるのは、先代国王のおかげだが多くの禍根を残した。兵権を取り上げられ反発する貴族たち、度重なる増税で不満を蓄積する国民。彼らの怒りを鎮めるため、先代国王は議会制度を導入してしまった。誰の意見も蔑《ないがし》ろにはしないと表明するためにだ。最後まで諫言《かんげん》していたのはピンクローズとブルーローズの当主だったか。精神を病む前のギルモア卿は特に反対していた。

議会制導入初期は、国王の権限は凄《すさ》まじく、あらゆる政策案、法案への拒否権が認められていた。だが、先代国王が倒れた隙を見計らい、イエローローズ家を中心とした連中が王権に制限を掛け、拒否権を廃止する法律を成立させてしまった。成立と同時に先代は死に、ルロイが即位した。最初から苦難の道をルロイは歩くことになったのだ。

「春になったら、確実に共和派が動くと大臣たちから聞かされた。早急に王都の軍備を固める必要があると。だが、国境の防衛戦力を割いたら他国が侵入してくるのは確実だ。故に認められない」

「しかし、王都が乱れれば元も子もありません。それを見過ごすのは危険ではありませんか？」

「…………」

ストラスパール戦役直後ということで、王都警備局、近衛兵程度しか王都ベルを守る兵は存在しない。自派閥のレッドローズ州兵は王都を含む周辺都市の治安維持のために散らばっている。まさか民が集団で牙を剝《む》くなど考えてもいない。

「各国境に配置されているセルベール元帥、メリオル元帥、ビルロ元帥は話が分かる方々です。王都警備局を率いるラファエロは独立戦争の経験があるとはいえ、兵が少なすぎます。せめて一個師団は王都に配備しておくべきではないでしょうか。国内での配置転換なら、議会の同意は必要ありません。……派閥間での折衝、譲歩は必要でしょうが」

「彼らにはリリーア、ヘザーランド、プルメニアを抑える重要な仕事がある。この苦境でも拮抗《きっこう》を保てているのは彼らのおかげだ。拮抗を崩せば、また戦争になるだろう。それはできない」

軍務大臣が『現在、まともに動ける師団はそれくらいである』と言っていた。他は給金を払えず、もはや形骸化しているとか。何より、率いるべき貴族たちが自分の土地に戻ってしまい、引き籠もっている。彼らが何を考えているかは簡単だ。いかに自分の利益を守り生き延びるかということ。ローゼリアを誰よりも愛しているルロイには理解できないが、家族を守りたいという気持ちだけは分かる。

「……ミツバには、ギルモア卿のように各派閥の調整役を担ってもらおうと思ったのですが。些《いささ》か、見込み違いだったようです。申し訳ありません」

「ははは。そのように厳しい言葉はマリアンヌらしくない。ミツバが我々に敵対したというわけでもあるまい」

「それはそうですが。まさか、あそこまで独立独歩で歩むとは。ラファエロの説得にも耳を貸そうとしません」

「君が強く推すから推薦したものの、流石《さすが》に若すぎたのだ。彼女はまだ十二歳、とても政治を理解できるとは思えない」

「……いえ。状況を分かっているからこそ、身を引いたのかもしれません」

「であるならば、やはりギルモア卿の才は引き継がれたということだろう。容貌は彼女の母ツバキから受け継いだようだからな」

昔を懐かしく思う。ギルモア卿とは、王になる前からの付き合いだった。マリアンヌとの結婚に反対されてからは、疎遠になってしまったが、良い友人だったのは間違いない。だから、彼が立ち直ればと思い、王魔研に色々と協力させた。必死の延命を図っていたのがミツバだったとは知らなかったが。上手《うま》くいった暁には、以前のように付き合えるかと思っていたが、急死してしまった。

今でも残念に思っている。

「思いを馳《は》せている場合ではないか」

ルロイは軽く息を吐き、思い出を断ち切った。今考えるべきはこれからのこと。このままでは、きっとよくないことになる。それは、才覚に欠けると自覚している自分でも分かる。ルロイは重々しく口を開いた。

「――マリアンヌ。君は冬の間、マリスと共に実家に帰るといい。情勢が落ち着くまで、カサブランカで安らかに暮らしなさい」

「な、何を言い出すのですか!? 今私たちがそんなことをすれば、どうなるか！」

「いずれにせよ同じことだ。愚かな私にも分かることがある。国民の怒りはもう絶対に収まらない。怒りを鎮めるためには血が必要なのだ。それを察知した者たちは、すでに他国へ逃げ出している。私も大臣からそれを勧められたよ。もちろん断ったがな」

弟のフェリクスなどは混乱に乗じて国王の座を狙っているようだが、上手くいくとは思えない。

たどり着く先は同じだろう。

「私だって断ります!!　私の祖国はこのローゼリア以外にはありません!!」

「君は私にはもったいないほどの利発で聡明《そうめい》な女性だ。私と結ばれたせいで、聞くに堪えぬ陰口を叩《たた》かれ、過酷な枷《かせ》を負わせてしまった。心から謝罪する。……私は、いつも後悔していた。だが幸福だったのも確かなのだ。楽しく幸せな時間を、本当にありがとう」

ルロイが手を二回軽く打ち鳴らす。部屋の扉が開かれ、王都警備局局長に就任したばかりのラファエロが兵を率いて現れた。全員が大きな鞄《かばん》を背負い、長銃で武装している。

「……陛下。本当によろしいのですかな？」

「カサブランカの大使には今後のことは伝えてある。そしてこの手紙を大公に渡してほしい。決して粗末には扱わないだろう。もちろん、君や兵のこともお願いしてある」

「お気遣いいただき、感謝の極み。王妃様、王子様のことは必ずこのラファエロがお守りいたしますぞ！」

ラファエロが敬礼する。マリアンヌは兵の拘束から逃れようとするが、力が及ばない。

強引にコートを着せられ、頭を覆うフードも被《かぶ》せられる。眠っているマリスの姿も見える。じきに太陽も落ちる。同時に出発すれば、邪魔は入らないだろう。

「あ、貴方ッ！　私もこの国に残ります！　もし運命が尽きたと言うのなら、死なねばならぬと言うなら、私も一緒に!!」

「我がレッドローズ家は、ローゼリア建国以来、共に歴史を歩んできた。ローゼリア王家正統の血は絶やしてはならぬ。君はマリスを守ってほしい。……君には秘密にしていたが、すでにマリスに継承の儀を行っていたのだよ。ははは、ギルモア卿の真似《まね》をしてみたが、意外とバレないものなのだな」

「マ、マリスに赤薔薇《あかばら》の杖《つえ》を⁉」

「さらばだ、マリアンヌ、マリス。もしも、大輪の神の思《おぼ》し召《め》しがあったら、いずれ会えると思う。そのときは、また三人で一緒に花壇の花を育てようぞ。宮殿の庭一杯に、レッドローズの花を」

泣き叫ぶマリアンヌに笑いかけ、ルロイはラファエロに頷《うなず》いた。

信頼できる従者、護衛も全員マリアンヌに同行させた。無駄に死なせる必要はない。部屋には、ルロイと沈黙を貫いていたモーゼスだけが残された。

「爺《じい》。お前も行って構わなかったのだ。今からでも間に合うが」

「私が仕えるのは陛下のみ。そう決めておりますのでお構いなく。それに国王たるもの、道先案内人もなしではその名に傷がつきましょう。不肖ながら、この私が務めさせていただきます」

「…………最後まで、迷惑をかけるな」

「もったいないお言葉です」

ルロイの言葉に、モーゼスは表情を崩しながら、恭しく礼をするのだった。

◆

ブルーローズ別宅。最近の混乱のおかげで、ミリアーネは生きる活力を取り戻していた。やせ細っていた顔も、今では元に戻っている。息子の死を嘆く弱々しい未亡人としての振る舞いは、宮廷でも注目を集めている。それを利用して人脈も増やし、今では他国大使とも懇ろになっている。国の惨状とは逆に、ミリアーネは充実した毎日を過ごしていた。ミゲルの励ましもあったが、悲しみを乗り越えるには結局動くしかなかったのだ。

そんなミリアーネの前に、緑の装束の男がやってきた。緑化教会の司祭、カンパネロだ。皺《しわ》だらけの顔には、神への信仰を喜ぶ表情はない。一見すると、ただの老人。だが、目の力だけは感じられた。そこから感じるのは、怒りだ。

「あらあら。司祭自らわざわざのお出ましとはご苦労なことね。それで、一体何の用なのかしら」

「……とぼけおって。貴様のおかげで、王都の緑化教は壊滅寸前だ。よくも我らを利用してくれたな」

「それだけのお金は渡したのだから、被害者ぶるのはやめてほしいわね。第一、神の力があれば、あんな餓鬼などひとひねり。貴方たちは確かにそう言っていたわ」

「……悪魔を見くびりすぎていた。緑化教本部の大司祭が急死した。神の代弁者たる大司祭の死により、緑化教会は混乱の極みにある。それもこれも、あの悪魔のせいだ。そして、悪魔をけしかけたのは貴様だ、ミリアーネ!!」

「笑わせないでちょうだい。あの呪い人形の緑化教徒嫌いは元々よ。大司祭様とやらだって、ただの不運が重なっただけ。私が何かを指図したわけじゃない。だって、あれを始末したいと誰よりも望んでいるのは私よ?」

一時期酷《ひど》くふさぎ込んでいたミリアーネは、愛息グリエルの死後、復讐《ふくしゅう》を強く望むようになった。対象はもちろんミツバである。議員になったらしいが、そんなことはどうでもよい。望むのはむごたらしい死である。だから、緑化教徒に接触し、金を大量に投入してミツバを襲撃させた。

結果はご覧の通り大失敗。以前ならば失敗の報告を聞いて激怒していただろうが、今のミリアーネは余裕を取り戻している。ミツバ暗殺計画は一旦保留状態だ。いずれ必ず殺すだけのこと。切り替えの早さと執念深さは、イエローローズ家出身者の特徴でもある。

「問答など無用。貴様には代償を支払ってもらう。貴様の死をもって仲間への弔いと神への償いとする。私と無残に死んでいった教徒たちは楽園に導かれるだろう」

カンパネロが、緑の装束をわずかにはだけてみせた。体には榴弾《りゅうだん》が大量に巻き付いている。紐《ひも》を引けば即座に着火し、この別宅は吹き飛ぶだろう。当然ミリアーネも死ぬ。だが、この司祭に死ぬ気がないのは分かっている。一般の緑化教徒と違い、幹部級の緑化教徒たちは、ある秘密を共有している。それを、ミリアーネは摑《つか》んでいる。

「まぁ、待ちなさい。今死ぬのはもったいないわ。だって、貴方たちが信じる神への奉公の好機を逃すことになるのよ？」

「異教徒が我らの神を語るな！　貴族の命乞いが見苦しいというのは嫌というほど知っている！」

「スラムに潜んでいるなら、王都の状況ぐらいは知っているでしょう。春になれば、必ず共和派が決起する。王都は混乱の極みになる。国王にそれを鎮める力はない。それはなぜか。軍の主力は国境に張り付けだから。王都に構っている余裕なんてないのよ」

ミリアーネはもうこの体制がもたないと見切りをつけている。だから、大事なミゲルを議会には出席させることをやめさせた。病欠ということにしてあるが、実際はすでに亡命済み。説得にはかなり苦労したが、泣き落としと言いくるめで最後には強引に納得させた。

その亡命先だが、同盟国のカサブランカや中立国ではなく、あえてリリーア王国に向かわせた。アルカディナは失ったとはいえ、未《いま》だ植民地を多数抱える上、海洋の覇権は彼の国が握っている。ローゼリアと違い将来が明るい。手土産《てみやげ》は、王魔研が開発した『新型砲弾』の現物と設計図だ。保管は非常に厳重だったが、ミリアーネの手配により副所長を脅迫して手に入れることができた。職務に忠実で買収には苦労したようだが、家族の命には代えられなかったらしい。ニコレイナスが頑《かたく》なに存在を否定していた新型だ、その価値は計り知れない。いずれ、それが量産されてローゼリアに撃ち込まれようが、もう知ったことではない。そのときにはもういないのだから。

「だからなんだと言うのだ。我々には何の関係もない。それ以上囀《さえず》るのはやめたらどうだ」

「私たち王党派は、その混乱に乗じて決起するわ。頭を挿《す》げ替《か》えて、やり直すのよ。軍の主力がいない以上、傭兵《ようへい》を入れられる私たちに分がある。でもまだ数が足りない。そこで、貴方たちの出番というわけ」

「戯言《たわごと》をぬかすな。なぜ我らが王党派の手助けをせねばならん！」

「ふざけてないわ。報酬は、貴方たちだけの土地をあげる。私のブルーローズ州の土地をね。そこを隠《かく》れ蓑《みの》にして勢力を増やせばいい。後は楽園なりなんなり、好きにしなさいな。私は手に入れた権力を使って、リリーアのミゲルの後援をした後で保護してもらう。その後のローゼリアがどうなろうと知ったことじゃないわ」

兄ヒルードはこの機に国王の座を奪い取ろうと画策している。軍から抜けた連中を傭兵としてかき集め、武器弾薬も必死になって集めている。ミリアーネも賛同して、志を共にする連中への工作を手伝っている。――表向きはだ。内心ではもう見捨てている。頭を挿げ替えようが何をしようが、この国はどうしようもない。何より、グリエルの死で、完全に見切りをつけた。

今の望みは、ミツバの死と、自分とミゲルの栄達である。自分とミゲルが幸福なら後はもうどうでもよい。その踏み台となり全員死ねばいい。金と権力を握れるなら、ローゼリアだろうがリリーアだろうが関係ない。自分の家系を残すことが最優先だ。

「……貴様の言い分は分かった。が、裏切らぬという保証はあるのか。貴様が策を弄するのは嫌というほど知っている」

「緑化教徒を一時的に、私たちの家人として雇い入れましょう。監視役にするといいわ。私が裏切ったらその監視役に殺させなさい」

「………」

「それにね。私、知っているのよ。貴方たちの有力な後ろ盾にして、緑化教会の財源の麻薬の出所をね。まさか、緑化教会が、リリーアとクロッカスの飼い犬だったとはねぇ」

カンパネロが、腰に隠していた短銃を向けてくる。やはり自爆する気は欠片《かけら》もなかったらしい。体に巻き付けているのは偽物の榴弾だ。

「どうして知っているかって？　クロッカスの大使様とちょっと懇ろになってね。そこから聞き出したの。私が死ぬと、大使様が嘆くからやめた方がいいんじゃないかしら」

「この女狐《めぎつね》め。大使を誑《たぶら》かしたのか！」

「向こうも私を利用しようとしたのかしらねぇ。まぁなんにせよローゼリアは混乱するでしょう。プルメニアはそこを突いて当然攻め込むわ。で、勢いに乗るプルメニアの背後からクロッカスが襲いかかり、リリーアは海を渡ってローゼリアに攻め込むという裏協定。仲良く東西で分け合うつもりなのかしら。で、緑化教徒は約束の大地と信仰の自由を獲得すると。素晴らしい計画ね」

プルメニア帝国は、リリーア王国、クロッカス大帝国とで三角同盟を結んでいる。だが、実際は不戦を約束しているだけで助け合うような仲ではない。リリーア、クロッカスからすれば、ローゼリアと死ぬまで戦い続け、消耗してくれるのが望ましい。そのお膳立てのようなものだ。最後には、疲弊した両国を左右から挟み撃ち。仲良く取り分けるというわけ。その後はどうなるかは知らないが。リリーアはアルカディナ再遠征を企てているフシがあるし、クロッカスは大陸統一を公言している。

「…………………」

「何か違うところがあったら、教えて頂戴。大使に聞きなおしてくるから」

「私の一存では返事できない。一度、戻って相談する必要がある」

「良い返事をお待ちしているわ。もう、そんなに時間はないでしょうし」

ミリアーネは、口元をゆがめた。きっと上手くいくだろう。

王都の緑化教会は弱体化しており、カンパネロも見切りをつけざるを得ない。どこぞに潜んでいる本部に帰還するにせよ、手土産は必要となる。王都を掻《か》き乱《みだ》し、混乱の極みに陥れ、国王を殺したとなればカンパネロはさぞかし評価されるだろう。

クロッカス大帝国は、多神教を容認している。ゆえに、緑化教会が許容されても不思議じゃない。緑化教会の歴史など知らないが、死亡した大司祭とやらもクロッカスからの工作員に決まっている。哀れなのは純粋な緑化教徒だが、特に同情する気はない。

「面白くなるのはこれからよ。……グリエル、見ていなさい。まずは貴方を見殺しにしたこのローゼリアをひっくり返してあげる。国王ルロイも一族共々死ぬことになる。そして、最後は必ずあの呪い人形を殺してやる」

兄の王党派が勝利したら、その勢力を存分に使ってミツバを甚振《いたぶ》り殺す。一番望ましい展開だ。貴族出身者の師団を利用し、どれだけの犠牲を出そうとも殺す。兄ももう嫌とは言うまい。新王になれば放っておくことなどできはしない。爆弾を懐に抱えておくなど、誰もしたくないものだ。

共和派が勝利したら、ミリアーネはリリーア王国かクロッカス大帝国の伝手《つて》を使って亡命だ。兄ヒルードは当然見捨てる。その前に、徹底的に共和派を煽《あお》っていくとしよう。貴族出身者は全員皆殺しにしろと。特に、一時は上院議員だったミツバを嵌《は》めるのは容易《たやす》い。市民の力を使って、あの呪い人形を殺す。さぞかし痛快だろう。王都は死の都になる。ローゼリアがどう動こうとも問題はない。次の場所は用意済みだ。ミリアーネは、国王ルロイと王妃マリアンヌの嘆く姿を想像して、ほくそ笑むのだった。

——ここことは違う場所で、悪魔もまた微笑《ほほえ》んでいる。

◆

大輪暦五八七年四月。四月一日付の新聞に、王妃マリアンヌ、王子マリス、王都警備局局長ラファエロの一派がカサブランカへ亡命したという記事がデカデカと出た。私はこの世界のエイプリルフールかなと思ったのだが、本当のことみたい。なぜかといえば、王都中が怒号と罵声で溢《あふ》れかえっているから。この学長室にまで聞こえてくる。一応校門と柵の周りは警備にあたらせている。

「しかし、王妃様と王子様が国を捨てて亡命ですか。うん、まさに末期ですね」
「ミツバ様の仰《おっしゃ》る通りです。もはや救いようがありません」
「ラファエロめ、思い通りにならぬと見るや、まさか国外に逃げ出すとはな。自由の守護者などと二度と呼ばせぬぞ！　根性なしめが!!」
「うーん、ちょっと冷たくしすぎましたかね」
「奴《やつ》の口車に乗らなかったのは正解ですぞ。ここが襲撃対象になっていた可能性もありましたからな」

学長室には私とアルストロさん、それとサルトルさんがいる。今思うと、ラファエロさんは宮廷とのやりとりを手配してくれた。勝手にいなくなるのはどうかと思うが、カサブランカでも元気でやってほしい。サルトルさんは怒ってるけど、多分清々したと思っているはず。

喫緊の問題は、食料である。このままだと四月中に食料がなくなるから、『節制に努めましょう』と訓示を出しておいた。なくなったら、全員で餓死することになりますと宣告した。そうしたら、空いてる校庭で農作物とか作り出したり、商人の警備の仕事に就く人も出始めた。焼け石に水だけど、やらないよりはマシ。これから何も起きなかったら、諦めてもらうしかない。まぁ、起きるし起こすんだけど。

「陽気だけはおだやかなんですけどね」

学長室のカーテンを開け、怒号が聞こえる中、ぽつぽつ植わっている花は、ピンク色でとても綺《き》麗《れい》。と、街の中を殺気立った群衆が行進していくのが目に入った。群衆は手に鍬《くわ》やら包丁やら旧式長銃やらを抱えて、完全武装である。子供たちはおたまを持って、頭にお鍋を被っている。とても微笑ましい光景だ。楽しそうなので、暇してるウチの難民さんも一緒に連れて交ざることにしよう。良い思い出になるし、後で仲間外れにされることもない。顔を見せることは人付き合いで大事と、偉い人も言っていた。

「アルストロさん。適当に暇な人を呼んできてください。一応武器も持たせるように。外で皆が行進しているので、私たちも交ざりますよ」

「はい、ミツバ様。……どのような形で合流を？」

「普通に交ざるだけです。こちらからは攻撃をしないように。私が命令するまでは、発砲禁止です。春の陽気を楽しみながらのんびりいきましょう。冬は籠もりっきりでしたからね」

「承知しました！」

「サルトルさんは留守をお願いします。どさくさで緑化教徒が来ないとも限らないので」

「ここの守りは儂《わし》にお任せを。やるべきことも進めておきますぞ」

「よろしくお願いします」

二人に指示を出した後、しばらくしてから外へ出る。かなりの人数が武器を持って集まり始めている。私が挨拶代わりに手を挙げると、難民さんたちが歓声をあげる。スラムから来た人たちはまだ空気に慣れていないのか、おろおろしてる。食料はちゃんとあげてるから、血色も良いし身なりも綺麗。とはいえ、やはり『難民大隊』と形容するのが正しい認識だ。正規兵とまともにやりあったらきつそう。まともにやらなきゃいいんだけどね。

そうこうしてるうちに、アルストロ君が杖で指示を出し、旧式大砲を整列させる。銃兵もそれに続く。なんだか本物の軍隊っぽい。士気が高いとこうキビキビ動けるものなんだと感心してしまった。恐怖と安堵《あんど》、ムチとアメは大事である。

「ミツバ様。出過ぎた真似とは思ったのですが、我々の感謝の印を旗に表してみました。掲げる許可をいただけますでしょうか」

「いいですけど。何のことです？」

「しばしお待ちください。我々、ミツバ党の旗を掲げよ！」

難民大隊が数本の旗を掲げる。赤地の旗に、三枚の白い葉っぱ。私はおーと言ってみたけど、なんで赤地なんだろう。

「三つの葉は神々しいまでに輝けるミツバ様の象徴。そして赤色は我々を表しております。血を流し苦しむ我々を、ミツバ様は救い上げてくださった。それをこの旗に表してみたのです！」

「そ、そうですか。うん、まぁ、いいと思いますよ」

「ブルーローズ家の青三つ葉にするか全員で寝ずに悩んだのですが、やはり白が相応《ふさわ》しいという意見でまとまりました。我々はこの旗の下で戦い抜く覚悟です！」

「覚悟は分かりましたから、ちゃんと寝てくださいね」

勢いにはちょっと引いたけど、本人たちが満足してるならいいか。旗なんて敵味方を識別できればどうでもいい。というわけで、サルトルさんたちに留守番をお願いして、ミツバ党難民大隊は出撃である。春の遠足に参加するのは難民大隊五百人。結構な大所帯だった。おやつとお弁当はないので、現地調達できたらすることにしよう。

「な、なんだお前らは！　王党派か!?」

「そうは見えんが、怪しい奴らには違いない。それ以上近づけば攻撃する！」

そんな感じで鼻歌交じりに群衆の中に交じろうとしたら、向こうが私の姿を発見して死ぬほど驚いた表情に。その後はお互いに対峙《たいじ》して一触即発の状態だ。

「怪しい奴らとはなんだ！　我々はミツバ党だ！」

「ミツバ様！　攻撃命令を！」

十分に怪しい連中なので、向こうの方が説得力がある。このまま熱くなると、街中でやりあうことになるかも。大砲には釘《くぎ》散弾を詰め込んでるし、銃も相手より揃《そろ》ってるからこっちが圧倒的に有利だ。お互いに寄せ集め同士の戦いだし、負けないだろう。私は手を上げて待ての合図。下ろしたら撃っちゃってもいいという合図。どうせ暴徒だし、仕掛けられたら撃ち殺してもいいよね。あ、サンドラに怒られるか。それはちょっと面倒くさいかも。

「待て、待て！　俺だ、トムソンだ！　俺たちがやりあう必要はないぞ！」

対峙していた群衆の中から、長銃を持った若い男の人が出てきた。両手を挙げているので、攻撃の意思はないみたい。でも、誰だか分からない。オレオレ詐欺だろうか。

「トムソン。トムソン？　…………誰でしたっけ？」

「おいっ!!　士官学校のトムソンだ！　一緒にストラスパールで戦っただろう！」

「…………ああ。負傷してた同級の。てっきり死んだと思ってました」

すっかり忘れていた。別に友達というわけじゃないし、覚えてなくても仕方がない。向こうも声をかけてきてはいるが、恐怖を隠すことはできてないし。

「ひ、ひでぇな。ま、まぁ、ちょっと危なかったけど生きてたんだよ。それで、今はこうして国を良くしようと戦ってるわけで。――って、そんなことはいいんだ。……お前、私兵団を率いて、ここで何してるんだ？」

「何をしてるって、皆楽しそうだから交ぜてもらおうと思って。ほら、後で参加しなかったから仲間はずれとかされたら嫌ですし」

私の言葉に、トムソンが軽く頷く。私を見る目には恐怖は混ざっていない。覚悟が決まっているみたい。死線を彷徨《さまよ》ったからかな？　たくましくなってる。

「……なるほどな。ちょっとヴィクトルさんに話をつけてくるから、少しだけ待っててくれないか。無駄に戦う必要はないだろ」

「ヴィクトル？」

「共和クラブの代表だよ。あの人の話は本当に分かりやすくて、俺みたいな馬鹿でも理解できるんだ。……俺じゃ、お前の相手はとても無理だから、ヴィクトルさんを呼んでくるよ」

そう言い放つと、トムソンはどこかへ駆け出していってしまった。

私は上げた手を左右に振って、難民大隊に合図する。銃を下ろせだ。対峙していた側もようやく安心できたらしく、構えた武器を下ろし始めた。ちなみに、彼らの武器は全部私に向けられていた。本当に酷い話である。

「危ない状況だったようだが、衝突は避けられたか。トムソン君、よくやったな」

「ありがとうございます！」

しばらくして、トムソンが太った男の人を連れて帰ってきた。厳しい形相だが、どことなく愛《あい》嬌《きょう》も感じられる。太ってるのがいい方向に働いているっぽい。器の大きさというか。そういうのをこの人からは感じられる。それくらいじゃないと、普通に人をまとめるのは難しいよね。

「そして、君が、ブルーローズ家当主のミツバ君か。サンドラ君から色々と聞いているよ。民を思う気持ちに篤《あつ》いようだね」

「初めまして、ミツバです。別に邪魔をする気はないので、怒らないでください」

「はは、別に怒ってはいないよ。こちらを妨害する気なら、少し大人しくしてもらうつもりだったがね。一応確認するが、君の私兵団は、我々の歩みを邪魔するつもりではないね？」

「はい。ちょっとご一緒しようと思っただけです。それで、どこに向かっているんです？」

「……アムルピエタ宮殿だよ。このまま議場に押し入り、現在の議会の廃止を強制執行する。同時に、我々市民を中心とした国民議会を立ち上げる。ベリーズ宮殿を包囲に向かった別動隊は、それを国王に認めさせる。つまり、今日が、ローゼリア革命の第一歩というわけだ」

ヴィクトルさんがゆっくりと、だが力強く計画を語る。抑揚をつけて喋《しゃべ》るのが特徴なのかな。簡単に打ち明けてくるのは自信の表れかな？　ヴィクトルさん一人排除したところで、もう流れは止まらないと確信してるんだろう。

「それじゃあ、御一緒しますよ」

「君は七杖貴族で上院議員だろう。それが、なぜ我々の行動に加わるのかね？」

「軍人でもありますよ。ストラスパール戦役では色々とひどい目に遭いました」

「……なるほど。トムソン君からも色々と聞いてはいるが」

ヴィクトルさんが深々と頷く。目はまだ疑っている。

「あの議会は邪魔なので手伝いますよ。なんの役にも立ってないし、派閥も多すぎますから」

「……自分のやることの意味が分かっていないわけではないね？　たとえ名ばかりの当主とはいえ、

それすらも失う可能性が高いということだ」

「はい」

「ならばよろしい。我々に賛同するつもりなら、このままついてきたまえ。我々は貴族を排除するのではない。目指すべきは、特権の廃止と平等な社会の実現だ。志を共にするというのなら、歓迎しよう」

「ありがとうございます」

心にもない感謝を述べておく。向こうも言葉では一応歓迎してくれたけど、凄《すご》く警戒してるし。ヴィクトルさんの護衛は腰の短銃に手を当てているし。下手な動きをしたらぶっ放してきそう。それにしても新議会か。いよいよサンドラが議員になれて夢が叶《かな》うんだなーと思うと嬉《うれ》しくなる。私も何をどうするか考えなくちゃ。とか言いつつもう考えは決まってるけど。これくらいまで煮詰まったら、もういいよね。

群衆が行進を再開する。というか、前の方は普通に進んでた。サンドラもどこかで群衆を率いているんだろう。山脈派とか言ってたっけ。本当に色々な派閥があって覚えるのが大変だ。覚えるつもりもないけど。今更意味がないし。

私たちは、ヴィクトルさんたちの行進の最後尾に配置された。邪魔をするなということだろうけど、こっちは大砲とかあるのにいいのかな。私の前の市民の人たちは、こっちを常にビクビクしながら様子を窺《うかが》ってるし。それを見ると思わず発射命令を出したくなっちゃうが、まだ我慢である。もう少し我慢だ。

「諸君！　この議場が我々を虐げ搾取し続ける諸悪の根源だ！　本日、我々が完全に潰す！　革命は、この時、この場所から始まるのだ!!」

『うおおおおおおおおおおおおお!!』

「血を流すことを厭《いと》うな！　全ては革命のためだ！　我々の行動を邪魔するものは、全て排除せよ!!」

アムルピエタ宮殿に到着。ヴィクトルさんが煽ると群衆も盛り上がる。お祭りの始まりだ。もう見事に正門が燃えているし。阻止しようとした警備兵の皆さんはリンチに遭って死体になっている。逆に、さっさと投降して群衆に参加した人たちもいる。そっちの方が多そう。宮殿は大砲の音、長銃の音がたくさん鳴り響いている。

しばらくすると、宮殿のテラスから誰かの首が掲げられた。誰かは分からないけど、周りの人の声を聞く感じ、どこぞの上級貴族らしい。そして掲げられる青と白の二色旗。中央に配置されていた王家の象徴たる赤薔薇が排除された旗だ。余計なものは必要ないというアピールかな。皆、狂気を帯びた表情で万歳しているので、私たちも真似しておいた。で、その勢いのまま周囲の商会やら、貴族の別宅に襲いかかる群衆。よく分からないけど、無礼講みたいなので私たちも交ざっておこう。

「えーっと。ブルーローズ別宅があるはずなのでそこに行きましょう。全部奪っていいです。私が当主なので、遠慮なく」

「承知しました！」

「あと、私腹を肥やしてそうな商会に大砲を向けて、物資供与をお願いしてみてください。喜んで提供してくれると思いますよ」

「はっ」

「それでも嫌って言ったら、王党派を見つけたって大声で叫んでください。そうすれば色々と解決しますから」

というわけで、難民大隊の皆さんは、ちょっと離れた場所にあるブルーローズ別宅を襲撃。中にミリアーネはいなかったけど、留守を預かる使用人やら傭兵さんやらがいた。

「こ、この悪魔め！　白昼堂々現れるとは！」

「共和派に与《くみ》するとは、何を考えているんだ!?」

「王党派とか共和派とかは関係ないです。ここ、本当は私のものでしょう。でも、もういらないので、壊しに来ました」

「な、なにを言って――」

「全員、発射」

話が通じなかったので、攻撃命令。派手な音が鳴り響く。攻撃の意思を示した人たちは銃撃でさくっと排除だ。えっと、反革命分子ということで処刑したということにしよう。うん。別に私は共和主義者じゃないけど。ミツバ党は自由主義だからね。私の自由ってことだよ！

「お宝はいっぱいありましたか？」

「ベル通貨がたくさん隠されていました！　あとは、食料も豊富に！」

「逃げ出す途中だったんですかね。当然、全部持っていきますよ。売れそうな物も運んでください。これは微妙だなぁと思っても、持っていきましょう。世の中が落ち着いたら価値が上がるかもしれません。絵、ツボ、鎧《よろい》、刀剣、訳の分からない本も全部です。資金源になる物は全部没収です」

「はい、ミツバ様！」

当然である。暗殺者やカビをけしかけられたのだから、恨みはまだ晴れない。なにより、絶対に許すなと私が言っている。私はどうでもいいのだが、いつも楽しいことが大好きな私が言うので、尊重すべきである。ミリアーネは生かしておくと面白いけど機会があれば殺す。逃げたミゲルも探さないといけない。亡命してるから見つけるのは大変そう。でも面白いものと一緒に逃げたみたいだから、このまま朗報を待つとしよう。さて、仕上げにこの別宅も燃やしたいところだけど、大火事になったら大変だから断念だ。うーん、残念。

「仕方ないです。燃やす代わりに、釘散弾を適当に撃ち込んでおいてください。廃墟《はいきょ》にしちゃっていいですよ。もう使わないので」

「はっ！」

ドンという音の後に、複数の衝撃音。ここで寝泊まりするには、ちょっといまいちな感じに変化した。歪《いびつ》に突き刺さった釘が良い感じである。人間に当たったらさぞかし痛いだろう。

「ここはこれでよし。後は商人さんからたくさんの食料をいただいて、ベリーズ宮殿へ行きましょう」

宮殿周りの富裕商会から快く物資を援助していただいた後、私たちはベリーズ宮殿包囲に加わった。アムルピエタ宮殿議会場ではアンラッキーな上院議員さんが数人処刑されたらしい。で、そのまま国民議会成立宣言が行われた。新しい時代の幕開けだと皆が熱狂していた。別動隊にいたサンドラも泣いてた。私はそれを適当に眺めた後、皆を連れて一足先に宮殿を後にすることにした。帰って物資を整理しなくちゃいけない。やることはたくさんある。これからが全ての始まりだね。

◆

共和クラブが中心となり、国民議会が成立してから二か月。五日後の六月六日で私は十三歳になる。それはおめでたいということで、難民の皆さんが歌を披露してくれるそうです。作詞作曲アルストロさん、その名も『ミツバ様を讃《たた》える歌』。囲まれて歌われた日には恥ずかしさのあまり憤死するかもしれない。本当はしないけど。だって、ほとんどの人が私を見てくれないしね。サンドラとクローネがいれば少しは面白かったのに。

「難民大隊の皆さんは暇なんです？　この激動の世の中、もっとやるべきことがあるんじゃないですかね」

「自分の仕事がある者はそれに従事しております。ですが、ミツバ様をお祝いする歌の練習は、何よりも重要です。永遠に語り継ぐべき讃美歌《さんびか》です」

王都の空気が澱《よど》みすぎているのか、私に縋《すが》ろうとする信者が増えている。恐怖を避けるために、恐怖をばら撒《ま》く忌むべき存在に縋りつく。矛盾した行動に思えるけど、そういうことをするのが人間なのかも。

というか、信奉する対象が神様から私になっただけの宗教団体だ。まぁ、ミツバ党とやらがそうだったとしても、人数が多いのは良いことだ。多くないとお祭りが盛り上がらないし楽しくない。それと、大事なことだけど、麻薬で恐怖の感情を麻痺《まひ》させるのは許さない。ここでは麻薬は絶対に許さない。緑化教会は絶対に許さない。私が生まれる前から決まってる。そういうものなんだよ。

「そうですか。じゃあ私の見えないところで、好きなだけ練習してください」

「あ、ありがとうございます。私などを気遣ってくださるとは。もう死んでも悔いはありません」

「そうですか。なら、後で、死ぬほど大事な話があると、全員に伝えておいてください」

「し、死ぬほど大事な話ですか!?」

「本当に大事ですよ。聞き逃したら本当に死にます」

「は、は、はいっ！　全員、今すぐに、大至急集めます!!」

いや後でいいんだけど。それにしても喧《やかま》しい。普段は百歩ぐらい離れていて丁度良い人だ。

そうそう、ミツバ党の戦闘部隊は『難民大隊』という呼び方でどうかなと聞いてみたら、大賛成してくれた。ついでに『難民大隊の栄えある初代大隊長はアルストロさんです』と言ったら、口を開けたまま白目を剝いて気絶してしまった。面白かったけど、痙攣《けいれん》してて結構危なそうだった。慌てたハルジオ伯爵が医者の所へ抱きかかえていったのでなんとか大丈夫だった。

アルストロさんの両親はハルジオ村の屋敷からここに移り住んでいる。また一家仲良く暮らせていいことだ。伯爵はお金と食料はあんまり持ってなかったけど、衣服、馬車、高そうな食器やら小物などを持ってきてくれたのでそれなりに助かった。都市から少し離れると、夜盗やら暴徒がうろついていて、とてもじゃないけど安心して過ごせないと泣いていた。村は廃墟状態だったから余計連中を引き寄せてしまったとか。ま、ここも安全じゃないしこれから鉄火場だけどね！　『というか、ひどい目に遭うのは伯爵の自業自得じゃないですかね』と言ったら、鼻水垂らして泣いていたのが面白かった。あの緑化教徒の一件以来、散々で涙もろくなっているらしい。本当に興味ないけど。

「相変わらずアルストロは、貴方を神と崇《あが》めているようですな。私たちといてもその話ばかりでして。というか、妻も貴方に縋っているようでして。なんと言えばいいか」

「不満なら連れ帰っていいですよ。別に止めないので」

「と、とんでもない！　そんな真似をしたら、息子は錯乱して自殺してしまうでしょう。親としては複雑ですが、自分の居場所を見つけられたのではないかと。むしろ、私だけ追い出されかねません」

疲労が全身からにじみ出ているハルジオ伯爵。それなりに世渡り上手《じょうず》らしいけど、村人から搾取しまくってた典型的な貴族様だ。サンドラたち共和派に見つかったら即刻処刑台行きになりそうな人である。私としては、ラファエロさんに代わる雑用係になってもらいたい。仕事さえしてくれれば、人間性が屑《くず》でもなんでも構わない。私の方針は来るもの拒まずだ。ただしカビとミリアーネ以外。

「ミツバ様は、ご自分の土地には戻られないので？」

「私がいなくてもなんとかなってるってことは、どうでもいいんじゃないですかね。知事さんとか軍人さんがいるんでしょう？」

「え、ええ。実務は知事に任せっきりというやり方もありますな。もちろん、信頼できる者でなければなりませんが」

「知事さんとは会ったこともありませんよ。誰かさんのせいで、当主の実権が私にはないんです。私のお家《うち》はこの士官学校ですね。これだけは国民議会で認めてもらいました」

「そ、それはまた。苦労されておりますな」

「もうすぐなくなるのでどうでもいいです」

成立後の国民議会では、立て続けに貴族や聖職者の権利を剝奪《はくだつ》する政策が決定されていった。特に目の仇《かたき》にされたのは特権持ちの貴族様やお抱え商人。農奴解放宣言、国民主権宣言、極めつきの不正借財無効宣言。ようは、貴族様が所有する農奴は即刻解放すること。国のことは王様じゃなくて国民である我々が全部決めるということ。そして、今までの市民階級の借金は全てゼロにするよ！ということ。

そんなもの認めるかと一部の議員が蜂起したけど、取り囲まれてボコボコ。そして全員処刑。ギロチンがいよいよ回転率を上げてきた。すでに貴族様と傭兵、王党派の商人や市民がギロチンの刈でクビになっている。私も頑張った甲斐《かい》がある。偉大な先人も『うむ』と頷いてくれるに違いない。

「世が急速に変わるというのは実に恐ろしいことです。理解できないことには反発したくなる。……村での出来事がなければ、私の首も落ちていたかもしれませんな」

「運が悪かったのか、良かったのか。伯爵はどっちなんでしょうね」

「…………」

私は七杖家の一人として、全部の宣言を認めますと宣誓してあげた。また貴族様たちからの殺してやりたい度が上昇した気がする。そろそろ限界突破は間違いない。とても喜ばしい。共和クラブのヴィクトルさんとは、宣誓する代わりに、この士官学校を私に貸しておいてねとお願いした。別に私財にするわけじゃなく、一時的に難民さんの居場所として認めてほしいというだけ。ヴィクトルさんはとても渋い表情をしたけど、サンドラが賛成してくれたのでなんとか通った。サンドラも私を利用したので、お互い様である。

「……国王陛下は、これからどうなるのでしょうな」

「さぁ。そのうち、処刑されるんじゃないですかね」

「しょ、しょ、処刑ですと！」

「だって、共和制に王様はいらないですし」

「国王を市民が殺すなど、周囲の国が許してはおきますまい。適当な者を旗頭に確実に介入してきますぞ！」

自分たちの国に波及されたら堪《たま》らないから、ほぼ間違いなく介入してくる。近場のリリーア、プルメニアは間違いない。同盟国のカサブランカすら怪しい。上手くいけば傀儡を仕立て上げて都合の良い国家の出来上がりだし。腐敗貴族のハルジオ伯爵はそういう見方で色々発言してくれるから参考になる。

「かといってお飾りにする立憲君主制は嫌だって言ってましたよ」

「い、嫌ですか。しかし、このままでは」

「共和派のお祭りも、簡単には終わりにはできないでしょう。国王処刑の催しは絶対に盛り上がりますから。王党派排除の後は、過激派と穏健派の戦いですね」

国民議会で今紛糾しているのは、国王ルロイの処遇だ。直ちに処刑すべしと主張するのはグルーテスさん率いる過激な山脈派。最初は非主流派だったけど、勢いに乗って主流派を奪い取った。グルーテスさんがあることないこと吹きまくったおかげで、民衆の支持を勝ち取った。カリスマとか弁舌能力はあるんだろうけど、なんだか小麦粉っぽい名前。そのうちデンプーンさんとか出てこないといいけど。こういうことをサンドラに言っても、また馬鹿が何か言ってるという顔しかされないので残念である。サンドラはこのグルーテスさんの右腕として活躍中だ。私が左腕になってあげようかとグルーテスさんに言ったら、即座にお断りされた。貴族階級とは口をききたくないって。『それって差別ですよね。議会を牛耳った後は、貴族と同じことをやるんですね！』と言ったら、顔を真っ赤にして怒鳴ってきたので、耳を塞いで出てきた。嫌な人である。

で、今は幽閉して様子を見るべきであると主張するのが、ヴィクトルさん率いる平原派。中道的で現実主義な彼らは意外と柔軟性がある。元上院議員たちとの連携も模索しているみたい。全部新聞からの情報だけど。正道派、寛容派とはなんとかやっていけそうという考えみたい。ヒルード派はノーセンキューらしいけど。

最後に、国王をそのまま大統領にしてしまえばいいと主張するのが大地派。大地派は、比較的裕福な市民や商人が多い。不正借財無効宣言には強固に反対していたため、貧しい市民からの評判はイマイチ。ちなみに大統領制は、アルカディナで採用されている制度だ。このローゼリアでは首相を置き、対外的な儀礼行為を大統領に、その他内政、外交、軍事は首相が指揮を執ると。なるほどと思ったけど、それって立憲君主制じゃんと言ったら、サンドラも大いに頷いていた。苛々《いらいら》した様子で机をトントン指で叩いていたから、そのうち何かやりそうである。

まぁ、その前に私がやるんだけどね。

「ミツバ様、全員集め終わりました！」

「どうもありがとうございます。それじゃあ、行きましょうか」

息を切らせて、足を引き摺《ひず》りながらアルストロさんが駆け込んできた。慌てて抱きかかえるハルジオ伯爵。実に麗しい親子愛。素晴らしいシーン。それがたとえおかしな信奉者と腐敗貴族でも、絵に描いたらきっと美しいこと間違いなし。私も、後世でどう見られることになるのか、とても楽しみだな。


――六月五日。国王ルロイの醜聞が新聞でバラまかれた。今までの贅沢《ぜいたく》な生活の詳細、普段食べている豪華な料理の数々、王妃と自分の子供に贈った貴金属の額。今までにしたためた手紙や日記が抜粋されて掲載されている。最初は我儘《わがまま》で身の程知らずな国民への不満、国民議会を本心では認めていないという罵倒、なぜ七杖家の者たちは余を助けに来ないのかという愚痴、最後はカサブランカに亡命したマリアンヌ王妃への助けを求める泣き言。この最後の手紙が一番まずい。

『今のローゼリアが混乱の極致にあるのは承知の通りだろう。カサブランカを盟主として諸外国と協力し、正当なローゼリアを奪還してほしい。内からは王党派が呼応するであろう。余はローゼリア国王として、これを正式に要請する』と署名付きで書いてあったそうだ。記事は、国王がどれだけの悪政を行い人民の財産と命を消耗してきたのか、それらを一つずつ記した後、『国家への裏切りは決して許されるものではなく、国王といえども断固とした処置をとるべし』と断言している。ちなみに、勇気ある通報者は国王一家の世話をしてきた侍女で実名付きだ。

実に胡散臭《うさんくさ》いが、真贋《しんがん》混ざりあってどれが本物かもうよく分からない。というかもう真偽の方はどうでもよくなっている。市民たちの怒りはますます膨れ上がり、国王を庇《かば》う発言をした者は真っ先に槍玉《やりだま》に挙げられる始末。事実、本当に殺されたりしてるから面白い。一番憎みやすい対象だから仕方ない。

「もうすぐ国民議会で、国王陛下の処遇が決まるというときにこれです。世の中って怖いですね」

「山脈派の仕業でしょうな。市民を扇動するために、ねつ造したに違いありません。私が言うのもなんですが、陛下はこんな愚痴をもらすような方ではありませんでしたぞ。この侍女を買収したに違いありません！」

賄賂に詳しそうだし、買収についてだけは無駄に説得力がある。伯爵は王党派寄りみたい。忠誠云々《うんぬん》ではなく、今までたくさん贅沢してこれたのだから当然だ。共和制を支持するなんて欠片も考えたことがなかったに違いない。ここにいるのも、息子がいることと保身になりそうだからである。ある意味で生存本能の強い人である。なんだかんだで生き残ってるしね。

「でもこの侍女って、貴族の名家の娘みたいですけど。そんな人が買収されたりするんでしょうか？」

「……それはなんとも分かりませんが。ただ、所詮は小娘、脅せばどうとでもなるかと」

「もしくは貴族たちのなかにも、国王陛下に死んでもらいたい人がいるのかも」

「そ、それはなぜです？」

「頭を挿げ替えるための利害の一致です。自分の手を汚さずに済みますから。これは次の議会は見ものですよ。伯爵もうっかり見逃さないでくださいね？」

「お、恐ろしいですな。ま、巻き込まれずに済んで良かった」

「あはははははは。本当にそう思いますか？」

私は笑いながら、安堵していたハルジオ伯爵の肩を叩く。嫌な予感がしたらしい伯爵は、脂汗を流しながら小さくなってしまった。

私は学長室のソファーにもたれかかり、これからのことを考える。

六月六日、私の十三歳の誕生日。国王ルロイの運命が決まる日だ。さて、どうなるかなぁ。

数で言えば処刑賛成の山脈派と反対の平原派、大地派を合わせた人数はほぼ互角。あのビラで流れが変わっちゃった。下手に庇うと、一年後の選挙で不利になるどころか、市民に袋叩《ふくろだた》きにされかねない。現に、山脈派は勢いを増している。グルーテスさんは市民を煽って、庇い立てする連中の顔を忘れるなと言い放っているし。サンドラも国王は邪魔と言っていたから、確実にそう動くだろう。本当に激動の世の中だ。生きていくだけでも難しい。

でも大丈夫。その日は私の誕生日だから。全部上手くいくに違いない。そうじゃなければ、ただ死ぬだけだよ。だから、何もかも大丈夫。

◆

――運命の六月六日。私はのんびり着替えながら、ミツバ党の皆とお祝いパーティーをしようと思っていた。人数も膨れ上がり、今は老若男女合わせて五千人！　すごいね。だって後先考えず入ってもらったからね。数がいないと盛り上がらないし、賑《にぎ》やかじゃないと楽しくない。食い物以外の物資はそこら中に散らばってるから不自由しない。今は治安が悪いから誰も気にしないしね！

というわけで、皆の準備が整い次第、早速パーティーを始めようとしたのだが。サンドラ議員が鬼の形相でやってきてしまった。せっかく組んだスケジュールが台無しである。

「お前は何をやっている！　一票で運命が変わる大事な日だぞ！」

「何をと言われても。サンドラはサンドラで頑張ってください。私も応援してますから」

「この大馬鹿が！　お前も国民議会の議員だろう!!　宣誓したのをもう忘れたのか！」

「その心配なら大丈夫です。昨日辞職届を出しましたし、ヴィクトルさんも受け取ってくれましたよ。それにもし議員だったなら、今日まで大事な議会を欠席してたことになっちゃいます。責任を取らないと」

責任を取るっていうのは仕事を放って辞めるってことだよ。責任を取ってこれまで以上に仕事を頑張りますって言っても誰も納得しないからね。不思議！

「受け取っただけで受理されたとは聞いていない！　第一、そんな簡単に議員を辞められると思うな！」

「でも、休んでても怒らなかったじゃないですか」

「私も自分の活動で忙しくて、逐一お前を見ている余裕などない。お前は抱えた難民を我らの仲間へ引き入れるために多忙だと思っていた。ヴィクトル代表からはそう聞いていたぞ」

ヴィクトルさんめ、しっかりとこちらの動向を監視していたらしい。あの太っちょはやっぱり信用できない人だった。『用件は承った』と言ったのに。でも、認めますとは一言もいってないと言い訳するつもりかも。私も『議員辞めます』と言って辞職届を出しただけだったし。いつをちゃんと伝えなかったのはちょっとだけ失敗だった。どうでもいいことだから忘れてた。

「じゃあ今日は大事な用事があるので、改めて欠席します。お腹《なか》が痛いから病欠でもいいですよ」

「ふざけるな」

サンドラが短銃を向けてきた。でも撃つ気はなさそう。殺気がないし、弾も入ってないようだ。

「うーん。そんなに私に議会に行ってほしいんですか？」

「今日ばかりは絶対に連れていくぞ。お前を山脈派の一員と証明できる最大の機会だからな。絶対に私と同じ側に入れるんだ。今日だけは、下手をすれば命がない。冗談ではなくだ」

「それは、とても怖いですね。もし反対したら粛清でもするんですか」

「……その覚悟がなければ革命などやらない方がいい。今更融和政策を取ろうなど、愚の骨頂だ。行きつくとこまで進む。たとえ国が焼けたとしても、人と意志は残る。そこからまた立ち直ればいいだけだ」

短銃をしまい、小さく息を吐くサンドラ。疲労が溜《た》まっているみたい。大変だね。

「サンドラがそこまで言うなら、一緒に行きますよ。そうそう、今日は私の誕生日なんですよ。それについて一言あればどうぞ」

「また一年寿命が縮まって何よりだな」

「素晴らしいお祝いをありがとうございます。今日は、本当に良い一日になりそうですね」

私はサンドラに微笑み、立ち上がる。えーっと、議員服は支給されてないから、軍服だ。当主の杖に、紋章、ミツバッジも付けていこう。歴史に残っちゃうかもしれないし。私の行動が世界を変える。格好良いね。

校門を出ると、士官学校内から難民大隊の皆が歓声をあげる。『ミツバ様万歳』と。まだパーティーには早いので、サルトルさんとアルストロさんにはちゃんと目配せしておく。しっかりと頷いたので、問題なし。私も皆に手を上げて挨拶しておく。私に万歳と言ってくれるなら、もっとこの顔を直視してほしいものだ。彼らが見てるのは私の方角であって、私自身じゃない。もっとわたしをみろ。

「見事なものじゃないか。ストラスパールや西ドリエンテの難民、さらにはスラムの連中までお前を応援している。行き先を失った貴族階級も匿《かくま》っているんだろう？」

「あれ。知ってたんです？　絶対怒られると思ってたんで内緒にしてました」

その筆頭がハルジオ伯爵。市民の略奪に遭って逃げ遅れた下級貴族とかもいるよ。偉そうにしたらボコっていいと言ってあるから大人しい。というかそれくらいの気概がある人たちはもう死んでる。

「何かを企《たくら》めば潰すつもりだったが、何もする様子がないから放っておいた。……私が目指す世界の縮図が、あそこにはあるな」

「縮図ですか」

「全ての身分、あらゆる出身の者が平等な世界。誰もが学ぶことができ、自分の力で仕事を得て、自分の力で飯を食う。常に与えられるのでは駄目だ。それではいずれ堕落してしまう」

「なら大丈夫です。ウチは働かざる者食うべからずですからね」

「素晴らしい言葉だな。貴族たちに百回は聞かせてやりたいよ」

「暇があったら、ここにいる人たち相手にやっていいですよ」

全然暇じゃないサンドラにそう言うと、肩を竦《すく》めて苦笑い。そして、一度咳《せき》ばらいをするところに真剣な表情で向き直る。

「一つ聞きたい。お前は、国王ルロイを、どう思っている」

「特になにも思いません。あの人はあそこにいることが仕事なんでしょう。一応恩に感じているのは王妃様ですね。当主にしてくれましたから」

「…………そうか。私が思うに、あの男は善人なんだろう。全て、良かれと思って動いていたのかもしれない。だが、上手くいかなかった。そればかりか、己の家族とラファエロを逃がし更に状況を悪化させる始末だ。責任は取らねばならない」

「責任」

「国民議会が成立した以上、ルロイの存在はもう不要なのだ。国王を排除すれば戦争になると言う輩《やから》もいるが、私からすれば生かしておく方が危険だ」

「そうなんですか？」

「共和制の政府が樹立したとしても、最初から全てが上手くいくわけではない。痛みを伴うこともある。王党派が国王を担ぎ出そうとすれば、そのたびに内乱だ。どちらにせよ他国との争いは避けられん。ならば、一度徹底的な外科手術を行うべきだ」

「外科手術。つまり、ギロチン送りですか」

「可哀想《かわいそう》だが、やむを得ない」

私が先人の知恵を借りて作製したギロチンが歴史にまた名を残しそう。私も負けていられない。

「どうなろうと、争いは避けられないんですよね。なら、丁度良かったです」

「丁度良い？　一体なんのことだ」

サンドラの言葉に私は笑顔で誤魔化《ごまか》す。「そんなことより見てください」と、群衆を指さす。

「皆、サンドラを待ってたんじゃないですか。すっかり人気者ですね」

「グルーテス代表の力が大きかった。日和《ひよ》ったヴィクトルから支持を奪えたのは、彼の力が大きい。煽りすぎているという批判もあるが、今は仕方ないことだ」

山脈派過激主義のグルーテス、平原派中道主義のヴィクトル。共和クラブはこの二派閥がつば競り合いを行っている。クラブの代表は最初はヴィクトルさんだけだったけど、いつの間にかグルーテスさんも代表を名乗るようになったとか。派閥争いも大変だ。

『サンドラー！　必ず国王を死刑にしろよー!!』

『ルロイは絶対に死刑だぞ!!』

『他の貴族どももついでに殺しちまえ!!　貴族は皆殺しだ!!』

『必ずギロチンの錆《さび》にしろ!!』

『ローゼリアは俺たちの国だ!!　俺たちこそがローゼリアだ！』

『共和制万歳！』

私とサンドラ、護衛たちが議会場を目指して歩いていると、更に大きな歓声があがる。皆鍋やら酒瓶を打ち鳴らして気勢を上げてる。もうお祭り騒ぎだ。死刑死刑と王都で木霊《こだま》する。凄い光景である。これが革命かーと私がきょろきょろすると、全員気まずそうに視線を逸《そ》らす。実は私は意外と有名人なのである。最近は視線を合わすだけで死ぬとか、夢で断頭台に掛けられるとか怪談にレベルアップしてる。逸らさずにニコニコと笑みを浮かべる人間たちも結構交ざっている。そしてまた全員国王を殺せと叫ぶ。

「この市民の声を議員連中は聞いている。処刑に反対する連中は気勢を削《そ》がれているはずだ。ここで一気に主導権を奪うぞ。お前も協力しろ」

サンドラが眼鏡《めがね》を触る。目には冷徹な光が宿っている。視線で人を殺せそうだ。多分、自分の進む道を邪魔する人間は排除すると決めているから。もう何人か自分で殺したのかな？　上院議員を嵌めてギロチン送りにしたって聞いたし。理想実現のために汚い手段も取り始めているみたい。人生楽しんでるね。

「さぁ、行くぞ。共にローゼリアの未来を作り上げよう」

「すごい意気込みですね。気分はまさに革命家ってやつですか？」

「こんなときまでふざけた奴だ」

サンドラと二人で笑い合うと、私たちはまた議会場に向けて歩き出すのだった。議会場は、上院、下院議員の血が一杯流れたあのアムルピエタ宮殿だ。

「ところで、なんで馬車を用意しなかったんです？」

「お前に街の空気を肌で感じてほしかったからだ。間違った選択をしないようにという釘を刺す意味もある」

「ちゃんと覚悟は決めてますから、安心していいですよ」

「お前の場合、どこか信用できないからな」

「あはは、悲しい話ですね。でもその洞察は正しいです」

「そういうところが問題なのだ。反省しろ」

前みたいに軽口も弾む。穏やかに笑いながら視線を横にずらす。手で合図を送る。

◆

アムルピエタ宮殿、国民議会場。

今日は各派閥がそれぞれの主張を述べ、投票していく形式らしい。私は久々の出席だから、なんだか落ち着かない。落ち着かないのは他の山脈派議員も一緒みたい。なんだかちらちらとこちらを見てるし。私が手を振ってあげると、苦虫を噛《か》み潰《つぶ》したような顔でそっぽを向いてしまう。嫌な連中である。彼らの居場所は議会場の一番左の席。極左派なんだって。みんな左派のくせに、中道左派、穏健左派とか面倒くさい。ぜんぶなくなっちゃえばよくない？

『国王を殺せば全てが解決するとでも言うのか？　都合よく全てが回り出すというのか？　否《いや》、政治とはそんなに甘いものではない。諸君、ここは一度冷静になろうではないか。国王ルロイに罪はある。だが、人は慈悲を持たねばならない。我々は慈悲なき貴族とは違う！　故に、死刑には賛成するが、執行までしばらくの猶予を与えるべきだと思う。破滅を招くような、拙速な行いは避けるべきだ！』

最初に登壇したのは元最大派閥、平原派のヴィクトルさん。執行猶予付きの死刑を希望するという主張。国民議会を立ち上げた共和クラブの代表さん。もうそれぞれ分裂しちゃってるし、代表も二人になって少し押され気味。冷静なヴィクトル案に賛同する声もあがるけど、ふざけるなという怒号が一斉に飛ぶ。なぜかといえば、議会場には一般市民も入れているから。下手なことを言えば、お家に帰れなくなる。怖い怖い。議会は戦場だから仕方ないよね。言葉という弾丸を交わし合うって偉い人も言ってなかったっけ。言ってなかったら私の名言として残すことにしよう。

『国土ルロイは利用されていただけなのです。彼は愚かな善人に過ぎません。彼を殺せば、必ずや戦争の災禍が訪れるでしょう。もはや国王に力はなく、主権は国民が手に入れました。王、貴族、そして市民は、神の下、皆平等なのです。今はただ憎しみを忘れ、共に手をとりあうべきです。このシーベル、死刑などという暴挙には反対いたします！』

どことなくおかしな穏健思想を語るのは大地派を率いるシーベル議員。『王、貴族、そして市民』とかいう全身分平等を目指すビラを撒《ま》いた人らしいけど。サンドラが『口だけの人間は地獄に落ちろ！』と鋭いヤジを浴びせ始めると、山脈派と周囲の市民が一斉に罵詈《ばり》雑言《ぞうごん》を浴びせかける。実に気合が入っている。私は適当に手拍子をしておいた。目指す世界はサンドラと似てるけど、手を汚す覚悟がないのが気に入らないんだろう。彼が代表だったら国民議会は成立することはなかっただろうし。

『諸君、くだらぬ戯言に耳を貸してはいけない!!　国王ルロイの罪は明白だ!!　我々から長年にわたり権利、財、命、名誉を奪い続けたのは誰だ！　ひたすら贅を貪り、特権階級を守り続けた元凶は誰だッ！　全てルロイではないか!!　何が猶予付きだ！　権利を取り戻すには、即座の死刑以外にはありえない!!　暴挙などと誰にも言わせない!!　国王を庇う者は全て反革命分子だ!!　市民の諸君、これから投票する人間の顔をよく目に焼き付けろッ!!　誰が市民の裏切者か、誰が似非《えせ》共和主義者だったのか、まもなく、全てが白日の下に晒《さら》されるであろうッ!!』

山脈派代表グルーテスさんが右腕を振り上げて大声を張り上げる。当然ながら議場は大盛り上がり。死刑死刑のコールがひたすら続いてうるさくて仕方ない。市民を使っての他派閥への脅迫。流石の扇動力に、私も思わず『死刑！』と叫びそうになってしまった。これがローゼリア国民議会の手法らしいので、しっかりと学ばせてもらわないといけない。恐怖で人の心を支配する。とても素晴らしい。説得もさぞかし捗《はかど》るに違いない。まさにローゼリア革命万歳である。そこに本当に自由はあるのかって？　しらない。

「流石はグルーテス代表。素晴らしい演説だったな。見ろ、他派の議員の顔を。すっかり青ざめて情けないものだ。あとはどの程度切り崩せるかだが、おそらく問題はない」

「完全に脅《おび》えきってますね。ヴィクトルさんだけは平気みたいですけど」

「あれも一種の超人だからな。だから人を惹《ひ》きつける。奴は死に際まで堂々としているだろう」

さらっととんでもないことを言い出した。

「ということは、あの人もいずれは殺すんですか？」

「能力は認めるが仕方がない。革命の邪魔になる者は全員排除する。奴は力がある分だけ厄介だ。シーベルなどとは比較にならん。だからこそ問題なのだ」

「随分過激な思考になったんですね。でも、色々な反動への備えは大丈夫ですか？」

「その時はその時だ。私は死ぬのは全く怖くない。革命が失敗し頓挫することのほうが恐ろしいよ」

そして、怒声と罵声の応酬の中、議長の宣言により投票が始まった。ルロイを直ちに処刑するか、しばらく猶予を与えるかの二択だ。青白の二色の票が処刑票。赤色だけのが猶予票だ。誰が用意したのかは知らないが、とても意図的である。青白は革命旗だし、赤は国王のレッドローズの象徴じゃないか。ちなみに私はブルーローズだからとりあえずで青色を選んじゃいそう。

「この投票用紙、誰の仕込みなんですか？　あまりに露骨じゃないですか？」

「さてな。事務方で、気を利かせた人間がいたんだろう。見分けがつきやすくて助かるな」

「あとで不公平とか言われませんかね」

「票の色ごときで意見が変わるなら、世の中苦労はない」

そうですねと言いたくなるけど、実際は結構変わると思う。赤票を入れたら王党派のレッテルを貼って陥れて粛清する。山脈派の人は絶対そうするだろう。サンドラも分かっていて、言っている。私にも二つの投票用紙を渡されたので、赤票を破り捨てて放り投げておく。サンドラがやったから真似しただけ。議会場に赤い紙吹雪《かみふぶき》が舞い散って綺麗である。現状は、意外と競っている感じ。流石に、青白票を破り捨てる議員はいないけど。私も青白票を持って、投票箱に向かう。本当はどっちでもよかったんだけどね。

『ブルーローズの呪い人形、ギルモアの遺《のこ》した悪魔め!! 七杖家当主の分際で、陛下の死刑に賛成するなど恥を知れ!』

『どの面下げてこの場に立っているんだ!!』

「そちらこそ、恥を知っているなら、議場ではお静かにお願いします」

『き、貴様ッ!! 災厄を招く悪魔め! 死ね、死ね、死んでしま――』

『う、げ、げええええっ』

死ねと私にヤジを挙げてた人たちが喉を押さえて倒れ込んでしまった。口から紫の泡がこぼれている。大地派所属の貴族さんかな？ 場が騒然とするけど、元々騒がしかったので問題なし。私は議会の皆さんに一礼して、元の席に戻っていく。倒れた議員さんはそのまま外に運ばれていってしまった。

「……あえて怒らせた上で、有無を言わせず黙らせるとは。お前は政治家の才能があるな。口論で相手を昏倒《こんとう》させるなど、伝記でしか見たことがないぞ」

「褒めてもらってもあまり嬉しくないです。多分興奮して血圧が上がったんでしょう」

「いずれにせよ、これでまた一つ悪評が増えるな」

「うーん、私って本当に呪い人形なんですかね」

人形じゃないとは思う。呪われてるとは思う。何がって？　全部だよ。

「人形は喋らないし物を食べない。だから人形じゃないだろう」

「サンドラの言葉には、説得力がありますね。頼もしいです」

「常識をわきまえているだけだ。呪いや祟《たた》りで人が殺せるなら苦労はない。できたなら数千人単位で殺したい連中がいる」

「あはは、それは多すぎですよ」

「これでも少なく見積もったつもりだ」

国民議会全議員五〇〇名。死刑票三二〇、反対票一七八、退場による棄権が二名。結局、結構な大差で死刑に決まりました。最初だけ競ってるように見えたのは、心を決めていた人がすぐに動いただけのこと。ビビってた人たちは、その後で目立たぬように青白票を投じていった。

つまり、国王ルロイさんは死刑確定。議会場にいた新聞記者さんたちが外にすっ飛んでいく。そして、市民たちが万歳する。もう大騒ぎで、議場にも結構なだれ込んでいる。ザル警備だが、歴史的瞬間だから衛兵も心ここにあらずだろうし仕方ないね。反対票を投じた議員たちは、慌てて身支度をして議場を後にしようとしている。このままだと連れ出されて殺されちゃう。

「山脈派は二四〇人。平原派が二二〇人。大地派、無所属が合わせて四〇人。市民からの報復を恐れた平原派から大量の離反者が出たおかげだな。賛成に回った議員は山脈派に取り込む。反対に投じた連中はそれ相応の報いを受けてもらおう」

「この後、すぐに死刑を執行するんですか？」

「ああ、その段取りになっている。わざわざ猶予を与える必要はない。民衆の前でただちにギロチンに掛ける。同志ミツバよ」

「なんです、その呼び方」

「お前はもう立派な山脈派議員だ。お前の一票は、間違いなく歴史を動かす力となった。もう誰にも疑わせたりはしない」

「それは、ありがとうございます」

「グルーテス代表が、ルロイの死刑執行の指揮を執る。演説も行われる。この国の大きな転換点だ、我々も必ず立ち会わねばらん」

「…………」

てんやわんやで大騒ぎの議場。山脈派議員と賛成票を投じた議員たちも次々と立ち上がり移動を開始する。執行猶予案が通らなかったヴィクトルさんは頭を抱えている。シーベルさんはもう放心状態。その騒然とした議会場を、赤い紙吹雪が乱舞する。市民が用意していたのかな。もしくは未使用の在庫を勝手に使ったか。歩き出そうとしていたサンドラも、それを見て感極まっている。体を震わせて涙を堪《こら》えている。ようやくここまで来たという感慨があるのかな。私は軽く背中を撫《な》でてあげる。

「本当に良かったですね、サンドラ。おめでとうございます」

「あ、ああ、ありがとう。だが、これからが全ての始まりだ」

「そうですね。始まりですよね」

そう、本当のパーティーの始まりはここからなんだよ。衛兵姿で近寄ってきたミツバ党員からさりげなく短銃を受け取り、興奮した様子で幹部を先導しているグルーテスの頭に狙いをつける。魔力を込める。別に込めなくてもいいけど、その方が綺麗だからね。

「えい」

「――え？」

カチッと引き金を引く音。飛び出る弾丸。自分でも驚くぐらいに完璧な弾道だ。呆然《ぼうぜん》とそれを眺めているサンドラ。紫の弾丸を受けたグルーテスは悲鳴を上げることもできず、血しぶきをあげて側頭部がふっとんだ。歴史に名前を残すはずだった扇動家はあっけなく死んだ。

替えの銃を受け取り、魔力充塡《じゅうてん》。狼狽《ろうばい》する山脈派の幹部目掛けて適当に撃ち込む。密集してたから貫通して三人ぐらい殺せた。たくさんの悲鳴が議場に響き渡る。慌てて逃げようとしたヴィクトル、シーベルは議場になだれ込んできたミツバ党難民大隊に乱暴に拘束された。党旗を掲げて指揮を執っているのはアルストロさん。気持ち悪い笑みを浮かべて何かを叫んでいる。そうなったのは彼のせい、利用したのは私のせい。もちつもたれつだね。

「な、なんだこれは。一体、何を、しているんだ、ミツバ？」

「私も楽しく自由に生きていこうと思っただけです。歴史に名を残すには、大きいことをしないといけないでしょう。サンドラがいきなり来たせいで、投票に参加することになっちゃいました。結構面白かったですけど、初《しょ》っ端《ぱな》から計画変更ですよ。人生って複雑怪奇で、先が読めませんね」

赤い紙吹雪をたくさん拾って、ニコニコと笑いかける。それを、サンドラの頬《ほお》へとなすり付けた。

「ミツバ様。議場の制圧は完了しましたぞ。周囲は大混乱で、収拾をつけることは不可能でしょうな。誰が敵かなど分かる者は絶対におりません」

「ありがとうございます。急な計画変更でしたけど、対応してくれて助かりました」

「なぁに、全て想定の範囲内。何も問題はありませんぞ。むしろ結果的には良かったかもしれませんな」

サルトルさんと難民大隊が駆け寄ってくる。服装は私服、軍服、各派閥の象徴付きとめちゃくちゃである。議場の外では銃声、怒号、悲鳴が飛び交っている。何が起こっているのかを把握できない状況を作り出しているからね。誰が味方で誰が敵かも分からない。外には私の手勢がそれぞれの派閥の仕業と扇動し合っている。国王軍の介入、外国勢の侵略とも叫んでいる。私にも分からないので、分かるわけがないのである。面白い！

「この後は予定通りにお願いします。そうだ、グルーテスさんの首でも投げ込んで、混乱を更に煽ってください。顔面は無事だから識別できるでしょう。ここの人たちがうるさいことを言ったら殺しちゃっていいです」

「承知しました。この場は全て儂にお任せを」

指示を出しながら短銃に弾を込める。一息入れて、周囲を見渡す。うん、良い感じである。旗を振るって大暴れのアルストロさんと目が合ったので手招きする。足を引《ひ》き摺《ず》りながら、必死に駆け寄ってくる信奉者。人間、死ぬ気になればなんでもできるんだね。活《い》き活きしてるからハルジオ伯爵もきっと喜んでいるだろう。計画は何も教えてないから、ショック死しないといいね！

「お、お呼びでしょうかミツバ様！」

「頑張ってくれてありがとうございます。ここはサルトルさんに任せましょう。私たちはルロイさんを連れてベリーズ宮殿を制圧しに行きます。一応国王ですから、役に立つかもしれません」

「承知しました。すぐに探し出し、連れてきます！」

アルストロさんが慌てて駆け出していく。そんなに慌てなくても王様は逃げられないよ。別に死んでてもいいし。臨機応変にいくのが大事。

「ミツバ様。ここから手勢を割いても、儂の方は問題ありませんぞ」

「いえ、そこは計画通りでお願いします。もうすぐ王魔研からも援軍が来ますから。それに、今日は良い日ですからね。きっと全部上手くいきます」

ポジティブ思考は大事である。上手くいかなかったら？　皆で仲良く死ぬだけだよ。簡単簡単。


「お前、お前はッ!!　何をしたのか分かっているのか！　こ、こんなこと、議会政治は、許しはしない!!」

「許さないとどうなるんです？」

「――――ッ」

激昂《げきこう》して騒ぎ立てるサンドラ。その眉間に、振り返りざまに短銃を突きつける。

さっきとは変わって表情は完全に蒼白《そうはく》だ。うん、とても素敵な感情である。浮かんでいるのは限りない『なぜなぜなぜ』という疑問と、暴挙への憤怒、そして、それを上回る恐怖。

「サンドラには私を止める機会をあげたのに使わなかった。みすみす見逃した。それって許しちゃったってことですよ。共和主義者にして市民の代弁者、議員の鑑《かがみ》たるサンドラがです。だからきっと、他の人も許してくれますよ。許してくれなくても別にいいですしね。言葉の次は弾丸というのはどの世界でも共通です」

「な、なんでこんなことに。どうしてだ。一体、何が目的で――」

「簡単ですよ、サンドラ。だって、目の前に綺麗な王冠が落ちていたんです。ピカピカでとても綺麗な王冠が。それを拾うと、どんな人でも歴史に名前を残せちゃう素敵な宝物。思わず拾いたくなっても、おかしくないでしょう」

貴族、市民、学生、兵士、議員まで経験できた。この際だから一番上を狙いにいっても問題ないよね。だって早い者勝ちなんでしょう。目的のために手段は選ばなくていいってサンドラも言ってたし。自分だけは例外なんて言わせないよ。

「それが、目的、なのか？　お前は、王に、なりたかったと」

「正確には、一番を狙いにいったんです。今日は私の誕生日って言いましたよね。だからパーティーは盛大にやることにしたんです。元々起こる予定の内戦が、私たちの介入で更に激化するはずです。で、それが終わったら、今度は大陸全土でやるんですよ。確実にちょっかい出してくる人も巻き込んで、盛大にね！」

天井目掛けて短銃をぶっ放す。最大まで込められた紫の魔力が、議場を貫いて天へと昇っていく。悲鳴をあげていた議員やらいろんな人たちが、呆然としたままそれを眺めている。絶望するしかないサンドラ。歓声をあげ、私に祈りを捧《ささ》げてくる難民大隊。ミツバ様万歳の声が議場に響きはじめる。私はそれを短銃片手に見渡して、満足気にひたすら笑い続けるのだ。

もう止まらないし止められない。味方を増やし、敵を増やしていこう。誰も彼もどんどん巻き込んでいこう。このまま行けるところまで進んでいこう。私たちの命が燃え尽きるまで。歴史に痕跡を深々と刻み込んでいこう。それが私たちの望みである。

「見てくださいサンドラ。皆、楽しそうですよ。自由に生きるって、素敵ですね」

――生まれてきて、おめでとう、ありがとう、そして、ごめんなさい。

EPISODE

13

王冠を手に

ミツバ率いる難民大隊は、大して苦労することもなくベリーズ宮殿の制圧に成功した。

麗しのベリーズ宮殿には大砲が数門設置されていたが、特に障害にはならなかった。こちらには人質のルロイ国王――面倒なので猿轡《さるぐつわ》つきがいるし、それを撥《は》ねのけて攻撃命令を下せるような骨のある人間はいなかったのだ。衛兵たちを武装解除しつつ、私とアルストロさん、なぜか巻き込まれたハルジオ伯爵は玉座の間へと無事たどり着いた。

「よいしょっと。ついでに王冠を被《かぶ》ってと。どうです、似合いますかね」

「お、お、お、おめでとうございます！　ミツバ様！　いえ女王陛下!!」

「ありがとうございます。その呼び方は気が早いですけどね」

「あわわわわわわ。な、なんということを」

アルストロ君と頭がアレな大隊の皆さんが歓喜の涙。ハルジオ伯爵は顔が真っ青。どう見ても反乱罪だし当然だ。とはいえ、こうしなくてもルロイさんはここから引《ひ》き摺《ず》り下ろされてたわけだけど。私たちのおかげで寿命が延びたのは間違いない。そして、これからどうなろうと、私たちの名は歴史に残る。ひとまず第一目標は達成だ。やったね。

「でも大事なのはここからです。まず体制を固めないと、すぐに取って代わられちゃいます。それを防ぐために、まず――」

「まず、どうすればよろしいでしょうか！」

「私の呼び名と、新国名を考えましょう。それが何より重要です」

「え？」

反乱しそうな勢力、有力者の洗い出し、介入してきそうな諸外国、こちらの支配圏をどこまで伸ばせるか、現存する師団は果たしてどう動くのか、交渉の余地は？　等々色々考えることはある。でも、まずは私。これが一番大事！

「私は国王？　皇帝？　大王ですか？　この国は王国？　帝国？　共和国？　大事なことです」

「なるほど、確かに重要です！　今すぐ知恵を絞り出します！」

「い、いや落ち着けアルストロ。確かに、それも大事でしょうが。それよりも、こんな大それたことをして、後でどうなるのか。無事に済むとはとても思えませんぞ！」

「私は断然女王を推します！」

悲観的なハルジオ伯爵と、声のでかいアルストロさんは放置しておこう。

うん、ローゼリアというのはそのままがいい。馴染《なじ》みがあるし。だが王国のままというのはいまいちだ。変わった感がない。ということは、国王を名乗るのも駄目だ。旧体制を引き継いでいるという印象がつきまとうから面白くない。そういう意味では帝国も駄目。革命で大事なのは勢いと変わった感である。教えてくれる人なんていないから、細かいことは市民には分からない、分かることができない。色々と分かるためには勉強しないといけないけど、そんな余裕は彼らにはない。煽《あお》ってるのは各派の議員とその意を受けた新聞社。それを潰したり利用して、分かりやすいアメを用意して宣伝する。憎むべき敵は他所《よそ》にいくらでも用意できるからね。富は貴族から奪って再分配だ。なくなったら他所から奪う！　うまくいかなかったら、そのときはそのとき。適当に抵抗して皆で仲良く破滅しよう。たくさん道連れ増やすよ！

「失礼しますよ!! いやいやいやいやいや！ 即位、心からおめでとうございますミツバさん、いや女王陛下！ まさかまさか、こんな神をも恐れぬ所業を成し遂げるとは、色々と協力した私も鼻が高いというものです！ もう死んでもいいくらい満足しました！」

玉座の間の豪華な扉を乱暴に蹴り開けて、王魔研のニコ所長が颯爽《さっそう》と現れた。お供には血まみれの武装所員が数十人。裏切りの誘いを掛けられた副所長もいる。ニコ所長曰《いわ》く、裏切るわけがないとのこと。全員、試作兵器を携えてやりたい放題やってきたようだ。

「ありがとうございますニコ所長。でも、女王やら国王にはならない方がいいですよね。私が分かりやすい敵になっちゃいますから」

「確かに、それは一理ありますけど、もったいなくないですか？ なりたくてなれるもんじゃないんですよ？ なりたいですよね、王様」

悪魔の誘い。なっちゃえなっちゃえと気軽に言ってくれる。彼女はそこそこ満足しているから、別にこのまま破滅を迎えても問題ないわけだ。それを見届けることができるなら。でも、まだ早いよね。

「そうなんですけど、そこはグッと堪《こら》えます。私は革命感を出したいんですよ」

「革命感！ なるほどなるほど。それでは皆でいいのを考えましょう。あ、そうそう、ミツバさんの呼称も大事ですけど、権力も握りにいかないといけませんよ。金と銃がない国家なんてゴミですからね。もうやってますか？」

「はい。各派閥の本拠地は偽装させた大隊に襲撃させてます。新型の火炎放射器を借りたので、凄《すご》い勢いで燃えてるそうですよ」

射程距離は短いけど、派手に炎を放射する凄い兵器。でも、背中を撃たれると自分がファイヤーするから気をつけよう！　石造りのお家《うち》が多いから、大火災にはならないっぽい。なったらなったで、火祭りだけどね。

「素晴らしいですねぇ。突貫作業で頑張った甲斐《かい》があります」

「あとは、各省庁、陸軍、海軍本部はルロイさんの名前で一旦押さえてあります。彼らも情報収集に時間がかかるでしょう。機転を利かせて脱走しようとした連中は軟禁中ですね」

外に逃がすと厄介そうな連中。どんなところにも頭の働く奴《やつ》らは転がっている。従ってくれるといいが、無理なら死刑だ。

「共和クラブの各派閥の長《おさ》は？　肝心の国王陛下はどうしてるんです？」

「山脈派のグルーテスは射殺しました。喧《やかま》しかった幹部はギロチン送り。サンドラ、ヴィクトル、シーベルは拘束してます。ルロイさんも一旦は外に出しましたけど、また地下牢《ちかろう》行きです。本人は何が起こってるのか、全く分かってないみたいですね」

「なるほど。後は、七杖《しちじょう》貴族と王弟フェリクスといったところですか」

「七杖貴族の人たちは、大慌てで王都から逃げ出しました。フェリクス公爵もです。流石《さすが》に、そこまでは手が回りませんでした」

「本当に、逃げ足だけは速いですねぇ。まぁ、これでしばらく時間は稼げますよ。この混乱の中、迅速果断に動ける人間なんてこの国にはいません。その間にできることをやるべきでしょうねぇ」

凄く協力的なニコ所長。彼女が生み出したのだから当たり前だけど。私が何かすることが嬉《うれ》しくて仕方ないらしい。最後まで眺めたいとか言ってたし、このまま特等席にいてもらおう。というか、使えそうな人間が本当に少ない。現在の主要メンバーは、難民大隊指揮官にしてミツバ信者筆頭のアルストロさん、その父にして腐敗貴族代表のハルジオ伯爵、元軍務大臣のキレやすいサルトルさん、王国魔術研究所のニコレイナス所長。う～ん、人材不足！　クローネには『最高の場所と最高のお酒を用意したから、おめかしの準備を』と使いを出したけど、どうなるかな。来てくれたら、軍事面は本当に助かるけど。私を利用してくれないかな。

「どう足掻《あが》いても必ず反乱は勃発するし、外国勢力の介入もあります。このまま行くわけがありません。でも、王冠はここにあり、王都は私が押さえてますから。近いところから潰していきます。まずはブルーローズ州からですかね」

私は被った王冠をツンツンと指さした。満足そうにニコ所長が頷《うなず》き、アルストロ君と大隊兵が拍手してくれた。そういえば、今日は私の戴冠式だ。やったね。そのうちアルストロさんが絵にしてくれそう。

「それでニコ所長。お忙しいとは思いますが、一つお願いがあるんです」

「お願い、楽しみですねぇ。で、なんです？」

「所長に、一回だけ外交官の役をやってほしいんです。まずは、親書を書いてください」

「あははは、まさか恋文でも書かせる気ですか？」

「似たようなものです。相手は、仇敵《きゅうてき》プルメニアですけど。所長も噂《うわさ》のダイアン技師長に会いたいでしょう？」

「これはまた突拍子もないことを言いますね。私はそういうの、絶対に向いていないんですが。……まさか、本当の本気なんですか？」

「もちろんです。ほら、あの国とは延々と戦い続けてるじゃないですか。もう飽き飽きしてるかもしれませんし。だから、二十年くらい距離を置きましょうって伝えるんです」

「本気の終戦交渉をするつもりですか。上手くいきますかねぇ。向こうが嫌と言ったらどうします？そもそも、会えるかも怪しいですよ。というか、私が殺される可能性が非常に高いですよねぇ」

なにも根回ししなければ確実に断られる。外交情勢を上手く説明しても九割失敗。ニコ所長を利用した脅迫との合わせ技が通じれば、五分五分か。ニコ所長が拘束、殺害される可能性の方が極めて高い。普通の思考ならば、とてもそんなところに使者には出せない。だって所長はとても有能だし、極めて役に立つから。

だけど行ってもらう。彼女の目的は私の目的でもある。プルメニアはその対象ではない。だからこうするしかない。目的のためには手段を選ばない。だから命を懸けてください。彼女に対する私たちの感情は極めて複雑だ。死んだら悲しいけどとても清々する気もする。

「断られても別に気にしません。拒絶してまた攻めてきたら、ブルーローズ州に引き込んで迎撃です。あそこは、私の生まれたところですし。どうなろうと、全員道連れにします。ですから、その時は安心して死んでください」

「それは、いい考えですねぇ。そうなったら私が案内役を務めますよ。大陸が地獄の釜になるのを、間近で見るのも風情がありますしねぇ」

ニコッといい笑顔の所長。上手くいかなくて元々、条件次第ではまとまる可能性もある。そうしたら、全力であっちに向かっちゃおう。皆で海峡を渡るよ！　というか、先遣させた贈り物がそろそろ爆発してるはずだしね。あれは特に力を込めたから、場所によってはヤバイことになると思うよ！

◆

——そして地下牢へ。仮にも国家最高権力をゲットしたのに、ひょこひょこ動き回るなという話だけど、私なので問題なし。

まずはサンドラに面会だ。それはもう凄く怒ってると思うので、一発殴られるくらいは覚悟しよう。猿轡をしたまま充血した目で、睨《にら》みつけてくるサンドラ。枷《かせ》を外すようアルストロさんに命じる。

「お疲れ様です。意外と元気みたいですね」

「お前は何をしたか分かっているのか！　こんなことをして権力を握ったところで、すぐに奪回されるだけだ！　何の意味もない！」

「たとえ一刻でも権力を握れたなら、意味はありますよ。奪回されそうになったら、戦って抵抗しますしね。そもそも、私がしなければ、グルーテスさんが独裁してただけのこと。どうせ同じなら、私でもいいじゃないですか。あ、そうそう、生き残った議員さんで議会は存続させます。議長内定、おめでとうございます！」

「ふざけるなッ!!」

「ふざけてませんよ。臨時で私が国家代表に就任し、議長はサンドラの予定です。先の議会で決まった、貴族特権の廃止とかはそのまま引き継ぎます。王都でやるべきは、山脈派、王党派残党の排除です。残るのはミツバ式自由主義の人間だけですね！」

「殺してやる!!」

摑《つか》みかかってこようとするサンドラをアルストロさんとお供が押さえつける。私は持っていた手紙やら帳簿をサンドラの前に置く。

「よく考えてください。今私を殺したら、混乱を助長するだけです」

どの口が言うのかって？　この口だよ。

「混乱を起こした張本人が何を言っている!!」

「そう怒鳴らずに、一息吐《つ》いてからそれを見てください。グルーテスと幹部連中が、商人から賄賂を受け取っていた証拠です。貴族排除後に優遇するようにって書いてありました。ねつ造じゃないですよ。サンドラは見慣れてるから、筆跡で分かりますよね？」

「……な、なんだこれは。こんなもの、信じられるか！」

「目を逸《そ》らさず、じっくりと読んでください。頭が良いんだから理解できるでしょう。集団が活動するにはお金がかかります。私も難民を率いているのでよく分かります。私は私財を全部投入しました。で、貴方たちはどこから捻《ひね》り出したんです？」

「そ、それは。思想に賛同した者たちが、善意で寄付を」

「あはは。思想に賛同したからって、大金を捧《ささ》げてくれる人なんてそうはいませんよ。しかも継続的に、組織を運営できるほどの資金ですよ？　そんな善人がいたら、まさに神様ですね」

本拠地襲撃の棚から牡丹餅《ぼたもち》の戦利品。他の派閥のヤバげな書類も色々と手に入れている。なんとびっくりなのは、グルーテスとヴィクトルが裏で交渉を開始していたことを示唆する書類まである。裁判時のいざこざはもしかして半分は演技だったのかな？　知らないけど。いざ権力奪取となったら、円滑に進めたいと日和《ひよ》るのも無理はない。清廉なサンドラには耐えがたいだろうが、真実である。もしこういうのが出てこなければどうしたか？　普通にねつ造してたよ。だって都合がいいもの。善意の第三者なんてそこらへんにたくさんいるし。

「本当に知らなかったんですか？　理想のためと見ないフリをしてませんでしたか？　そんな人が、私を糾弾するんですか？　こんな時代ですから、遠慮なくどうぞ」

「……………」

黙り込むサンドラ。利用し合う友人だからできれば使いたいけど、無理なら仕方ない、死んでもらう。いや、やっぱりもったいないかも。どうしよう。困った。サイコロで決めていいかな。やっぱり幽閉かな。うーん。私を見てくれる人は希少だからね、悩むよ。

「黙秘権の行使ですか。別に構いません。私はその証拠を全力で利用させてもらいます。一連の騒動は、富を独占したい山脈派、外国勢力と手を組んだ王党派の醜い権力争いだったという流れにもっていきます。私は、やむを得ず大義のために乗り出したという筋書きです。大義が何かは皆が勝手に想像してくれます。大義、実に良い言葉ですね！」

「お前が大義を語るな!!　誰も信用するわけがない！　市民を侮るな！」

「信用なんてものは、後からついてくるって誰か言ってましたよ。それより、大事なことですからよく聞いてくださいね。これから、サンドラのとれる道は二つです。私に国王処刑の投票をせまったときと同じですね」

「ふ、二つだと」

「信じたいものを信じたままギロチンで死ぬ。これが一つ目。友達は苦しめたくないんで、痛くないようにします。二つ目は、いろんな汚名を背負って理想を曲げて私に協力する。生き延びたいならこっちですね。うまくやれば、また革命の好機も訪れるかもしれません」

「…………」

「どちらにせよ、早めに決めてください。そうそう、明日、宮殿前広場でギロチン祭を開催しますから。参考にしてもいいですよ。戦争に賛成した王党派、聞き分けのない山脈派は腐るほど捕まえてあります。彼らの財産を根こそぎ使って、貧しい人を助けます」

ついでに賄賂を贈った商人も殺す。逃げ出した貴族の財産も没収だ。適当に分配して、後は上手い感じに使っていこう。人材もなければお金もないしね。お金がないならあるところから持ってこないと。ないからって勝手にバンバン作ったりすると、価値が暴落するからやめておこうね。

「そんな脅迫に、私が従うと思うか!! 私は死を恐れたりしない!」

「そう言うと思ってました。ちなみに、サンドラが駄目なら、カサブランカからラファエロさんを連れ戻して議長にします。すでに遣いを出してます。本当に人材がいないんですよね」

立憲君主制信奉者のラファエロさんなら別に戻ってきてもいいよ。私は制限されないけど。彼がそれに向けて努力するのは勝手である。前ちょっと冷たくしすぎたからお詫《わ》びである。サンドラが受けたら副議長ポストだ。

「ラ、ラファエロだと!? 馬鹿なことはやめろ! あいつは理想のために国を亡《ほろ》ぼすぞ!!」

「なら、逃げずに私を手伝ってください。簡単な話ですよ。それでは、また明日」

立ち尽くすサンドラを置いて、地下牢から上がるとニコ所長が笑みを浮かべて待っていた。

「いいんですか？　受けたフリをして寝首をかかれるかもしれません。ミツバさんの立場と、彼女の主義思想は絶対に相いれないですからねぇ」

「私が死ななければいいだけなんで、全然構いません。むしろ、仕事が減るので頑張ってほしいですね。議案の承認権、軍事外交内政人事の決定権を私が握っておけばいいんです。後は議会が適当にやってください」

「て、適当にって、そこまで決定権を握ったら完全に独裁じゃないですか。それで共和国を名乗るつもりなんですか？　まともな共和主義者は憤死しますよ」

腹を抱えて爆笑しているニコ所長。私も笑う。

「言ったもん勝ちですよ。いずれにせよ、明日、ローゼリア王国は共和国として生まれ変わります。国民（私）の国民（私）による国民（私）のための国家です。国民の代表が法律を作り、国を動かしていく。私はその移行期間の間だけ、代表になる形です。大体二十年くらいですか。国家存亡の時ですから仕方ないですよね」

二十年の縛りはちゃんと作るよ。でも、お願いされたら延びちゃうかも。その時は、延長は三回までとか適当に決めよう。感情は移ろいやすいからね。

「上手い言い方ですねぇ。まさか政治家の素質があったんですか？　その舌が何枚あるか数えてもいいです？」

「今は一枚だけど、どんどん増やしていきたいですね。素質が何かはよく、分かりませんけど。強い言葉を上手く使って、優しい嘘《うそ》つきになるのが上手くいく秘訣《ひけつ》っぽいですね」

扇動してた人たちの言葉、表情、態度はちゃんと観察しておいた。あとは経験を積むことが大事かも。

「ははは、優しい嘘ですか。……で、肝心の国王陛下はどうするんです？　扱いを間違えると、痛い目を見ますよ。彼の扱いは、とても難しい。いわゆる、鬼札です」

「とりあえず幽閉しておいて、生存説と死亡説を流しておきます。似たような人間をギロチンに掛けたうえでです。カサブランカには密使を出します」

「それはまた中途半端な。私の見立てでは、殺した方が絶対に楽ですよ。今なら、山脈派の仕業にして消すことも簡単です。別に恩や忠誠なんて感じてないんでしょう？　王弟フェリクスが仮想敵とはいえ、国王陛下の協力を得られるとはとても思えません。そして、国内にいるルロイの縁者も必ず動きます。面倒くさいことだらけですねぇ」

殺すか、利用するか。普通ならどちらかである。私の立場なら、殺して共和主義万歳を唱えるのが正攻法かな？　でもあまり面白そうじゃない。

「恩とかは全然ないですけど。でも、私が何を考えているか分からせない方が面白いですし。というか、私自身もよく分かりませんし。貴族なのに自ら特権を廃止する。王政廃止したのに国王が生きている。共和国なのになぜか王冠を被った独裁者がいる。もう訳が分からないでしょう」

「ええ、本当に訳が分かりません。でも、なんだか分からないだらけで、楽しそうですねぇ」

「楽しいですよ。この先どうなるか、私にもさっぱり分からないので。誰が私を殺すんでしょうか」

「そもそも、殺せるんですか？」

「さぁ、私にもよく分からないですね！」

私と所長が笑い合い、アルストロさんと大隊の人たちが恍惚《こうこつ》とした表情を浮かべている。やっぱり訳が分からない光景であった。一休みしたら、ルロイ国王、ヴィクトルさん、シーベルさんと面会だ。サンドラと同じように選択をしてもらう。その後にも決めなければならないことが山ほどある。偉くなると仕事が多くなるというのはどうやら本当らしい。でも、自分が選んだことなので仕方がないね。

ずり落ちそうになる王冠を直し、大きすぎる玉座の座り心地を確認する。この国の一番を手に入れたけどまだそんなに実感はない。だけど、常に周りは賑やかでやることも多くて退屈しなそうだ。代償として大事な友達をなくしてしまったけれど。私の選んだことだけど、少しだけ寂しいと思う気持ちはある。でも、後悔はしない。大事なのは、私が私らしく私の望む通りに最後まで生きること。それがこの世の何よりも大事なのである。

MFブックス

みつばものがたり 2 呪いの少女と死の輪舞《ロンド》

2023年5月25日 初版第一刷発行

著者 七沢またり
発行者 山下直久
発行 株式会社KADOKAWA
〒102-8177 東京都千代田区富士見2-13-3
0570-002-301（ナビダイヤル）
印刷・製本 株式会社広済堂ネクスト

ISBN 978-4-04-682100-3 C0093

担当編集 森谷行海
ブックデザイン 椿屋事務所
デザインフォーマット ragtime
イラスト EURA

本シリーズは「小説家になろう」（https://syosetu.com/）初出の作品を加筆の上書籍化したものです。
この作品はフィクションです。実在の人物・団体・事件・地名・名称等とは一切関係ありません。

ファンレター、作品のご感想をお待ちしています

宛先
〒102-0071 東京都千代田区富士見2-13-12
株式会社 KADOKAWA MFブックス編集部気付
「七沢またり先生」係「EURA先生」係

二次元コードまたはURLをご利用の上
右記のパスワードを入力してアンケートにご協力ください。

https://kdq.jp/mfb
パスワード
mau5y

● PC・スマートフォンにも対応しております（一部対応していない機種もございます）。
●アンケートにご協力頂きますと、作者書き下ろしの「こぼれ話」がWEBで読めます。
●サイトにアクセスする際や、登録・メール送信時にかかる通信費はご負担ください。
● 2023年5月時点の情報です。やむを得ない事情により公開を中断・終了する場合があります。

ミツバ・ブルーローズ・クローブ
七枚《しちじょう》の一《ひと》つ ブルーローズの名《な》を
だが今《いま》は
せっかくだし 全部《ぜんぶ》吹《ふ》っ飛《と》ばせる くらい
ありったけを――
将来《しょうらい》は 戦場《せんじょう》でいっぱい 人《ひと》を殺《ころ》せるよう がんばります
笑顔…
ミツバの数奇な運命がコミカライズでも動き出す――!!!
電撃コミックレグルスにて
毎月第3金曜日に更新中!!!
電撃コミックレグルス 検索
みつばものがたり
呪いの少女と死の輪舞
漫画 堤りん 原作 七沢またり キャラクター原案 EURA
単行本1巻絶賛発売中!!!